신들의 섬

Title of the original edition: La Isla de Bowen

Copyright © Text: César Mallorquí
Originally published in Spain by edebé/Spain 2012
www.edebe.com

Korean Translation copyright ©2013 Pulbit Publishing Co.
The Korean edition was published by arrangement with
EDEBE-EDICIONES DON BOSCO, SPAIN through Literary Agency Greenbook .

신들의 섬

2 거미 신의 분노

edderkoppe gud

쎄사르 마요르끼 지음   김미경 옮김

ajedrecista dorado

풀빛

이 책은 자연을 사랑하며
그 보존에 힘썼던 훌륭한 인품의 소유자이자 과학자,
고故 알레호 로메로와 그의 사랑하는 가족
테레사 알바레스와 기예르모 로메로에게 바친다.

"용기 있는 나그네여,
7월이 되기 전에 스카르타리스의 그림자가
부드럽게 드리워지는 스네펠스 요쿨의 분화구 안으로 내려가라.
그러면 내가 그랬듯 지구의 중심에 도달할 수 있을 것이다.
아르네 사크누셈."

쥘 베른,《지구 속 여행》

2부 거미 신의 분노

2부

거미 신의 분노

데달로, 날다

세인트미셸호는 배와 섬 사이를 가로막고 있는 암초에서 약 200미터 떨어진 곳에 닻을 내렸다. 잠시 후, 엘리사가라이와 선원 넷이 보트를 타고 브리타니아호를 둘러보러 갔다. 약 한 시간 정도 지나 그들이 다시 세인트미셸호로 돌아올 때까지 베른 선장, 사르꼬, 카이로와 나머지 사람들은 다 갑판에서 초조해 하며 그들이 돌아오기만을 기다렸다.

"브리타니아호가 암초에 부딪쳐 우현 뱃머리 측면에 금이 갔어요." 다시 돌아온 엘리사가라이가 보고했다. "안에는 아무도 없고 구명보트도 없었습니다."

"섬으로 들어간 거로군요⋯⋯." 엘리자베스 부인이 중얼거렸다.

"어서 찾으러 가야 해요." 매우 경직된 채로 캐서린이 말했다. "아버지가 다쳤을지도 모르잖아요."

"찾으러 갈 거야, 캐시. 걱정하지 마." 베른 선장이 안심시켰다. "그런데 그 전에 충분히 대비를 하고 가야 해." 선장은 암초를 다시 쳐다보며 중얼거리듯 말했다. "대체 브리타니아호는 왜 난파된 거지⋯⋯."

"원인을 찾을 수가 없습니다, 선장님." 엘리사가라이가 말했다. "암초 사이에는 40~50미터의 공간이 있기 때문에 어느 배라도 충분히 지나갈 수 있어요."

"옆에서 바닷물에 갑자기 밀렸을 수도 있지." 베른 선장이 말했다.

"그건 아닐 거 같습니다, 선장님. 여기는 해류가 그다지 세지도 않은 데다가 다 북쪽 방향으로만 흘러요."

곰곰 생각에 잠긴 선장이 다시 암초에서 약 1킬로미터 떨어진 섬을 바라본 후 브리타니아호를 유심히 살펴보았다.

"선장님, 평생 그냥 이 자리에 있을 생각입니까?" 사르꼬가 초조한 듯 재촉했다.

베른 선장은 사르꼬의 말에 대꾸하지 않은 채 엘리자베스 부인에게 물었다.

"윌리엄 웨스트롭이 쭉 브리타니아호 선장으로 일했나요?" 엘리자베스 부인이 고개를 끄덕이자 베른 선장은 이상하다는 듯 미간을 찌푸렸다. "웨스트롭은 아주 훌륭한 선장인데……." 그가 중얼거렸다. "어떻게 이런 암초에 걸렸는지 이해가 안 되는군……."

"대체 왜 여기서 이렇게 시간을 낭비하는지 나는 이해가 안 된다고요." 사르꼬가 버럭 화를 냈다.

"교수님 말이 맞아요." 캐서린도 거들었다. "선장님, 부탁이에요. 아버지는 지금 도움이 필요한 상황에 처했을지도 모른다고요."

베른 선장은 그들의 시선을 회피하고 잠시 숨을 멈췄다. 그런 다음 한 번에 숨을 내쉬더니 조종실로 이어지는 계단으로 걸음을 옮겼다.

"좋아요, 갑시다. 리사, 사르꼬, 조종실로 같이 와 주세요."

셋이 조종실로 들어가자 지도를 올려 두던 탁자에 기대 소설책을 읽던 야고 카스트로가 일어나서 조종대 앞으로 갔다.

"카스트로, 닻을 올려." 선장이 그의 곁으로 다가가 명령을 내렸다.

카스트로는 사이렌을 두 번 울린 뒤 키를 움직였다. 잠시 후 엔진 소리가 캡스턴에서 닻을 올리는 소음과 뒤섞였다. 카스트로는 나침반 상자를 가리키며 선장에게 말했다.

"나침반이 작동이 안 돼요. 우리 정면에 북쪽이 있는데 나침반은 동쪽으로 45도 돌아가고 있어요. 고장이 났나 봅니다."

베른 선장은 나침반의 보호 유리를 여러 차례 주먹으로 쳤지만 바늘은 여전히 돌아가지 않았다.

"괜찮아요. 나중에 손보죠, 뭐." 선장이 말했다. "카스트로, 섬으로 간다. 최대한 좌현으로 붙어서 저 암초를 지나가도록. 천천히, 아주 천천히."

카스트로는 키를 잡고 다시금 사이렌을 울린 뒤 레버를 앞으로 밀었다. 프로펠러가 선미에 물을 흩뿌리며 세인트미셸호는 천천히 움직이기 시작했다. 어찌나 느리게 움직였던지 암초 사이 통로 입구까지 거의 5분이나 걸렸다. 사르꼬는 오른쪽에 있는, 물속에서 뻗어나 20미터 높이로 우뚝 솟은 거뭇거뭇한 바위를 쳐다보다 바위 아래에 좌초돼 고독하게 서 있는 브리타니아호 선체를 바라보았다.

"지금 우현으로 쏠리고 있어." 베른 선장이 주의를 줬다.

"압니다, 선장님." 카스트로가 시계 반대 방향으로 키를 돌리며 말했다. "방향을 잡으려고는 하는데……."

카스트로의 노력에도 불구하고 세인트미셸호는 오른편에 있는 암초 방향으로 천천히 기울었다.

"선장님, 이게 말을 안 들어요." 카스트로가 미간을 찌푸리며 말했다. "지금은 좌현으로 밀리고 있는데 기류 때문에 그런 건 아닙니다."

"4분의 1만큼 속도를 올려." 베른 선장이 긴장된 표정을 숨기지 못한 채 말했다.

카스트로가 레버를 앞으로 밀자 엔진 소리가 더 크게 들렸다. 그러자, 점점 더 가속도가 붙으며 배의 뒤편이 오른쪽 암초 방향으로 기울기 시작했다.

"선미가 부딪치기 직전이야!" 선장이 외쳤다.

"지금 똑바로 다시 세우려고 하고 있습니다, 선장님." 카스트로가 키를 우현으로 돌리며 외쳤다. "그런데 키가 말을 듣지 않아요."

엘리자베스 부인은 점점 가까워지는 암초를 쳐다보며 놀라 손을 입으로 가져갔다. 사르꼬는 한 발짝 뒤로 물러나 탁자 위에 기댔다. 그는 탁자 위의 다른 물건은 제자리에 있는 반면, 쇠 나침반만이 천천히 오른쪽으로 미끄러지는 걸 볼 수 있었다. 사르꼬는 앞으로 몸을 기울여 나침반을 보았다. 바늘이 북쪽에서 90도 반대로 돌아가 암초 방향을 가리키고 있었다. 그제야 사르꼬는 상황이 파악됐다.

"자철석이야! 바위가 선체를 끌어당기고 있다고!"

베른 선장이 잠시 망설이다 카스트로에게 명령을 내렸다.

"전속력으로 우현으로 틀어."

카스트로는 레버를 최대한 밀며 동시에 키를 오른쪽으로 돌렸다. 암초에서 2미터 떨어져 있던 세인트미셸호의 선미가 점차 1미터 반, 1미터까지 가까워지다가 배가 갑자기 균형을 잡기 시작했다. 엔진이 산산조각이 날 것만 같이 큰 소리로 울려댔다.

"정면으로." 뱃머리가 북쪽으로 자리를 잡자 베른 선장이 말했다.

카스트로는 다시 방향을 잡았고 배가 천천히 암초에서 멀어졌다.

"4분의 1로 속도를 줄여." 암초와 거리가 어느 정도 멀어지자 선장이 명령한 다음 암초를 쳐다보며 중얼거렸다. "대체 저건 또 뭐지?"

"산화광물입니다." 사르꼬가 대꾸했다. "자철석이죠. 천연 자석인데 살면서 저렇게 큰 건 처음입니다. 가르시아가 나중에 더 자세히 설명해 드릴 겁니다."

"보웬이 이것도 좀 기록해 두지." 선장이 투덜댔다.

"스칸디아비아 사람들 배는 나무로 만들어졌잖습니까." 사르꼬가 대꾸했다. "그러니 저 존재를 몰랐겠죠. 반대로 세인트미셸호의 선체는 철로 만들어져 있으니 이렇게 된 겁니다."

"브리타니아호처럼 말이죠……." 엘리자베스 부인이 나지막한 소리로 말하자 사르꼬가 동의했다.

"맞습니다, 엘리자베스 부인. 안타깝게도 브리타니아호의 증기 기관은 저 자석에서 벗어날 정도로 강하지 못했습니다. 이 디젤 엔진을 발명한 디젤 씨한테 고마워해야 될 일이군요."

아무도 말을 하지 않았다. 갑자기 베른 선장이 긴 한숨을 내쉬더니 물었다.

"사르꼬, 이제 어떻게 하죠?"

사르꼬는 점차 더 가까워지는 섬을 바라보았다.

"해안을 좀 둘러보죠. 이번에는 어떤 일이 기다리고 있는지 기대되는군요."

* * * * *

보웬의 섬은 길이 12킬로미터 반, 폭은 9킬로미터에 달했다. 섬은 환초 두 개가 합쳐진 모양을 하고 있었는데, 하나가 더 컸으며 누운 팔자 모양을 하고 있었다. 지협두 개의 육지를 연결하는 좁고 잘록한 땅—역주이 두 환초 가운데를 잇고 있었고 섬 북단에는 화산이 자리 잡고 있었다. 남단에는 섬에서 가장 넓은 땅이 펼쳐져 있었다. 높은 벼랑이 남쪽을 점령하고 있어서 바다에서만 봐서는 정확히 어떻게 생겼는지 알 수 없었다. 섬 동쪽 앞바다는 암초로 메워져 있었기 때문에 배가 서쪽 해안으로 항해할 도리밖에 없었다. 때문에 세인트미셀호는 서쪽 해안으로 항해하다 다시 방향을 돌려 남쪽 바다 앞에 정박했다. 선장과 배에 타고 있던 사람들이 닻을 내린 다음 모두 갑판에 모였다. 온도계는 19도를 가리키며 온화한 기운을 확인시켜 주었다.

"이상하군요." 사르꼬가 바위에 앉아 있는 새들을 보며 말했다. "새들이 섬 남쪽에만 모여 있고 북쪽으로는 아무것도 찾아볼 수가 없단 말이죠."

"화산 때문일 수 있겠죠." 카이로가 말했다. "화산을 싫어해서 그런 걸지도 몰라요."

"네, 흥미로운 말씀이기는 한데요," 캐서린이 초조한 듯 말했다. "우리는 대체 언제 배에서 내리죠?"

사르꼬는 계속 새를 바라보며 시간이 조금 지난 다음에야 캐서린의 질문에 답을 했다.

"먼저 하늘에서 섬을 좀 살펴보는 게 좋겠군요."

두 여인이 놀라 그를 쳐다보며 물었다.

"무슨 말인지 이해가 안 되는데요……." 엘리자베스 부인이 말했다.

사르꼬가 난간에서 몸을 떼더니 선실을 가리키며 말했다.

"세인트미셸호 창고에는 지금 비행선 데달로가 잘 분리돼 포장되어 있습니다. 베네수엘라 테푸이 정상을 탐험하러 가서 사용하려 했는데 지금 이 섬을 하늘에서 보는 데 사용할 수 있겠군요."

엘리자베스 부인이 이해가 되지 않는다는 표정을 지으며 물었다.

"비행선을 조립해서 그걸 타고 섬 위를 날겠다고요?"

"바로 그거죠." 사르꼬가 대답했다.

"그런데 그…… 물건을 조립하는 데 시간이 얼마나 걸리나요?"

"잘 모르겠습니다……. 대략 여덟, 아홉 시간쯤 걸릴 거 같습니다."

"아홉 시간이라고요?!" 캐서린이 소리쳤다. "지금 아버지는 당장 도움이 필요할 수도 있다는 거 모르세요? 지금 바로 내려야 한다고요!"

"캐시 말이 맞아요." 엘리자베스 부인이 말했다. "그 장난감이 조립되는 걸 기다리느라 그냥 이대로 있는다는 건 말도 안 돼요."

사르꼬의 얼굴이 점점 더 벌게지더니 이를 악물며 기분 나쁘다는 듯 말했다.

"장난감이라니요? 나의 소중한 비행선을 장난감이라고 불렀습니까?" 그의 목 깊숙한 곳에서부터 소리가 으르렁거리며 울렸다. "그러니 둘 다 왜 내가 먼저 데달로를 타고 섬을 둘러보려는지 모른단 말이죠, 예? 그럼 잘 들으세요. 여기에는 아주 이상한 일이 일어나고 있다고요." 사르꼬가 카이로에게 몸을 돌리며 물었다. "자, 카이로. 네가 만약 저 섬에 난파됐다면, 제일 먼저 뭘 했을 것 같아?"

"사람들 눈에 띌 만한 표시를 해 두고 계속 그 옆을 지켰을 거예요."

"그렇지. 그런데 여기서는 그 어떤 신호도, 망을 보고 있는 사람도 안 보인단 말입니다. 이 말인즉, 뭔가 잘못되고 있다는 거죠."

"그러니 최대한 빨리 내려가 봐야죠." 캐서린이 주장했다.

"안 됩니다, 캐서린 양." 사르꼬가 기분 나쁜 듯 말했다. "그렇기 때문에 더 조심해야 한다고요. 먼저 하늘에서 섬을 훑어본 다음에 괜찮다 싶으면 배에서 내릴 거니까 내 말에 더 이상 토 달지 마시죠."

이렇게 말한 다음 그는 배 안으로 들어가 버렸다. 캐서린은 바닥을 발로 차며 분하다는 듯 선실로 가 버렸다. 엘리자베스 부인은 긴 한숨을 내쉬며 중얼거렸다.

"저 남자랑 이성적으로 대화하는 건 정말 불가능하다니까……."

"교수님은 참 고집이 세시죠." 카이로가 말했다. "그런데 이번에는 교수님 말이 일리가 있어요, 리사. 포가트 경이랑 브리타니아호에 타고 있던 사람들은 난파가 된 다음 섬에 내렸잖습니까. 그런데 그 어떤 흔적도 안 보인다는 건 이상한 일이에요."

"그러니 빨리 가서 무슨 일이 있었는지 알아봐야 하는 거 아닌가요?" 부인이 답답하다는 듯 대꾸했다. "왜 교수님처럼 충동적인 분이 이런 상황에서는 갑자기 저렇게 신중해지는지 모르겠어요."

카이로는 엘리자베스 부인을 온화한 눈빛으로 바라보며 말했다.

"교수님은 위험을 두려워하지 않아요. 그런데 그렇다고 해서 아무생각 없이 위험에 달려드시진 않죠. 교수님한테는 신중한 면이 있어서 행동으로 옮기기 전에 상황을 잘 파악하고 분석을 하죠. 제 생각에는 교수님이 저러시기 때문에 지금까지 교수님과 함께 일하는 사람들이 아직 살아 있는 거고, 그래서 교수님을 더 믿는 것 같아요." 그가 이해하겠느냐는 듯 미소를 지었다. "그리고 부인도 잘 보셨다시피 데달로는 교수님의 장난감이 맞습니다. 따라서 그 누구도 교수님이 그 장난감을 갖고 노는 걸 방해할 수 없을 겁니다, 아마도."

* * * * *

결국 데달로를 조립하는 데 아홉 시간이 아니라 스물네 시간이 걸렸다. 먼저 창고에서 데달로가 들어 있는 상자를 다 꺼내 연 다음, 갑판에 부품을 다 펼쳐 놓고 조립도를 손에 들고 있는 사르꼬의 감독하에 데달로 조립이 시작됐다.

"이건 다 두랄루민으로 만들어졌어." 사르꼬가 마치 새 장난감 기차를 산 아이처럼 기뻐하며 말했다. "알루미늄, 구리, 망간을 합금한 거지. 또 비싸기도 엄청 비싸. 은행장 라모스 씨가 이 가격을 알고 뒤로 쓰러질 뻔했다니까!"

동체 조립에 가장 많은 시간이 소요됐다. 조립 완료 후에 데달로를 반짝거리는 붉은 색 비단으로 씌워 이음매를 고정시켰다. 마지막으로 탑승객들이 들어갈 곤돌라를 아래에 넣고 엔진과 키도 설치했다. 조립이 다 끝난 데달로는 길이 10미터에 높이가 약 6미터에 달했다. 한쪽면 흰색 원 안에 SIGMA라는 글자가 새겨져 있었다.

"이제 가스만 주입하면 됩니다." 베른 선장이 말했다. "헬륨도요. 아주 비싸긴 하지만 대신에 수소와 달리 가연성이 없다는 게 특징이죠."

세인트미셸호에 타고 있던 선원들과 승객들 모두가 갑판에 모여 배 선미를 거의 다 차지할 정도 크기의 그 신기한 비행체를 감상했다. 엘리자베스 부인이 사르꼬에게 다가가 물었다.

"데달로에는 몇 명이나 탈 수 있나요?"

"최대 하중은 300킬로입니다." 사르꼬는 마치 자식을 바라보듯 흐뭇한 표정으로 데달로를 보았다. "그런데 무게가 적을수록 당연히 더 높이 날 수 있겠죠."

"그럼 이걸 타고 섬에는 누가 가죠?"

"내가 조종대를 잡을 겁니다. 두라스노는 사진을 찍어야 하니 와야 하고 또 창 진따오도 같이 와야 합니다."

"왜요?"

"혹시 모르니 라이플총으로 우리 뒤에서 지켜야죠."

엘리자베스 부인이 머릿속으로 셈을 해 본 뒤 물었다.

"창 씨는 몸무게가 얼마나 나가죠?"

"세인트미셸호에 탄 남자들 중에는 가장 적은데 정확히는 모르겠습니다." 사르꼬가 창에게 물었다. "몸무게가 몇이나 나가지, 창?" 창 진따오는 모르겠다는 듯 어깨를 들어 올렸고 사르꼬는 그를 위아래로 훑어보더니 말했다. "약 65킬로 정도 되겠네요."

엘리자베스 부인이 미소를 지었다.

"제가 114파운드 나가니까……." 그녀가 머릿속으로 재빨리 셈을 해 보았다. "51킬로네요. 창 씨보다 14킬로 적어요."

사르꼬는 믿을 수 없다는 듯 눈을 동그랗게 뜨더니 갑자기 웃음을 터뜨렸다.

"지금 창 대신 데달로에 타겠다는 건가요, 엘리자베스 부인?" 그가 비아냥거리듯 물었다.

"그렇습니다, 교수님." 부인이 미소를 지으며 말했다. "교수님도 아까 무게가 적을수록 좋다고 하셨잖아요. 이 배에서 제 딸을 제외하고는 제가 무게가 제일 적게 나갈 것 같은데요."

"그런데……." 사르꼬가 매번 이러는 것도 이제 지친다는 듯 고개를 저으며 말했다. "그런데 부인은 여자이잖습니까." 그가 이렇게 못을 박았다.

"그렇게 생각하신다니 기쁘군요. 그런데 그게 왜요?"

"지금 이건 열기구를 타고 하이드파크를 한 바퀴 둘러보는 게 아니란 말입니다, 부인. 아주 위험한 지역을 탐사하는 것이니 우리한테 짐이 되는 존재가 아니라 라이플총을 다룰 줄 아는 사람이 필요하다고요."

"저도 라이플총 다룰 줄 알아요." 엘리자베스 부인이 미소를 계속 띤 채 말했다.

"아니, 진짜……." 사르꼬가 콧방귀를 뀌며 말했다. "여자가 총을 쏜다고요? 비행하는 내내 혹시 내 엉덩이에 총알이 박히기라도 하지 않을까 공포에 떨면서 가라고요?"

"알겠어요." 부인이 곰곰 생각을 하며 말했다. "교수님, 그러면 한가지만 더요. 이 배에서 가장 총을 잘 쏘는 사람이 누구예요?"

"카이로요."

"그런데 카이로는 어림잡아 80킬로나 나가잖아요. 그다음으로는 누가 잘 쏘죠?"

"나요." 사르꼬가 고민 없이 바로 대답했다. "그런데 조종대랑 총을 동시에 다 잡을 순 없는 노릇이잖습니까."

"좋아요. 교수님은 세인트미셸호에서 총을 두 번째로 잘 쏘시는군요. 그러면 제가 제안을 하나 하죠. 총 쏘기 시합을 하는 건 어떨까요?

교수님이랑 저요. 만약 이기시면 남은 여행 동안 입도 열지 않을게요. 약속드리죠. 그런데 만약 제가 이기면 창 씨 대신에 제가 데달로에 타고 가는 걸로 하죠. 어때요?"

"그런 바보 같은 놀이에 허비할 시간이 없습니다." 사르꼬가 쌀쌀맞게 대꾸했다.

"데달로에 헬륨을 다 채우는 데 얼마나 걸리죠?"

"어…… 30분 정도요."

"그러면 그 시간 내에 내기를 다 마치면 되겠네요."

사르꼬는 말도 안 된다는 투로 등을 돌리며 말했다.

"그건 말도 안 됩니다, 부인." 사르꼬는 발걸음을 다른 방향으로 돌리며 덧붙였다. "저는 여자랑 시합 안 할 겁니다."

엘리자베스 부인이 허리에 두 손을 올리더니 목청을 높이기 시작했다.

"제 생각을 좀 말씀드릴까요, 교수님? 교수님은 짖기만 하지 절대 물 생각도 못하는 그런 개나 마찬가지예요! 그리고 사내답지 못하게 여자가 본인을 이길 가능성이 조금이라도 있으면 덜덜 떨면서 그렇게 내빼죠."

사르꼬는 순간 정지했다. 분노에 경직돼 버린 표정으로 엘리자베스 부인에게 다가가 죽일 듯 쏘아보며 말했다.

"당신이 남자였다면 주먹 한 방으로 지금 한 말 후회하게 만들었을 거야."

갑판대 위에 있던 사람들은 모두 그 자리에 얼음처럼 경직된 채 그 팽팽한 기 싸움을 지켜보고만 있었다.

"이미 잘 아시겠지만," 엘리자베스 부인이 다시 말을 꺼냈다. "저는 남자가 아니에요. 그런데 꼭 주먹이 아니라 더 세련된 방법으로 나를 웃음거리로 만들고 또 남자가 여자보다 우월하다는 걸 증명하실 수도 있는걸요. 이 게임에 응해 나를 이기면 되잖아요. 아마 당신처럼 키도 크고 힘이 센 남자라면 나 정도는 쉽게 이길 수 있을 거 같은데요?"

사르꼬는 주먹을 꾹 쥐더니 이를 악물었다. 그는 공격 태세의 뿔난 소처럼 콧구멍을 크게 벌려 숨을 내쉬며 부인의 눈을 뚫어져라 쏘아보았다.

* * * * *

카이로가 조종대에 올라가 컴퍼스로 동일한 크기의 과녁 두 개를 그렸다. 그런 다음 다시 갑판으로 돌아가 뱃머리에 달려 있던 널빤지 두 개에 과녁을 고정시키고 과녁에서 약 30미터 떨어진 바닥에 줄을 긋고 난 후, 엘리자베스 부인과 사르꼬에게 각각 마우저총을 건네 주었다.

"각자 일곱 번 쏘는 겁니다." 카이로가 말했다. "동점이 될 경우 승패가 가려질 때까지 교대로 세 발씩 쏘고요."

"동점까지 가지도 않을 것 같은데, 카이로?" 사르꼬가 비꼬며 말했다.

배에 있는 사람들이 삼삼오오 갑판에 모여 승부를 지켜보았다. 선원들 중에는 내기를 거는 사람들도 있었지만 엘리자베스 부인에게 돈을 거는 사람은 단 한 명도 없었다. 하지만 캐서린은 부인에게 걸었다.

"파운드도 되나요?" 캐서린이 웃으며 말했다. "그러면 저는 어머니가 이긴다에 세 배를 걸겠어요. 금액은 얼마가 됐든 상관없어요."

선원들은 처음에는 캐서린과 내기를 하려고 하지 않았지만 쉽게 돈을 쥘 수 있다는 유혹에 곧 가지고 있던 돈을 모두 사르꼬에게 걸었다. 카이로가 건넨 총을 살펴보던 엘리자베스 부인이 물었다.

"연습 삼아 한 발 쏴 봐도 될까요?"

"물론입니다, 엘리자베스 부인. 단지 총알이 제 쪽으로만 오지 않게 조심해 주시면 됩니다."

엘리자베스 부인이 미소를 지어 보인 다음 마우저총의 개머리판을 어깨에 고정시키고 과녁을 조준한 뒤 총을 쏘았다. 총알이 목표 지점을 비켜나 나무판 모서리에 박혔다. 사르꼬는 크게 웃어 젖혔다. 이에 동하지 않고 엘리자베스 부인은 가늠쇠를 조절해 탄창에 총알 하나를 다시 채운 다음 사르꼬에게 우아하게 손짓을 했다.

"교수님께서 시작하시죠. 솜씨를 좀 보고 싶네요."

사르꼬가 자신만만하게 총을 과녁에 조준한 다음 오른쪽 발을 뒤로 빼고 숨을 멈추었다. 잠시 후 그는 2, 3초 간격으로 방아쇠를 일곱 번 당겼다. 총소리가 벼랑에 울려 퍼지면서 바위에 앉아 쉬고 있던 새들이 하늘로 푸드득 날아 올라가며 겁에 질려 빽빽 울어댔다. 카이로가 과녁 가까이에 가 결과를 본 다음 큰 소리로 말했다.

"10점 여섯 발, 9점 한 발."

"마지막으로 쏠 때 갑자기 바람이 확 부는 바람에 살짝 흔들렸어요." 사르꼬가 무뚝뚝하게 말했다. "그래서 하나는 9점이군요."

"잘 쏘시네요, 교수님." 엘리자베스 부인이 경의의 표시로 고개를 살짝 숙였다.

"저도 압니다. 이제 부인 차례가 됐군요."

엘리자베스 부인이 카이로가 다시 옆쪽으로 올 때까지 기다렸다가 한쪽 무릎을 바닥에 대고 총 개머리판을 어깨에 잘 올린 다음 조준을 했다. 한참을 그 자세로 고정돼 있다가 일곱 발을 쐈는데 어찌나 빨리 쐈던지 총소리가 다 하나의 소리로 이어서 들리는 듯했다. 카이로가 과녁으로 가 자세히 보았다.

"10점이 여섯 발이네요, 그런데 일곱 번째는 안 보여요."

사르꼬가 눈을 몇 번 끔뻑거리더니 말했다.

"그러면 내 승리로군! 한 발은 아예 과녁에도 못 들어갔나 보군요."

"교수님, 그럴 가능성은 없습니다." 엘리자베스 부인이 카이로에게 말했다. "아마 먼저 뚫린 구멍으로 들어갔을 거예요. 나무에 박힌 총알이 몇 개인지 한번 확인해 보시겠어요?"

"아이고, 엘리자베스 부인." 사르꼬가 말했다. "스포츠맨 정신을 가져야죠. 졌으면 깨끗하게 인정합시다."

엘리자베스 부인이 그에게 미소를 날린 뒤 다시 카이로를 쳐다보았다. 카이로는 주머니에서 잭나이프를 꺼내 칼끝으로 나무를 팠다. 잠시 후, 카이로가 한쪽 손에 나무에서 빼낸 총알을 다 올려놓고 세더니 고개를 들고 말했다.

"맞네요, 총알 하나가 다른 총알 바로 위에 박혀 찌그러져 있었습니다. 엘리자베스 부인이 10점을 일곱 개 맞추셨으니 오늘의 승자는 부인이에요."

아주 잠깐 동안 갑판에 고요가 흘렀다. 그 자리에 있던 사람들 대부분이 내기에 건 돈을 잃었다. 그러나 그것도 잠시, 다들 거만하고 성격도 괴팍하고 사나운 사르꼬가, 그것도 여자한테 졌다는 사실을 깨닫고는 요란하게 환호성을 질렀다.

"모르셨겠지만," 캐서린이 사르꼬에게 설명했다. "어머니는 영국에서 3년 연속 사격 챔피언이었어요."

"아니, 고작 여자들끼리 하는 경기였는데, 뭘." 엘리자베스 부인이 마치 사르꼬를 놀리듯 말했다. "여자들끼리 하는 하잘것없는 일이라 교수님은 그런 얘기에 별 관심도 없으실 거야."

사르꼬는 얼굴이 벌게지며 눈에 초점을 잃었다. 그는 주먹을 쥐고 이를 악문 채로 서 있었다. 어찌나 몸에 힘을 주고 있었던지 마치 귀에서 연기가 뿜어져 나올 것만 같았다. 모두들 사르꼬가 매우 화를 낼 거라 생각하던 찰나에 사르꼬가 엘리자베스 부인을 보고, 다시 과녁을 보더니 허벅지를 손바닥으로 치며 크게 웃음을 터뜨렸다. 몸을 굽힌 채 한참을 그렇게 웃더니 겨우 진정을 하고 엘리자베스 부인에게 말했다.

"축하합니다, 엘리자베스 부인. 때로는 남자 같으시군요."

"교수님이 그렇게 말씀하시니 칭찬으로 들리네요."

"칭찬입니다, 부인. 맞습니다. 저에게 좋은 가르침을 주셨어요. 데 달로에 탈 자격을 얻으셨습니다."

그 순간 머리 위로 불빛이 번쩍 하고 지나가는 바람에 사르꼬가 하던 말을 멈췄다. 다들 깜짝 놀라 고개를 들어 원형의 링 모양으로 하늘에 퍼지는 초록색 파동이 사라질 때까지 쳐다보았다. 파동은 이내 사라졌다.

모두가 멍한 상태로 서로 쳐다보았다. 알 수 없는 그 빛은 섬에서 나왔기 때문에 분명 북극광은 아닌 터였다.

* * * * *

데달로에 헬륨이 다 채워지자 사르꼬와 엘리자베스 부인 그리고 사무엘이 작은 배에 다 탔다. 셋만 들어갔는데도 남은 공간이 거의 없을 정도였다. 사르꼬는 조종대 앞에 앉았고 사무엘은 가운데에 사진기와 판이 든 상자를 들고 탔다. 엘리자베스 부인은 마우저총을 들고 뒤에 앉았다.

"시동 걸어, 카이로." 사르꼬가 압력계를 확인한 후 말했다.

카이로가 배 앞면에 있는 손잡이를 돌렸고, 잠시 후 데달로 엔진에 시동이 걸렸다. 사르꼬는 다시 정면에 있는 압력계를 보더니 말했다.

"밧줄을 풀어."

선원 넷이 데달로를 고정시키고 있던 밧줄을 풀었고 데달로는 천천히 세인트미셸호 갑판 위로 붕 뜨기 시작했다. 모두 박수를 치며 그 장면을 지켜보았다.

"엄마, 조심해서 다녀와요." 캐서린이 외쳤다. "삼, 너도!"

"나는 뭐 그냥 찌그러지고?" 사르꼬가 투덜대더니 뒤로 돌아보며 물었다. "다들 괜찮습니까?"

엘리자베스 부인이 웃으며 고개를 끄덕였지만 사무엘은 백지장처럼 창백해진 얼굴로 침만 삼키고 있었다. 사무엘의 모습을 본 사르꼬가 경고했다.

"두라스노, 토할 거면 밖에다 하는 게 좋을 거야."

한참을 그냥 수직으로 뜨던 데달로는 400미터 높이까지 달하자 사르꼬가 레버를 앞으로 밀면서 후면에 있던 프로펠러가 돌아가기 시작했고, 섬 방향으로 이동하기 시작했다. 잠시 후 북극 갈매기가 데달로 가까이로 다가와 옆에서 날며 이 거대한 붉은색 새의 정체를 궁금해하는 듯했다. 사르꼬는 그 새에게 윙크를 하더니 술집에서 사람들이 즐겨 부르는 노래를 휘파람으로 불기 시작했다. 벼랑이 점차 더 가까워졌다.

"더 올라가지 않으면 부딪칠 거예요." 엘리자베스 부인이 말했다.

"걱정 마세요, 부인. 제가 비행선 조종은 잘하니까요."

사르꼬가 레버를 당기자 비행선이 바위 꼭대기까지 올라갔다. 바로 그때, 바람이 데달로를 바위 쪽으로 밀었다. 사르꼬가 레버를 왼쪽으로 최대한 밀자 비행선이 제자리에서 돌면서 간신히 위험에서 벗어났다.

"열 때문에 그래." 사르꼬가 방향을 바로잡더니 말했다. "그냥 열류니 걱정할 필요 없습니다."

사무엘의 얼굴이 흙빛으로 바뀌어 있었다. 엘리자베스 부인이 사르꼬에게 몸을 기울이며 물었다.

"이 비행선으로 운전 연습은 몇 시간이나 하셨어요?"

"2."

"200시간 말씀이세요?"

"아니요. 스페인 쿠아트로비엔토스 비행장에서 두 시간 정도 연습해 봤습니다. 제가 조종 이론에 좀 빠삭한지라 그 정도 시간이면 충분하고도 남아요."

엘리자베스 부인이 포기했다는 듯 한숨을 내쉬었다. 사르꼬는 데달로를 180도 돌려서 조금 더 높이 올라가 방향을 다시 섬으로 틀었다. 잠시 뒤 벼랑 위를 날아오르자 미처 생각지도 못한 전경이 그들 눈앞에 펼쳐졌다. 보웬의 섬 안에는 나무와 식물들이 우거져 있었다.

"세상에나!" 엘리자베스 부인이 소리쳤다. "북극에 이런 숲이 있다는 게 가능한 일이에요?"

"섬을 에워싸고 있는 물이 약 27도입니다." 사르꼬가 대답했다. "그건 바다 아래에 화산 입구가 있어서 그런 건데 그렇게 열이 많이 나오니 새로운 미기후가 형성돼 식물이 자랄 수 있는 환경이 조성되는 거죠. 그런데 저 씨앗이 다 어디서 왔는지는 정말 알 수가 없군요……."

섬 안으로 날아가는 동안 셋 다 아무런 말도 하지 않았다. 잠시 후 엘리자베스 부인이 아래쪽을 가리키며 말했다.

"저기 집이 있어요."

부인의 말대로 섬에서 가장 넓은 지역 한가운데에 나무 오두막 마흔 채가 세워져 있었다.

"밭도 있군요." 사르꼬가 유심히 보며 말했다. "작물도 있군……."

사르꼬가 버튼을 당겨 비행선을 정지시킨 다음 쌍안경을 눈으로 가져가서 살펴보더니 말했다.

"아무도 없어. 유령 마을 같은데, 오두막이랑 밭은 상태가 너무 완벽해……. 두라스노, 저기 보이는 거 죄다 사진으로 찍어 놔."

사르꼬가 그렇게 말하기도 전에 이미 사무엘은 두 손에 카메라를 들고 판을 계속 교체해 가며 사진을 찍고 있었다. 사르꼬는 북쪽을 바라보았다. 북쪽으로는 땅이 점점 좁아졌고 끝에는 양쪽에 암벽이 세워진 좁다란 길이 있었다. 더 멀리에는 화산이 보였고…… 알 수 없는 무언가가 시야에 들어왔다.

"대체 저건 또 뭐지?" 사르꼬가 눈을 가늘게 뜨며 중얼거렸다.

그가 다시 프로펠러를 켜고 레버를 쭉 당기며 데달로를 조종해 북쪽 방향으로 이동했다. 비행선이 조금씩 더 높이 날면서 세 명은 시야를 더 확보했다.

섬 북쪽 끝은 거대한 화산이 서 있는, 돌만 지천에 널린 황무지였다. 그런데 그 외에 무언가가 더 있었다. 분화구 아래에 검정색 반원형의 돔이 세워져 있었고 그 앞에도 뭔가가 보였는데 멀리에 있어서 자세히 볼 수가 없었다. 사르꼬는 쌍안경으로 그쪽을 잠시 살펴보았다.

"세상에나 만상에나……." 그가 중얼거렸다. "정말 괴이한 일이로군……."

"뭔데요?" 엘리자베스 부인이 물었다.

"보웬이 고문서에 적은 그대로예요." 그가 부인에게 쌍안경을 건네며 말했다.

10분 뒤, 데달로가 북쪽에 있는 바위 길을 막 지나자 북쪽 끝의 전경이 그들 앞에 선명하게 펼쳐졌다. 화산 아래에 있는 돔은 너무나 시커멓고 거대해서 보기만 해도 속이 울렁거릴 정도였다. 그 앞에는 마을 같은 곳이 보였는데 제일 앞 쪽에는 지붕이 원형 유리로 된 탑이 있었고 그 뒤에는 이상한 구조물들이 모여 있었다.

"외눈박이 우상과 비슷하게 생겼군……." 사르꼬가 탑을 가리키며 말했다.

"저거 보세요." 사무엘이 말했다. "저 밑에 담이 하나 있어요."

사무엘의 말대로 좁다란 길 입구는 돌담으로 막혀 있었다. 바로 그때, 엘리자베스 부인이 앞을 가리키며 물었다.

"저건 뭐죠? 새인가요?"

사르꼬와 사무엘이 북쪽으로 고개를 돌리자 햇빛에 비쳐 반짝거리고 있는 비행 물체가 데달로를 향해 빠른 속도로 날아오고 있는 게 보였다.

"새라기에는 너무 빠릅니다." 사르꼬가 말했다. "이쪽으로 직각으로 오고 있는데 내가 부인이라면 라이플총을 쏘겠어요."

엘리자베스 부인이 마우저총을 조준한 다음 쏘기 시작했지만 알 수 없는 그 물체의 속도는 너무 빨랐다. 그들 옆으로 지나갈 때조차 그저 스치듯 보일 뿐이었는데 혜성과 같은 편 마름모꼴 모양의 금속 물체라는 것 정도만 알 수 있었다. 단, 이 물체는 꼬리 대신에 금속으로 만들어진 긴 채찍을 뒤에 달고 있었다. 그 물체는 번갯불처럼 빠른 속도로 데달로 곁을 지나가면서 뒤에 달린 채찍으로 비행선의 기체를 뚫어 쭉 찢은 다음 방향을 북쪽으로 틀었다.

이와 동시에 비행선이 날 수 있도록 지탱하고 있던 헬륨이 새면서 데달로와 그 안에 타고 있던 세 사람은 빠른 속도로 섬에 추락하기 시작했다.

탐험가

베른 선장과 카이로는 세인트미셸호의 조종실에서 데달로를 지켜보다가 비행선이 추락하는 장면을 목격했다.

"이런 세상에!" 선장이 소리쳤다. "저건 대체 뭐지?"

"무언가 비행선과 충돌했어요." 카이로가 섬에서 눈을 떼지 않은 채 말했다.

"그런데…… 저게 대체 뭐지?"

"모르겠어요." 카이로가 몸을 돌려 선장에게 말했다. "저는 섬에 내려야겠습니다. 엘리사가라이, 신트라 그리고 선원 열 명을 데리고 가겠습니다. 허락해 주시겠습니까?"

"물론이죠, 카이로. 어서 서둘러요."

선장이 사이렌을 세 번 울려 사람들을 다 소집했다. 카이로는 갑판에 내려가 명령을 내리기 시작했는데 초조함을 감추지 못하던 캐서린이 카이로의 팔을 붙잡더니 물었다.

"카이로, 무슨 일이죠?" 그녀가 물었다.

"비행선이 추락했어요."

"저도 봤는데 대체 무슨 일이 있었던 거죠?"

"모르겠지만 가서 알아낼 거예요. 지금 배에서 내릴 겁니다."

"저도 같이 가겠어요."

"캐시, 안 돼요. 위험할 수도 있다고요."

"우리 엄마가 저 비행선에 타고 있었어요!" 캐서린이 소리쳤다. "다 저 망할 놈의 사르꼬 때문이라고요!"

"침착해요." 카이로가 그녀의 두 팔을 잡으며 단호하게 말했다. "지금은 이성을 잃을 때가 아니에요. 캐시, 잘 들어요. 교수님의 성격이 어떻든 간에 한 가지 말하자면 교수님은 운이 좋은 사람이라는 거예요. 그래서 교수님이나 리사나 삼, 셋 다 모두 살아남았을 거예요. 지금 열두 명을 데리고 섬으로 가 꼭 구해 오겠다고 약속할게요. 그러니 이 배에서 기다리고 있어요. 알았죠?"

캐서린은 아랫입술을 깨물며 고개를 끄덕였다. 카이로는 미소를 지어 보인 뒤 뒤돌아서며 배에서 보트를 내리라고 명령했다. 그런 다음 항해사 두 명과 함께 무기를 실은 창고로 가 라이플총과 탄약을 챙겼다.

＊　＊　＊　＊　＊

다행히도, 수직으로 60미터 거리를 바로 낙하했던 데달로는 나무 꼭대기에 걸려 땅에 바로 추락하는 건 간신히 피했다. 그러나 수직으로 떨어지는 바람에 비행선 안에 타고 있던 셋은 서로 엉키며 넘어졌다.

"두라스노, 지금 내 얼굴에 네 발이 있다고." 사르꼬가 으르렁대며 말했다. "아직 목숨이 붙어 있으면 어서 치워."

"죄송해요, 교수님……." 사무엘이 발을 치우며 말했다.

사무엘과 사르꼬가 일어나는 순간, 데달로가 흔들리면서 금방이라도 땅으로 추락할 듯 큰 소음을 내뱉었다. 엘리자베스 부인은 여전히 눈을 뜨지 못한 채 부동의 자세로 비행선 바닥에 쓰러져 있었다. 사르꼬가 몸을 숙여 서둘러 부인의 상태를 살폈다.

"혹시……." 사무엘이 차마 나머지 말은 밖으로 내지 못하며 말했다.

"기절한 거야." 사르꼬가 일어나며 말했다. "머리를 부딪쳤는데, 부인 머리는 워낙에 단단하니 걱정할 필요 없겠어……."

바로 그 순간, 데달로가 가지 아래로 몇 센티미터 미끄러지며 비행선에 있던 셋은 다시 균형을 잃었다.

"비행선이 떨어지기 전에 빨리 여기서 나가는 게 좋겠군."

비행선은 땅에서 약 1미터 반 높이에 매달려 있었다. 사르꼬가 먼저 뛰어내린 뒤, 사무엘의 도움으로 축 늘어진 엘리자베스 부인을 들어 안았다.

사무엘은 총과 카메라, 판이 든 상자를 메고 비행선에서 내린 후 총을 사르꼬에게 건넸다. 사르꼬는 거대한 연 모양의 데달로가 떡갈나무 가지에 매달려 있는 모습을 바라보면서 마우저총을 어깨에 메더니 말했다.

"라모스 은행장이 '아무 필요도 없는 물건에 말도 안 되게 많은 투자'를 했다고 했는데 이렇게 된 걸 알면 아마 뒤로 넘어가겠지?"

"그…… 우리를 공격했던 그 물체가 대체 뭐예요?" 사무엘이 카메라가 고장 나지는 않았는지 확인하면서 물었다.

"두라스노, 전혀 모르겠어. 분명 새는 아니었지."

사르꼬는 주변을 둘러보았다. 그들은 숲 한가운데에 있었는데 멀지 않은 곳에 길이 나 있었다.

"교수님, 이제 어떡하죠?" 사무엘이 물었다.

"사람들을 몇 데리고 카이로가 찾으러 올 거야." 사르꼬가 생각에 잠긴 채 말했다. "남쪽에 있는 해안에서 내릴 테니 거기로 가야겠군."

"엘리자베스 부인이 깰 때까지 기다려요?"

"아니. 지금 바닷가에서 약 7킬로미터나 떨어져 있으니 서두르는 게 좋을 거라고."

사르꼬가 몸을 숙여 엘리자베스 부인을 보다 수월하게 어깨에 둘러메고 남쪽으로 향하는 길을 걷기 시작했다. 사무엘은 잠시 머뭇거리다 사르꼬 뒤를 아무 말 없이 따라갔다. 얼마 걷지 않아 작은 하얀색 동물이 그들 앞을 스쳐 지나갔다.

"토끼다!" 사르꼬가 놀라 외쳤다. "어떻게 여기에 토끼가 살지?"

"저도 모르겠어요, 교수님."

"두라스노, 이건 내가 대답을 바라고 한 얘기가 아니잖아." 사르꼬가 걸음을 재촉하며 못마땅하다는 듯 말했다.

그렇게 20분 동안 둘 다 아무 말 하지 않고 걸었다. 이따금씩 엘리자베스 부인이 신음 소리를 내며 사르꼬의 어깨에서 움직였지만 의식을 되찾지는 못했다. 숲은 너무나 고요했다.

"해안에만 새가 있군." 사르꼬가 낮은 소리로 중얼거렸다. "섬 안에는 없어. 이거 참 이상하단 말이지……."

"마을이 하나 있었어요." 잠시 뒤에 사무엘이 말했다.

"맞아, 2킬로미터만 더 가면 나올 거야."

"버려진 마을 같던데요?"

사르꼬가 말도 안 된다는 듯 피식 웃으며 말했다.

"절대 아니야, 두라스노. 이 섬에는 뭔가가 살고 있어."

"그런데 아무도 없었잖아요······."

"숨어 있겠지. 지금 우리가 걷고 있는 이 길만 봐도 알 수 있잖아."

"예······."

"길이 혼자 이렇게 닦이고 그러지는 않잖아? 그리고 아까 진흙 바닥에서 사람 발자국을 봤어. 그것도 오래되지 않은 발자국이었지."

사무엘이 긴장을 한 채 주변을 둘러보며 물었다.

"그런데 누굴까요?"

"그런 멍청한 질문에 내 귀한 목청을 쓰고 싶지 않다고, 두라스노. 누군지 내가 어떻게 알아."

낮은 소리로 뭔가를 으르렁대던 사르꼬가 휘파람을 불기 시작했는데 잠시 후에 휘파람을 멈추고 그 자리에 섰다. 사무엘도 그 곁에서 걸음을 멈췄다.

"교수님, 왜 그러세요?" 사무엘이 물었다.

"왜 그러냐고?" 사르꼬가 앞을 뚫어져라 응시하며 중얼거렸다. "이 섬에 사는 자들이 나타났어······."

그 순간, 나무 뒤와 숲 속에서 장정 스무 명이 나타났다. 다들 키가 컸고 눈동자와 머리칼 색이 밝았다. 대부분이 수염을 기르고 있었고 물개 가죽으로 만든 옷을 입고 있었다. 스무 명 모두 창과 작살 그리고 활로 무장하고 있었다.

그들은 이 세 사람을 전혀 반기지 않는 것 같았다.

* * * * *

세인트미셸호에서 내려진 보트 두 대가 해안에 도달하자 총을 멘 선원들이 재빨리 보트에서 내려 카이로 주변으로 모였다. 카이로는 벼랑에 조각돼 있는 거대한 우상을 살펴보다가 그 오른쪽에 벼랑 꼭대기까지 이어져 있는 바위 계단이 있음을 발견했다.

"데달로가 여기에서 아마 7, 8킬로미터 거리에 떨어졌을 겁니다. 서두르면 한 시간 반만에 도착할 수 있을 테지만 섬 안에는 뭐가 있는지 모르니 다들 조심히 가야 해요."

카이로는 시간을 지체하지 않고 사람들을 이끌고 바위 계단을 오르기 시작했다.

바로 그 시간, 누군가 벼랑 위 바위 뒤에 숨어 그들을 염탐하고 있었다. 그는 긴 금발을 땋고 수염을 기른 파란 눈의 사내였다. 물개 가죽으로 만든 조끼와 바지를 입고 토끼털로 만든 모자를 쓰고 있었다. 그는 알프라는 이름의 사내였는데 용감한 자였지만 방금 온 외부인들을 보자 심장이 덜컹했다. 상대의 수는 열셋 밖에 되지 않았지만 다들 무장한 상태였다.

알프는 불안한 듯 그 자리를 떠 섬 안으로 뛰기 시작했다. 어서 가서 이 사실을 알려야 할 터였다.

＊　＊　＊　＊　＊

엘리자베스 부인은 극심한 두통을 느끼며 정신을 차렸다. 눈을 뜨기는 했지만 사방이 다 흐려 보였다. 부인은 다시 눈을 감고 머리를 만졌다. 머리에 난 혹에 손이 닿자 낮은 신음 소리를 뱉었다.

"부인, 괜찮으세요?" 누군가의 목소리가 들렸다.

엘리자베스 부인이 다시 눈을 떴지만 사물이 두 개로 보였다. 눈을 여러 번 더 깜빡이자 걱정스러운 얼굴로 바라보고 있는 사무엘이 보였다. 부인이 주변을 돌아보고 나서야 나무 오두막 안 침대 위에 누워 있음을 깨달았다. 사무엘이 곁에 있었고 침대 아래쪽에는 사르꼬가 작은 창문으로 밖을 살펴보고 있었다. 엘리자베스 부인이 한쪽 손을 기대고 앉으려고 하자 갑자기 눈앞이 빙빙 돌았다.

"여긴 어디죠?" 부인이 물었다.

"데달로에서 봤던 마을이요." 사무엘이 대답했다.

"여기까지는 어떻게 온 거예요? 마지막으로 비행선이 추락한 것까지만 기억나요……."

"나뭇가지에 걸리는 덕에 목숨을 부지했어요. 그런데 부인은 머리를 부딪쳐 기절하셔서 교수님이 안고 여기까지 오신 거예요."

"어머…… 교수님, 고맙습니다."

"그럴 필요 없습니다." 사르꼬가 창문에서 눈을 떼지 않으며 말했다. "부인보다 무거운 배낭도 멘걸요."

"저를 배낭과 비교한 사람은 지금까지 없었지만 그래도 고마워요. 그런데 여기서 뭐하는 거예요?"

"엘리자베스 부인, 이 섬에는 사람이 살고 있어요." 사무엘이 말했다. "바닷가로 가는 중이었는데 사내 무리가 나타나 우리를 강제로 이 마을로 데려왔죠. 포로로 잡아온 것 같아요."

엘리자베스 부인이 당황해 눈을 가늘게 떴다.

"저자들이 누구죠?" 부인이 물었다.

"스칸디나비아 인들 같습니다." 사르꼬가 답했다. "저기 두 명이 문을 지키고 서 있어요."

엘리자베스 부인은 몸을 일으켰지만 여전히 어지러워 사무엘에게 잠시 기댔다. 다시 균형을 찾은 다음, 부인은 사르꼬 옆으로 가 작은 창문으로 오두막 문 앞을 지키고 서 있는 두 명의 사내를 보았다. 한 명이 다른 사내에게 알 수 없는 언어로 말을 건넸고 사내는 이에 대답을 하고 있었다.

"덴마크 사람이네요." 엘리자베스 부인이 말했다.

"어떻게 알죠?" 사르꼬가 물었다.

그의 말에 대꾸하지 않은 채 엘리자베스 부인이 그 사내들에게 덴마크 어로 말을 걸었다. 그들은 놀란 표정으로 무언가를 말했고 부인이 이에 또 대꾸했다. 둘은 잠시 고민하더니 그중 하나가 마을 안쪽으로 사라졌다. 사르꼬가 매우 놀란 표정으로 부인을 쳐다보았다.

"뭐라고 한 거죠?"

"대장이랑 말하고 싶다고요." 그녀의 말에 놀라 돌처럼 그 자리에 굳어 버린 사르꼬의 모습에 부인이 덧붙였다. "그렇게 쳐다보지 마세요. 덴마크 어 할 줄 안다고 전에 말씀드렸잖아요."

30분이 지나서야 섬사람들의 대장이 나타났다. 그는 머리칼과 수염이 하얀 노인이었는데 나머지 섬사람들과 마찬가지로 물개 가죽으로 만든 옷을 입고 있었다. 유일하게 다른 점은 목에 곰 이빨로 만든 목걸이를 하고 잘 다듬어진 가는 지팡이를 쥐고 있다는 점이었는데 이는 그의 지위를 가늠케 해 주었다. 대장이 활과 작살로 무장한 장정 여섯의 호위를 받으며 오두막 안으로 들어왔다. 그는 잠시 서 있더니 기나긴 연설을 내뱉었다. 엘리자베스 부인이 그들의 언어로 대답을 하자 대장의 기나긴 연설이 다시 시작됐고 중간중간 부인이 확인을 위해 몇 번 질문을 했다.

"뭐랍니까?" 둘 다 조용해지자 사르꼬가 물었다.

"이름이 굴브란이라고 해요. 그리고 필그림이라고 불리는 이 마을 사람들의 대장이라고 소개했어요."

"그게 무슨 뜻이죠?" 사무엘이 물었다.

"네, 순례자요. 저 사람은 우리를 해칠 생각이 전혀 없대요."

"그러면 대체 왜 우리를 포로로 붙잡아 둔 거지?" 사르꼬가 불평했다.

"이 사람들 땅을 침범했기 때문이래요. 제가 깨어나면 바로 풀어 주려고 했대요. 브리타니아호와 존이 이끌던 탐사대에 대해 물었더니 우리가 저들을 도와주면 다 얘기해 주겠다고 약속했어요."

사르꼬는 눈썹을 추켜세우며 물었다.

"뭘 도와주면?"

"세인트미셸호 사람들이 섬에 내려 이리로 오고 있대요. 굴브란과 이 사람들은 총이 뭔지 알고 있어서 두려워해요. 다치는 사람이 없도록 우리에게 세인트미셸호 사람들을 막아 달라고 했어요. 저들이 원하는 건 그저 평화롭게 사는 건데 우리가 그럴 수 있게 도와주면 우리에게 빚을 진 거라 생각하겠다네요."

사르꼬는 머리를 긁적이더니 덴마크 사람들 대장에게 사악한 미소를 지어 보였다.

"그러니까 저들은 지금 무서워 죽을 지경이라는 거지? 그래서 지금은 저렇게 친절한 거고." 그가 빈정거리듯 말하며 두 어깨를 올리더니 마지막으로 말했다. "좋아, 저자들의 플레이에 한번 따라 보지."

* * * * *

카이로와 세인트미셸호를 타고 함께 온 사람들은 수백 미터 앞에 위치한 마을을 찾아갔다. 그들이 지나온 길에 텃밭과 작물이 있는 것을 봤기 때문에 사람이 살고 있다는 건 알고 있던 터였다. 오두막이 시야에 들어오자 카이로는 선원들에게 부채 모양으로 배치할 것을 명령하면서 조그만 문제라도 생기면 바로 총을 쏠 수 있게 준비하라고 일러두었다. 그런 다음, 조심스레 마을로 다가가기 시작했다. 마을에서 30미터 떨어진 거리까지 다가갔을 때 갑자기 오두막 뒤에서 장정이 한 명 불쑥 나왔다. 바로 사르꼬였다.

"어이, 카이로." 사르꼬가 길에서 친구를 만난 양 차분한 목소리로 그를 불렀다. "여기까지 오는 데 왜 이렇게 오래 걸려?"

"교수님!" 카이로가 외쳤다. "괜찮으세요?"

"멀쩡해."

"리사와 삼은요?"

"마찬가지야. 자, 가까이 와. 아무도 총은 쏘지 말고. 대신 무기는 잘 붙들고 있도록."

카이로와 선원들은 사르꼬에게 다가가 제일 처음 있는 오두막을 에워쌌다. 그런데 갑자기 남자, 여자, 아이들 할 것 없이 300명에 달하는 사람들이 마을 한가운데 모여 있는 모습을 보자 깜짝 놀랐다. 남자들은 무기를 소지하고 있었지만 손에 쥐고 있지는 않았다. 엘리자베스 부인과 사무엘은 굴브란 대장 옆에 서 있었다.

"저 자들은 누구죠?" 카이로가 물었다.

"덴마크 사람들." 사르꼬가 대답했다. "이제 질문은 그만해. 나도 저들이 여기서 뭘 하는 건지는 모르겠으니까. 카이로, 잘 들어. 저 굴러다니던 뼈다귀 같은 놈들이 평화를 원한다는데 저들 말은 털끝만큼도 믿을 수가 없단 말이야. 최대한 밝은 표정을 지으면서 혹시 모르니 언제든 총을 쏠 준비는 하고 있어." 그가 엘리자베스 부인에게 큰 소리로 말했다. "엘리자베스 부인, 이 사람들은 다 평화를 원하니 서로 고분고분하게 행동하면 아무도 안 다칠 거라고 굴브란에게 좀 전해 주겠어요? 그리고 브리타니아호에 대해 얘기해 주기로 한 약속도 잊지 말라고 상기시켜 주고요."

엘리자베스 부인은 덴마크 인들 대장에게 사르꼬의 말을 통역했다. 굴브란은 고개를 끄덕이고 난 다음 한 사내에게 낮은 소리로 뭔가를 말했다. 그러자 그자는 오두막 하나에 다가가 입구를 닫고 있던 빗장을 열더니 문을 열고 그 안에 있는 사람들에게 나오라는 손짓을 했다. 잠시 후, 다섯 명의 사람들이 오두막에서 나왔다. 한 명은 한쪽 팔을 붕대로 감고 있었고 다른 한 사람은 나무 막대에 기대 절뚝거리고 있었다. 그들은 모두 브리타니아호 선원들이었다.

* * * * *

세인트미셸호 사람들이 밖을 지키는 동안 사르꼬, 카이로, 사무엘

그리고 엘리자베스 부인이 브리타니아호의 선원 다섯 명과 함께 오두막 안에서 따로 이야기를 나눴다. 그들은 이등 항해사 에드워드 하딩, 기관장 찰스 엘러리와 선원 가마리엘 카우치, 리처드 헬프만 그리고 조셉 포츠였다. 엘리자베스 부인은 하딩과 안면이 있었기에 그에게 인사를 하고 그들의 건강 상태가 어떤지 물어 본 다음 질문했다.

"제 남편은요? 어디에 있어요? 남편에게 무슨 일 있었어요?"

얼굴이 천연두 자국으로 뒤덮인 40대의 하딩이 한 손으로 머리를 쓸며 답했다.

"포가트 경에 대해 아는 건 아무것도 없습니다, 부인. 섬 북쪽을 탐사한다고 몇몇을 데리고 가셨는데 그 후로 아무런 소식이 없었어요."

"그게 언제죠?" 엘리자베스 부인이 물었다. "그렇게 간 게 얼마나 됐냐고요."

하딩은 잘 모르겠다는 듯 머리를 긁적였다.

"확실히는 모르겠어요. 여기는 해도 안 지고 시계도 없어서 시간 감각이 별로 없어요." 이렇게 말한 뒤 동료들에게 물어 봤다. "2주쯤 됐나?"

나머지 네 명이 다 그다지 확실하지 않다는 듯 마지못해 고개를 끄덕였다.

"2주요?" 엘리자베스 부인이 손을 얼굴로 가져가며 말했다. "세상에나……."

사르꼬는 헛기침을 두어 번 내뱉더니 말했다.

"좋습니다, 좋아요. 우리가 알아보면 되죠. 하딩, 무슨 일이 있었는지 처음부터 말해 봅시다. 작년 6월에 브리타니아호가 포츠머스를 떠나 트론드하임으로 출발했죠. 안 그렇습니까?"

"그렇습니다, 사르꼬 교수님." 하딩이 대답했다.

"그리고 무슨 일이 있었던 겁니까?"

"트론드하임에서 일주일 정도 정박해 있었어요. 그런 다음 노스곶에 들러 하보이순드에서 연료와 먹을거리를 배에 실었죠."

"그런 다음 스발바르로 갔을 테지." 사르꼬가 추측해 봤다. "크비토바에 가서 포가트가 지하 도시를 발견했겠고."

"맞아요. 그런데 찾기까지 시간이 많이 걸렸어요. 포가트 경은 그곳을 찾고 매우 기뻐했어요. 그래서 그곳을 자세히 둘러보려고 동굴 안에 짐을 풀었죠. 처음에는 일주일만 머물 계획이었는데 연이어 지연이 되는 바람에 가을이 와 버렸죠."

"그래서 프란츠요세프란트로 갈 수가 없었겠군요." 카이로가 말했다.

"그래서," 하딩이 이어 말했다. "포가트 경은 겨울을 동굴에서 보내기로 했어요. 더 자세히 살펴보고 싶어 했는데 그 안에서 얼마나 지루했는지 말도 못 해요." 그가 곁눈질로 엘리자베스 부인을 보더니 사과했다. "죄송합니다, 부인."

엘리자베스 부인이 상관없다는 듯 손짓을 해 보인 뒤 말했다.

"브리타니아호는 작년 5월에 하보이순드로 돌아왔죠."

"네, 부인. 연료와 필요한 물품을 다시 채우려고 갔죠. 그런 다음 크비토바로 돌아갔고 약 한 달 뒤쯤 빙반이 충분히 녹아내렸을 때 프란츠요세프란트로 출발했죠."

"잠시만." 사르꼬가 그의 말을 가로막았다. "브리타니아호에는 몇 명이나 타고 있었던 거죠?"

하딩은 잠시 곰곰 생각을 한 다음 말했다.

"퍼킨스는 하보이순드에서 내렸어요. 동굴에서 미끄러지는 바람에 팔이 부러져 다시 영국으로 돌아가게 돼 있었어요. 그러니 포가트 경이랑 월러스 씨를 제외하고 모두 스물네 명이었네요."

"월러스는 누구죠?" 사르꼬가 물었다.

"레드퍼드 월러스는 포가트 경이 탐사에 데리고 온 화학자였어요."

"화학자……당연히 그랬겠지. 좋아요. 그럼 크비토바에서 겨울을 보낸 다음 지난 4일 프란츠요세프란트로 출발했죠? 빙반 가운데 있는 길을 찾는 데 오래 걸렸나요?"

"며칠 걸렸어요. 그런 다음 얼음 사이에 있는 수로를 따라갔고……그러다 참사를 당했죠."

"섬 앞에 있는 바위 말씀이시군요." 카이로가 말했다.

하딩은 고개를 끄덕였다.

"포가트 경은 자성이 있는 광물이라고 하더군요."

"자철광입니다." 사르꼬가 알려주었다.

"네, 그거요……. 그게 브리타니아호를 바위로 끌어당기는 바람에 배가 난파됐죠."

"혹시 사상자가 생겼나요?" 엘리자베스 부인이 궁금해 물었다.

하딩은 옆에 있던 몸이 다친 사내 둘을 가리켰다.

"엘러리는 한쪽 팔이 부러졌고 카우치는 발목이 부러졌어요. 그 외에 다친 사람은 없었어요. 그래서 브리타니아호에 있는 물건을 최대한 챙겨서 섬에 내렸어요. 그리고 얼마 후에 여기 원주민과 만났는데 아주 친절하게 우리를 받아 줬어요. 포가트 경도 며칠을 저들과 이야기도 하고 마을 가까이에 있는 폐허도 둘러보았죠. 그러다 섬을 마저 다 탐사하겠다고 했어요. 그런데 스칸디나비아 인들이 북쪽에 있는 지역에 들어가는 건 금지돼 있다고 하더군요."

"왜죠?" 사르꼬가 물었다.

"거기에 저자들의 신들이 산다나 봐요."

"그런데 포가트 경은 저들의 말을 듣지 않았겠군요."

"네. 일등 항해사 던컨, 화학자 월러스를 비롯한 아홉 사람을 데리고 북쪽으로 갔어요. 그런데 하루 종일 연락이 닿지를 않아 웨스트롭 선장님이 우리를 제외한 나머지 사람들을 이끌고 포가트 경을 찾으러 떠났죠……." 하딩의 표정이 어두워졌다. "아까도 말씀드렸듯이 2주 전에 있었던 일이에요. 그 뒤로 아무런 소식이 없었고요."

"무슨 일이 있었는지 알아보진 못했나요?" 카이로가 물었다.

"알아보려 했어요." 브리타니아호의 기관장 엘러리가 처음으로 입을 열었다. "카우치와 저는 몸 상태가 말이 아니어서 어쩔 수 없었지만 에드, 리처드 그리고 조셉이 찾아 나서려고 했어요."

"그런데 어째서 가지 않았죠?"

"여기 원주민들이 막았어요." 하딩이 대답했다. "그때까지만 해도 정말 친절했는데 우리도 북쪽으로 가려고 한다는 걸 알자 우리의 무기를 빼앗고 저 오두막에 가둬 버렸죠. 그래서 지금까지 쭉 저기에 있었던 겁니다."

"혹시 저들이 괴롭혔나요?" 카이로가 물었다.

"아니요. 그냥 저기에 격리시켜 뒀어요. 사실 우리를 어찌해야 할지 몰랐던 것 같아요."

이야기가 끝나자 모두 밖으로 나왔다. 덴마크 인들은 각자 할 일을 하러 이미 다 흩어졌고 마을 한가운데에는 굴브란 대장과 여섯 명의 사내 그리고 세인트미셸호 선원들만이 그들을 기다리고 있었다. 오두막에서 나온 엘리자베스 부인이 기둥에 기대 고개를 떨궜다. 부인의 얼굴이 창백했다.

"리사, 괜찮아요?" 카이로가 물었다.

부인이 고개를 끄덕이며 조용히 말했다.

"조금 어지러워서 그래요. 존이 죽었다니……."

"그건 아직 모르는 일이에요." 카이로가 말했다.

"2주씩이나 소식이 없잖아요." 부인이 슬픔에 잠긴 채 대꾸했다. "길이가 고작 12킬로미터 조금 넘는 이 작은 섬에서요."

"무슨 이유가 있어서 못 돌아오는 걸지도 모르죠." 사르꼬가 말했다. "무슨 일이 있었는지 모르면서 미리 낙담할 필요 없어요. 걱정 마세요, 무슨 일인지 알아낼 테니. 지금은 굴브란 대장이랑 이야기를 좀 해야겠으니 괜찮으시다면 부인이 통역을 해 주시면 고맙겠습니다."

"배에 남은 사람들이 우리 걱정을 하고 있을 거예요." 사무엘이 말했다. "무사하다는 걸 알려야 돼요."

"맞아, 잊고 있었네요." 엘리자베스 부인이 말했다. "지금쯤 캐시가 많이 걱정하고 있을 거예요."

"그 문제는 제가 해결하죠." 카이로가 말했다. "바다에 사람을 보내 배에 신호를 보내겠습니다."

* * * * *

    캐서린은 조종실에서 나와 미간을 찌푸린 채 갑판 위를 뛰었다. 그녀는 화가 많이 났다. 안도했지만 화가 난 마음이 더 컸다. 엘리사가라이가 섬에서 신호를 보내 엘리자베스 부인, 사르꼬 그리고 사무엘이 무사하다는 사실을 알렸다고 베른 선장이 전해 왔다. 이 때문에 캐서린은 안도했다. 하지만 여전히 아버지 소식은 없었기 때문에 화가 났다. 그래서 베른 선장에게 배에서 내리게 해 달라고 청했지만 선장은 불가능하다는 답변만 줄 뿐이었다.

    "캐시, 보트는 이미 떠난 사람들이 다 가져가 버렸어요." 선장이 말했다. "섬에 있어서 어쩔 도리가 없다고요."

    그래서 그녀는 더욱 화가 났다. 배에 갇힌 자신이 무능력하고 무기력하게 느껴졌고, 이처럼 가까이에 있으면서 아버지 소식을 모른다는 사실에 괴로웠다. 불길한 생각에 잠겨 있던 캐서린은 조종실 문을 꽝 차고 나와 빠른 걸음으로 갑판을 지나 배 안과 연결되는 계단을 내려갔다. 그런 다음 자신의 선실로 가는 텅 빈 복도를 뛰기 시작했다. 그런데 복도를 반쯤 지났을 때 뭔가가 캐서린의 주의를 끌었다. 무슨 소리가 들려왔다. 캐서린은 걸음을 멈추고 그 소리에 귀를 기울였다. 무선 통신사의 방 안에서 스위치 소리가 나고 있었다.

    캐서린은 조심스레 방으로 다가가 문에 귀를 바짝 갖다 댔다. 누군가가 모르스식 전신 부호로 메시지를 보내고 있었다. 그런데…… 사르꼬 교수님이 신호는 완전히 다 끄라고 하지 않았던가? 그녀는 숨을 멈추고 집중해서 소리에 귀를 기울였다. 누군가가 똑같은 메시지를 여러 차례 반복해서 보내고 있었다.

최대한 소리가 나지 않도록 주의하며 캐서린은 주머니에서 연필과 공책을 꺼내 그 메시지를 기록했다. 그때, 갑자기 소리가 멈추었고 누군가 의자에서 일어나는 소리가 들렸다. 캐서린은 서둘러 복도 끝으로 가 칸막이 벽 뒤에 몸을 숨겼는데 그때 바로 방문이 열리며 한 사내가 갑판 쪽으로 걸어 나갔다.

캐서린이 살짝 머리를 내밀고 그 사내가 바로 무선 통신사인 로만 망글라노임을 확인했다. 그가 계단을 올라 갑판으로 사라지자, 캐서린은 복도 한가운데로 나와 생각에 잠겼다. 사르꼬 교수님이 전신 사용을 금지했는데 대체 망글라노는 왜 교수님 말을 거역했을까? 메시지를 보내는 게 아니라 기계 상태를 확인하는 것일지도 몰랐다. 혹은 교수님이 전신을 이제 사용해도 된다고 허락했는데 자신이 그 이야기를 못 들었을 수도 있다. 이 사실을 선장에게 알려야 할지 잠시 고민했지만 캐서린은 화가 난 상태였고 망글라노가 수차례 보낸 메시지는 그녀가 보기에는 아무런 의미 없는 내용이었다.

자신의 방으로 돌아가기 전에, 캐서린은 공책이 적은 내용을 다시 보았다. 813464444549.

별 의미 없는 내용이라 생각하며 캐서린은 방으로 발걸음을 옮겼다.

* * * * * *

외부인들이 다시 대화를 청해 오자 굴브란은 마을 위원회를 소집하기로 결정했다. 위원회는 일곱 명의 노인과 세 명의 청년으로 구성돼 있었다. 사르꼬, 카이로 그리고 엘리자베스 부인은 덴마크 인들의 시청으로 보이는, 마을에서 가장 큰 오두막에서 위원회와 대면하게 되었다. 그들은 모두 흰곰 가죽 위에 둘러앉아 있었다. 사르꼬는 엘리자베스 부인의 도움을 받아 대장에게 이 마을 사람들이 어디에서 왔으며 어떻게 이 섬까지 오게 됐는지 물었다.

굴브란은 조상들로부터 전해 내려오는 내용만 알 따름이라고 했는데, 그 이야기에 따르면 그들의 조상인 필그림은 머나먼 덴마크 왕국의 베스테르비크라는 곳에서 왔다. 크리스티안 왕이 죽자 덴마크는 이웃나라 스베리예와 전쟁을 하게 됐고 필그림은 덴마크를 떠나 대양을 건너 새로운 세계로 가기로 결심했다. 그러나 항해를 시작할 때 태풍을 여러 차례 만났고 이 때문에 배가 머나먼 북쪽으로 휩쓸려 갔다. 망망대해에서 길을 잃고 있었는데 배 선장이 북쪽에 섬이 있다고 들었다고 말하며 그곳은 따뜻하고 땅이 비옥한, 신들이 살고 있는 섬이라고 했다. 그리고 결국 필그림은 그곳을 찾았고 그들이 '신들의 섬'이라고 부르는 이 섬에 도착했다.

"스베리예는 스웨덴이에요." 엘리자베스 부인이 굴브란의 말을 다 통역하자 사르꼬가 말했다. "그 왕은 아마도 크리스티안 4세일 겁니다. 그가 죽자, 17세기 중반에 덴마크와 스웨덴 사이에 전쟁이 벌어졌죠."

"그렇다면," 카이로가 물었다. "이 사람들은 여기에서 두 세기 반 이전부터 살았단 말인가요?"

"그런 것 같군." 사르꼬가 대답했다. "보웬은 이 섬에 덴마크 사람도, 그 누구도 살고 있다고 하지 않았어. 그러니 10세기 이후에야 여기에 온 거겠지." 그가 엘리자베스 부인에게 말했다. "섬 북쪽에는 뭐가 있는지 물어 보세요."

부인이 굴브란에게 질문을 전달하자 대장은 왼손 엄지손가락과 심장 사이에 검지를 두며 나쁜 기운을 물리치는 듯한 제스처를 취했다.

"북쪽에," 엘리자베스 부인이 통역했다. "고대에 세워진 담 뒤, 불산 아래에 아스가르드 신전이 있다고 해요. 그 신전에서 오딘이 그의 옥좌 흘리드스칼프에 앉아 있대요."

사르꼬가 놀란 표정을 지었다.

"그런데 이 사람들은 그리스도교가 아닌가요?" 그가 물었다. "17세기에 이주했다면 분명 그럴 텐데요."

엘리자베스 부인이 대장에게 질문을 한 뒤 그의 답을 통역했다.

"굴브란에 따르면 분명 그리스도를 섬긴다고 해요. 그런데 이 섬에는 아스가르드가 살고 있기 때문에 이곳의 오래된 신들 또한 섬긴대요. 하늘에서 매일 오딘의 빛을 본다고 하는데 오딘을 '눈'이라 부른다고 해요."

"눈이요?" 사르꼬가 의아하다는 듯 한쪽 눈썹을 올렸다. 그리고 갑자기 손바닥으로 이마를 치며 외쳤다. "그렇지! 눈이지! 북구 신화에 따르면 최고의 신 오딘은 거인 밈의 지혜의 샘에서 물을 마시는 바람에 왼쪽 눈을 잃게 돼 눈이 한쪽밖에 없다고 했어. 지하 신전에서 본 우상이랑 절벽에 조각된 형상도 다 외눈인 키클로페스야. 모든 게 다 맞아떨어지는군!"

카이로가 한쪽 눈썹을 추켜세우며 사르꼬를 쳐다보더니 말했다.

"그게 그다지 도움이 될 것 같지는 않은데요, 교수님."

"그렇겠지." 사르꼬가 수긍했다. "하지만 흥미롭군. 그래, 계속하죠.

50

엘리자베스 부인, 혹시 대장이나 저 촌닭들 중에 섬 북쪽에 간 사람이 있나 물어 봐 주세요."

엘리자베스 부인은 사르꼬의 부탁에 따라 이야기를 전한 뒤 대장의 답을 통역했다.

"없대요. 아스가르드는 인간에게 금기 지역이라 저들 중 그 누구도 어긴 적이 없다고 해요. 그런데 과거에 필그림 중 일부가 그 담을 넘으려 시도했지만 모두가 '에데르코페 굿'의 분노에 의해 죽었대요."

"그건 또 뭐예요?" 카이로가 물었다.

"에데르코페 굿을 직역하자면, '거미 신'이에요."

"또 지겨운 그놈의 거미 얘기군." 사르꼬가 으르렁거렸다. "그놈의 거미는 계속 나와⋯⋯."

잠시 침묵이 흘렀다. 위원회 몇 명이 다시 입을 열기 시작했다. 굴브란은 위엄 있는 태도로 그들의 말을 멈추게 하고 엘리자베스 부인에게 뭔가를 말했다.

"이 섬에 오래 있을 거냐고 대장이 묻네요." 부인이 어두운 표정으로 통역했다. "브리타니아호 사람들은 이미 죽었으니 찾으러 가지 말라는군요. 가면 죽음만이 기다리고 있을 거래요."

사르꼬와 카이로는 서로를 쳐다보았다.

"당연히 찾으러 갈 겁니다, 엘리자베스 부인." 사르꼬가 말했다. "그런데 이 사람들은 모르는 게 나을 것 같네요. 당신네 신을 존중하니 며칠만 이 섬에서 편안하게 지내다 가겠다고 전해 주세요."

엘리자베스 부인이 덴마크 사람들에게 사르꼬의 말을 전하자 대장이 뭔가를 애처롭게 말했다.

"대장이 최대한 빨리 이 섬을 떠나 달라고 애원해요. 아니면 이 사람들한테 불행이 닥칠 거래요."

"그건 왜죠?"

엘리자베스 부인과 대장이 한참 이야기를 나누더니 마침내 부인이 대화 내용을 전했다.

"약 60년 전, 대장이 아직 어릴 때 물 밑으로 다니는 배를 타고 위대한 마법사가 섬에 온 적이 있대요."

"네모!" 카이로가 외쳤다.

"맞아요." 부인이 말했다. "네모 선장이 노틸러스호를 타고 와서 섬을 둘러본 뒤 덴마크 사람들에게 쇠로 된 배를 타고 사람들이 오는 날에 이들이 살고 있는 이 작은 낙원이 파괴될 거라고 했대요. 그렇게 되면 이들 목숨이 위험해지기 때문에 섬을 떠나 다른 곳을 찾아야 한다고 했대요."

"이런, 네모!" 카이로가 말했다. "서양인들에 대해 좋은 인상을 갖고 있지 못했나 보군요."

"그는 모두를 증오했지." 사르꼬가 대꾸했다. "엘리자베스 부인, 브리타니아호 선원 다섯 명은 왜 가뒀는지 물어 봐 주세요. 그리고 그 얘기를 하는 김에 왜 부인과 두라스노와 저를 잡아왔는지도요."

엘리자베스 부인이 질문을 전하자, 굴브란은 매우 불편한 듯 시간을 끌더니 한참 후에야 조용히 말했다.

"브리타니아호에서 온 저 다섯 명을 붙잡은 덕에 저들의 목숨을 구했다고 해요." 부인이 전했다. "이 다섯 명이 동료들을 찾으러 갔더라면 에데르코페 굿이 죽었을 거래요. 우리 셋의 경우에는 우리가 누구인지도 몰랐고 무슨 의도로 왔는지 몰랐기 때문에 잡아오기는 했지만 해칠 생각은 전혀 없었대요. 본인들은 평화로운 사람들이고 그저 조용히 살고 싶다고 하네요."

"저 자식은 우리 무기가 무서워서 지금 저렇게 친절하게 대하는 거라고는 안 하지." 사르꼬가 말했다. "거미 신을 바로 앞에서 본 적이 있냐고 물어 보세요."

그 질문을 듣자, 굴브란은 다시 액운을 쫓는 제스처를 취하더니 대답을 하는 동시에 고개를 세차게 흔들었다.

"에데르코페 굿을 본 적은 한번도 없대요. 그런데 전해 오는 말에 의하면, 에데르코페 굿은 크기가 산만 하고 입에서 불을 토해 낸대요."

사르꼬는 자리에서 일어나더니, 기지개를 켠 다음 말했다.

"이 사람들한테서 알아낼 건 더 없을 것 같군요. 그러니 얘기는 여기서 마치도록 합시다. 최대한 귀찮게 안 할 테니 우리가 여기에 없다고 생각하고 하던 일이나 그대로 하라고 해요."

모임이 끝나자 사르꼬와 카이로 그리고 엘리자베스 부인이 밖으로 나와 염소들이 울고 있는 우리 옆에 섰다. 오른쪽에는 나무로 만든 토끼우리가 있었다. 사르꼬는 동물들을 쳐다보더니 말했다.

"토끼 말고 염소도 있네. 대체 이건 다 어디에서 나온 걸까?" 그가 손바닥으로 입을 가리며 하품을 하더니 물었다. "몇 시야?"

"7시 반이요." 카이로가 시계를 보고 대답했다.

"오후? 아니면 오전?"

"제가 틀린 게 아니라면 7월 1일 목요일 오후 7시 반이요."

"계속 낮이라 시간 감각이 없어진다니까." 사르꼬가 말했다.

"이제 어쩔 생각이에요?" 엘리자베스 부인이 물었다.

"저는," 사르꼬가 대답했다. "자러 가 보겠습니다. 지금 녹초가 됐어요. 하지만 내일은 존과 브리타니아호 사람들을 찾아 북으로 갈 겁니다. 이제 우리 사람들을 모아 다시 배로 돌아갑시다."

* * * * *

캐서린은 배로 돌아온 어머니를 만나자 매우 기뻐했다. 하지만 아직 아버지의 행방을 알지 못한다는 이야기를 듣자 하늘이 무너져 내리는 것을 느꼈다. 엘리자베스 부인은 씻고 옷을 갈아입고 싶다며 샤워실로 갔고, 캐서린은 우리에 갇힌 맹수같이 안절부절못하며 방 안을 왔다 갔다 했다.

30분 뒤 엘리자베스 부인이 벨벳 가운을 입고 머리에 수건을 두른 채 선실로 돌아왔다. 캐서린이 비난하는 듯한 눈초리로 어머니를 쳐다보며 말했다.

"엄마, 어떻게 그렇게 태연할 수가 있어요?"

엘리자베스 부인이 한숨을 내쉬었다.

"캐시, 태연한 게 아니라 그냥 피곤한 거야."

"그래서 저기 다른 사람들처럼 그냥 쉬려고 하는 거겠죠. 그러는 동안 아빠는 여전히 행방불명 상태라고요."

"캐시, 정말이지 피곤한 하루였어. 그리고 네 아버지는 행방불명이 된 지 벌써 15일이나 됐기 때문에 열두 시간 더 늦게 간다고 크게 결과가 달라지진 않을 거야.”

“그걸 어떻게 알아요? 다쳐서 급하게 도움이 필요할지도 모르잖아요…….” 캐서린은 팔짱을 끼고 다시 방 안을 배회했다. “이건 다 망할 사르꼬 교수님 탓이야…….” 캐서린이 중얼거렸다.

“그건 옳지 않아, 캐시. 사르꼬 교수님은 네 아버지가 이런 상황에 처하게 만든 장본인이 아니잖아. 오히려 우리를 돕고 있어.”

캐서린이 그 자리에 우뚝 멈춰 서더니 두 손을 허리춤에 올렸다.

“펜린에 가겠다고 우기지만 않았어도 제시간에 왔을지도 모르잖아요.”

“펜린에 가지 않았다면 사나흘은 더 빨리 왔겠지. 그런데 네 아버지는 이미 2주 전에 사라졌어.”

캐서린이 눈을 동그랗게 뜨며 믿을 수 없다는 듯 고개를 저었다.

“왜 교수님 편들어요?”

“교수님이 비난받을 만한 행동을 하지 않았잖아.” 엘리자베스 부인이 침착한 태도로 깊이 숨을 쉬며 말했다. “캐시, 내 얘기 잘 들어. 지금 일어나고 있는 일이 정말 끔찍하다는 것도 알고 지금 네 기분도 말이 아니라는 거 알아. 그런데 누굴 탓하는 게 다 무슨 소용이겠니. 네 아버지가 어떻게 살아왔는지 알잖아. 늘 위험한 인생을 살았고 그건 사르꼬 교수님의 탓이 아니잖아.”

캐서린이 이를 악물었다. 그녀의 눈에는 눈물이 고였다.

“하지만 여기서 이렇게 아무것도 하지 않고 찾으러 가지도 않는 건 잘못하는 거예요. 엄마도 똑같아요.”

엘리자베스 부인이 캐서린에게 다가가 한쪽 어깨에 손을 올렸다.

"캐시, 이 섬은 아주 작아. 북쪽 끝에서 마을까지 4마일이 채 넘지 않는 거리야. 네 아버지는 열한 명이랑 북쪽으로 갔다가 돌아오지 않아서 그다음 날 선발대를 찾아 아홉 명이 더 갔는데, 그 사람들도 돌아오지 않았어. 다시 말하지만, 섬 북쪽에서 마을까지는 4마일도 안 된다고. 이 거리라면 부상을 입었더라도 몇 시간이면 도착해."

"함정에 빠진 걸 수도 있잖아요. 갇혔을 수도 있고……."

"그럴 수도 있겠지." 엘리자베스 부인이 슬픈 표정으로 말했다. "그런데 캐시, 딸아, 최악의 상황을 준비해야 될 것 같아……."

캐서린은 믿을 수 없다는 표정으로 낯선 사람을 바라보듯 어머니를 바라보았다. 그녀는 어머니의 손을 치우고 뒷걸음질을 쳤다.

"아니야." 캐서린이 떨리는 목소리로 말했다. "아빠는 살아 있어."

"나도 정말 그랬으면 좋겠어, 캐시. 하지만……."

"듣기 싫어! 아빠는 살아 있어! 알아? 살아 있다고!"

이렇게 외친 뒤 캐시는 침대에 몸을 던져 베개에 얼굴을 묻고 울음을 터뜨렸다.

사무엘 두랑고의 일기(1920년 7월 1일 목요일)

오늘 배에 돌아오고 나서 캐시와 이야기를 나누려 했으나 내 이야기에는 별로 귀 기울이지 않고 아버지 일과 섬에서 뭘 알아냈는지만 물어 보더니 엘리자베스 부인과 선실로 가 버렸다. 사실 그렇게 걱정을 하고 있으니 당연한 일이다.

몸이 피곤했지만 작업실로 내려가 데달로에서 찍은 사진 몇 장을 인화했다. 화산 아래에 있는 건물을 찍은 사진을 보았는데 그곳은 아주 이상했다. 물론 사진으로 세세한 부분까지 다 보기는 힘들지만 그곳을 한눈에 봤을 때는…… 글쎄, 평범한 것 같지는 않았다. 건물은 다 일정하지 않은 간격으로 세워져 있었고 각도도 틀어진 상태로 기울어져 있었다. 교수님은 그곳을 '성채'라고 부르지만 내 눈에는 집 같지도, 도시 같아 보이지도 않는다. 더군다나 안쪽에 있는 검정 원형 지붕 꼭대기는 뭔가 초자연적인 느낌을 준다. 더 정확히 말하자면 색채가 없기 때문에 그래 보인다. 아주 멀리서 봤지만 그렇게 어둡고 시커먼 건 이전에 본 적이 없다. 물체라기보다는 그저 구멍이 뚫려 있는 모습 같다.

그곳은 대체 뭘까? 누가 왜 지었을까? 교수님이 섬 북쪽에 구출 탐사를 갈 거라고 하면서 나도 같이 가야 한다고 해서 같이 갈 것이기 때문에 내일이면 이 모든 질문에 대한 답을 찾을지도 모르겠다.

이상하다. 스무 명이 넘는 사람이 그곳에 가 아직 돌아오지 못했는데 두려움은커녕 호기심이 든다.

에데르코페 굿

다음 날 오전 6시에 항해사 식당에서 아침 식사가 서빙 되었다. 베른 선장, 엘리사가라이, 신트라, 사르꼬, 카이로, 엘리자베스 부인과 캐서린, 가르시아 그리고 사무엘이 탁자에 둘러앉아 주방에서 보조로 일하는 라몽이 내온 스크램블드에그를 아무 말 없이 먹었다. 사르꼬와 카이로, 엘리사가라이와 베른 선장은 커피를 마시며 탐사에 챙겨 가야 할 물품을 의논했다. 이야기가 끝나고 자리에서 막 일어나려는 찰나에 엘리자베스 부인이 말했다.

"교수님, 저도 같이 가고 싶어요. 그런데 제가 방해가 될 것 같으면 군말 없이 교수님 생각을 따르겠습니다."

사르꼬는 눈썹을 올리더니 슬쩍 카이로를 쳐다본 다음 다시 베른 선장을 보고선 낮은 소리로 뭔가를 투덜거렸다. 그러고 난 뒤 말했다.

"엘리자베스 부인, 방해가 아닙니다. 오히려 실전에서 꽤 능력이 있다는 걸 보여 주셨으니 부인의 능력은 부정하지 않겠습니다. 그런데 분명 이번 탐사는 위험하고 부인의 생명까지 위험해지기 때문에 제 마음이 불편하겠네요. 하지만 다 큰 어른이시니 결정은 스스로 하십시오."

베른 선장과 카이로는 입이 쩍 벌어진 채 다물 줄을 몰랐다. 사르꼬 교수가 이처럼 부드럽게 말하다니, 놀라운 일이었다.

"그렇다면," 엘리자베스 부인이 답했다. "저는 같이 가겠어요."

"저도요." 캐서린이 심각한 표정으로 말했다.

"캐시, 안 돼." 부인이 말했다. "너는 배에 있어."

캐서린은 절망에 찬 표정으로 물었다.

"왜요?"

"교수님도 말씀하셨듯이 너무 위험해."

"저는 스물한 살이나 된 성인이라고요. 어머니는 가는데 왜 나는 안 돼요?"

"나는 내 남편을 찾으러 가는 거잖아."

"제 아버지이기도 하잖아요."

"맞아, 네 아버지이지. 자연의 순리에 따라 자식이 부모보다 오래 살아야지. 그러니 이번 탐사에 나는 가도 너는 안 돼."

"따님이 여기까지 왔는데," 사르꼬가 중간에 끼어들었다. "마지막에 와서 같이 가지 못하게 하는 건 의미가 없는 것 같습니다."

엘리자베스 부인이 냉정하게 그를 쳐다봤다.

"고견은 감사하지만요, 교수님," 부인이 말했다. "제 딸이라고요. 여기까지 데려온 이유는 혼자 런던에 두는 것보다 제 곁에 두는 게 더 안전할 거라 생각해서였어요. 그런데 지금은 세인트미셸호에 있는 게 더 안전하니 캐시는 배에 그냥 있어야 해요."

"엄마, 그건 불공평하다고요." 캐시가 항의했다.

"불공평하다 하더라도 이미 끝난 결정이야."

캐서린이 잠시 숨을 멈추더니 천천히 내뱉었다. 그녀는 아주 심각한 표정으로 의자 등받이에 몸을 기대지 않은 채 꼿꼿이 앉아 사르꼬에게 물었다.

"제 편 들어주셔서 고맙습니다, 교수님. 그러실 줄은 생각도 못했어요." 그러더니 잠시 말을 멈추고 다시 말을 이었다. "참, 무선 통신을 사용하지 말라고 하셨던 걸로 기억하는데요……."

"맞습니다." 사르꼬가 대답했다. "아무도 우리의 위치를 알아서는 안 되죠."

"그런데 어제 오후에 제가 무선 통신실을 지나다가 망글라노 씨가 메시지 보내는 걸 들었어요."

"메시지?" 사르꼬가 눈썹을 추켜세웠다. "메시지인 건 어떻게 알죠?"

"문에 귀를 대고 들었거든요. 그리고 또 아버지가 모스 부호를 가르쳐 주셨었어요. 숫자였는데, 여러 차례 반복해서 보냈어요."

사르꼬는 눈을 감고 무거운 한숨을 내쉬더니 낮은 목소리로 다시 말했다.

"그러면 그 숫자 혹시 기억하시려나요, 캐서린 양?"

"아니, 기억은 안 나요. 그런데 메모해 두었어요."

캐서린이 가방을 열고 그 안에서 공책을 꺼내 숫자가 적힌 종이를 찢어 사르꼬 앞에 올려 두었다.

813464444549.

잠시 놀란 표정으로 그 숫자를 보던 사르꼬의 얼굴이 벌게지며 눈을 크게 떴다.

"망할 놈의 배신자 같으니! 그 염소, 아니 낙타 자식이 우리를 팔아 먹었어!" 사르꼬가 무섭게 자리에서 일어나더니 소리를 버럭 질렀다.

"죽여 버리겠어!"

그런 다음 빠른 걸음으로 식당에서 나갔다. 카이로도 그를 따라 일어나 자리를 뜨면서 말했다.

"교수님이 이성을 잃고 큰일을 벌이지 않게 제가 따라가 봐야겠어요."

카이로가 식당에서 나가자 다들 아무 말도 못하고 침묵했다. 가르시아가 베른 선장에게 물었다.

"대체 무슨 일이에요?"

"그러게요." 캐서린이 말했다. "그 숫자가 뭘 뜻하는 거예요?"

선장이 슬픈 표정으로 고개를 절레절레 저었다.

"그건 하나의 숫자가 아니라 여섯 개의 숫자가 합쳐진 거요." 그가 종이를 가리키며 목청을 높여 말했다. "북위 81도 34분 64초, 서경 44도 45분 49초. 보웬의 섬의 지리 좌표예요. 망글라노가 우리의 위치를 알려 준 겁니다."

* * * * *

로만 망글라노는 부엌 옆에 있는 식당에서 나머지 선원들과 함께 식사를 하고 있었다. 그가 막 커피 잔을 비웠을 때 사르꼬가 들어와 주저 없이 그에게 다가갔다. 그러더니 망글라노가 미처 대처를 하기도 전에 그의 멱살을 잡아 솜 인형을 들듯 번쩍 들어 올렸다.

"하수구의 쥐새끼 같은 놈!" 사르꼬가 그의 얼굴에다 대고 버럭 소리를 쳤다. "인간쓰레기 같은 놈!"

망글라노는 무서워서 잠시 그 자리에 얼어 있다가 어안이 벙벙해 화를 냈지만, 사르꼬는 눈 하나 깜짝도 하지 않은 채 식당과 계단으로 그를 질질 끌고 나갔다. 중간에 그를 따라온 카이로와 마주쳤지만 사르꼬는 한 손으로 그를 옆으로 밀어 버렸다.

"교수님, 진정하세요." 카이로가 말했다.

"진정은 개뿔!" 사르꼬가 공포에 질린 망글라노를 계단으로 계속 끌고 가며 말했다. "죽여 버리겠어."

사르꼬는 갑판으로 나와 망글라노를 선미로 끌고 갔다. 나머지 선원들은 식당에서 나와 몇 미터 뒤에서 쫓아왔다. 잠시 후, 선장과 가르시아 그리고 두 여인도 같이 나왔다. 사르꼬는 돛대 앞에 이르러서야 걸음을 멈추더니 밧줄을 집어 든 다음 망글라노를 앉히고 그의 손을 뒤로 묶었다. 그런 다음 그를 일으키고 맹수가 가냘픈 사슴을 쳐다보듯 무섭게 보았다. 망글라노는 바람 앞에 맥을 추지 못하는 촛불처럼 부르르 떨면서 도와 달라고 소리쳤다.

"조용히 해, 이 배신자 자식아!" 사르꼬가 버럭 소리를 질렀다.

망글라노는 더 이상 아무 말도 못하고 겁에 질린 상태로 그를 쳐다보았다.

"우리를 배신했어, 이 더러운 놈이." 사르꼬가 무섭게 말을 했다. "네 내장을 뜯어 그걸로 네 목을 졸라 마땅하다고."

"아니에요, 교수님……." 망글라노가 도움을 요청하는 듯한 눈길을 이쪽저쪽으로 보내며 말했다. "저는 아무 짓도 안 했다고요……."

"아무 짓도 안했다고, 이 버러지 같은 자식아? 어제 네가 메시지 보내는 걸 들었다고 하는데? 내가 기억하기로는 통신을 아예 사용하지 말라고 했던 것 같은데."

망글라노는 눈을 여러 차례 깜빡거렸다.

"메시지 안 보냈어요." 떨리는 목소리로 그가 말했다. "그냥 점검을 하고 있었다고요. 안테나는 뽑아 놨었어요……."

사르꼬는 험악한 미소를 지어보였다.

"그럼 기기 점검을 하는데 하필 이 섬 좌표를 찍었나 보지?"

이미 창백한 표정의 망글라노의 얼굴이 백지장처럼 더 허옇게 뜨더니 그가 소리쳤다.

"그건 거짓말이에요! 저는 절대 배신하지 않았다고요……!"

망글라노의 말을 무시한 채 사르꼬는 밧줄을 집어 들고, 위로 가로 돛대를 지나게 던진 다음 망글라노를 향해 걸어갔다. 점점 더 겁에 질린 망글라노는 도망쳐 보려 했으나 소용이 없었다. 사르꼬는 망글라노의 한쪽 팔을 잡고 밧줄로 목을 여러 번 두른 뒤 밧줄 반대쪽을 당겨 그의 몸이 들리게 해 목이 졸리게 만들었다.

잠시 동안 아무도, 아무 말도, 아무 행동도 취하지 않았다. 모두 숨이 점점 막혀 가며 허공에 다리를 휘젓고 있는 망글라노를 멍하니 쳐다볼 따름이었다. 그의 얼굴색이 검붉어지기 시작하자, 엘리자베스 부인이 몇 발짝 앞으로 가며 소리쳤다.

"그만해요! 저러다 죽겠어요!"

"사르꼬, 이제 그만하면 됐으니 놔 줘요." 선장이 말했다.

사르꼬는 잠시 부동의 자세로 있었다. 그러다 이를 갈며 밧줄을 놓았고 망글라노는 힘겹게 숨을 들이쉬며 마치 바닥에 던져진 꼭두각시처럼 축 처진 상태로 바닥에 쓰러졌다. 사르꼬는 그 곁에 무릎을 꿇고 사악한 목소리로 말했다.

"잘 들어, 이 쓰레기 같은 놈아. 나를 배신한 그 순간부터 너는 이미 인간이기를 포기한 어리석고 혐오스러운 버러지가 된 거야. 이 신발로 밟아 죽여도 시원치 않다고. 그러니 다시 거짓말할 생각 하지도 마. 한 번만 더 거짓말했다간 저 돛대에 매달아서 네 혀가 이 바닥에 닿을 때 까지 아무도 날 막을 수조차 없을 테니. 잘 알아들었나?

망글라노는 머리를 끄덕이며 연신 기침을 해 댔다. 사르꼬는 그를 세운 다음 물었다.

"너를 매수한 자가 누구야? 아르단 맞지?"

망글라노가 시선을 아래로 내리깔았다.

"네……." 작은 목소리로 그가 대답했다.

"어디에서?"

"하보이순드에서 쉬는 동안요……."

"돈은 얼마나 줬어?"

망글라노는 침을 삼키려 했으나 입안이 바짝 말라 삼킬 수가 없었 다.

"5만 파운드요……." 떨리는 목소리로 그가 말했다. "그리고 일이 다 끝나면 5만을 더 준다고 했어요……."

"이런 쥐새끼 같으니……." 사르꼬가 분노를 삭이려는 듯 크게 숨을 내쉬었다. "돈은 어디다 숨겼어?"

"제…… 짐 속에요……."

사르꼬가 카이로에게 말했다.

"카이로, 가서 찾아봐." 이렇게 말한 다음, 다시 망글라노를 향해 말했다. "이제 제일 중요한 질문을 하도록 하지. 어제 말고 몇 번이나 연락을 했지?"

"한 번도 안했어요. 어제 처음으로 했습니다……."

사르꼬는 눈을 가늘게 뜨고 망글라노에게 얼굴을 바짝 댔다.

"거짓말하지 마." 그가 으르렁거렸다.

"거짓말 아니에요!" 망글라노가 소리쳤다. "목적지에 도착하면 좌표를 보내기로 협상한 거였어요. 어제 처음이자 마지막으로 연락한 거예요. 제 어머니의 이름을 걸고 맹세할게요……."

사르꼬는 잠시 그를 뚫어져라 쳐다보았다. 그런 다음 망글라노를 놓고 경멸스러운 말투로 말했다.

"이 뱀 같은 놈은 지금 거짓말을 하기에는 너무 겁에 질려 있어. 내가 생각을 바꿔 내 손으로 목을 졸라 버리기 전에 창고로 데려가 가둬."

선원 몇 명이 덜덜 떨고 있는 망글라노의 팔을 붙들고 신트라와 함께 배 안으로 사라졌다. 그러는 동안 베른 선장과 카이로 그리고 엘리자베스 부인이 갑판 한가운데에 가만히 서서 생각에 잠겨 있는 사르꼬에게 다가갔다.

"이제 어쩔 셈인가요, 사르꼬?" 선장이 물었다.

"저 하이에나 같은 자식이 보낸 메시지를 카리브디스호에서 못 받았길 빌어야죠. 그런데 별로 그럴 것 같지는 않군요. 어디 보자……. 연락을 하고 열 두 시간이 지났으니……." 그가 잠시 계산을 해 보았다. "여기까지 최소 이틀 이상 걸릴 거예요. 아마 사흘 정도 걸릴 겁니다. 그러니 우리는 늦어도 72시간 안에 일을 마쳐야 해요. 저 망할 놈의 섬으로 당장 가야겠네요."

* * * * *

세인트미셸호에 있던 두 보트가 해안 방향으로 달렸다. 보트 한 대에는 열 명이 타고 있었고 나머지 한 대에는 사내 열 명과 여자 한 명이 타고 있었다. 모두가 무기와 장비를 단단히 준비하고 있었다. 계획은 간단했다. 배에 내린 다음, 덴마크 사람들 마을로 가서 두 팀으로 나누기로 했다. 한 팀은 마을 가까이에 야영지를 세우고 다른 팀은 성채가 있는 북쪽으로 가기로 했다.

섬으로 가는 도중 이미 여러 번 봤던 초록색 불빛이 갑자기 하늘에 퍼지기 시작했다.

"확실해." 사르꼬가 말했다. "저 빛은 성채에서 나오는 거야."

"저게 뭘까요?" 카이로가 물었다.

사르꼬가 두 어깨를 으쓱 들어 올렸다.

"빛나는 둥근 원이라는 건 알겠는데 왜 생기는지는 전혀 모르겠어."

잠시 동안 엔진에서 나오는 소리와 물을 가르는 소리만 들렸다.

"지금 이러는 게 맞는 일인지 모르겠네요." 난데없이 가르시아가 말했다.

"무슨 뜻이지?" 사르꼬가 물었다.

"이 보트에 타고 가는 거요. 교수님, 저는 탐험가가 아니에요. 저는 그저 연구실에서나 일하지, 이런 숲이나 자연 속에서 일하는 사람이 아니라고요."

사르꼬가 웃음을 터뜨렸다.

"어이, 친구. 그런 숲이라든지 자연 같은 건 전혀 걱정하지 않아도 돼. 화산 아래에 있는 성채에 자연 따위 전혀 없다고."

"어쨌든 위험한 곳이잖아요……."

사르꼬가 다시 어깨를 들어 보이며 말했다.

"산다는 거 자체가 위험한 거야."

"네, 그런데 저는 지금까지는 생명을 잘 부지해 왔어요. 죄송하지만 이번 탐사에 동행하는 게 너무 불안하네요."

사르꼬가 갑자기 철학적으로 대답했다.

"이유 없이 위험에 뛰어든다는 건 어리석은 짓이지만 숭고한 목적이 있다면…… 아, 친구여. 그러면 이야기가 완전히 달라지죠. 가령, 우리가 발견한 그 조각들, 그리고 당신도 그렇게나 좋아하던 그 티타늄과 금속 조각들이 다 어디에서 나오는 건가요? 잘은 모르지만 저 성채에서 나오는 거라는 데 내 수염을 걸겠습니다. 이것만으로도 갈 만한 충분한 이유가 되지 않습니까?"

가르시아가 멀리 바라보더니 할 수 없다는 듯 긴 한숨을 내쉬었다. 잠시 후, 보트가 해안에 도달했다. 바닷가에 내린 다음, 그들은 지체 없이 거대한 고대의 바위 우상 옆 절벽에 깎여 있는 계단을 오르기 시작했다. 사르꼬가 선두에 섰고 그 뒤에 카이로, 엘리사가라이, 엘리자베스 부인 그리고 나머지 사람들이 따랐다. 사무엘은 사진을 찍느라 중간중간 멈춰야 했기 때문에 제일 뒤에서 나머지 사람들을 쫓아갔다.

절벽에 다 오르자 북쪽으로 가는 길이 보였는데 완만하게 내려가는 형태로 나 있었다. 그 길 끝에는 섬을 거의 다 덮고 있는 숲이 보였다.

양옆에는 아주 오래된 건물들이 황폐된 채 버려져 있었는데, 크기가 거대한 것으로 미루어 보아 궁전이나 신전이었던 것 같았다.

"지하 도시를 만든 사람들이 지은 것 같군." 사르꼬가 말했다.

"저 폐허가 더 오래된 것 같아요." 엘리사가라이가 말했다.

"크비토바에 있던 폐허는 동굴 안에 있어서 그나마 보호가 됐으니 그럴 거야." 사르꼬가 말했다. "여기는 외부에 직접 닿아 있기 때문에 더 손상됐겠지."

북쪽 방향으로 나 있는 숲 속 길은 평평해 지나기가 수월했다. 이따금씩 작물이 심어져 있는 땅과 텃밭이 보였다. 사르꼬는 사과를 하나 따 세 입에 다 먹어 해치워 버렸다. 길을 가면서 마주친 사람은 없었다. 그러다 한 시간이 조금 지나자, 마을이 나왔다.

미리 그들이 올 거라는 얘기를 들은 듯 마을 입구에 굴브란과 위원회 사람들이 나와 있었다. 모두 매우 침울해 보였다. 굴브란이 앞으로 나와 짧게 말을 했다.

"대장이 우리가 다시 돌아온 데에 대해 유감스럽게 생각한다고 해요." 엘리자베스 부인이 전했다. "그리고 아스가르드로 가려고 하느냐고 물어 보시네요."

"이렇게 전하세요. 이 예쁜 섬 북쪽을 그냥 한 바퀴 돌 생각이지 저들의 신을 괴롭힐 생각은 전혀 없다고요."

엘리자베스 부인이 그의 말을 굴브란에게 전했고 굴브란은 처음보다 더 흥분된 목소리로 길게 무언가를 말했다.

"북쪽에 가는 건 미친 짓이래요. 우리 동료들처럼 죽게 될 거고 에데르코페 굿의 분노를 사서 이 마을에 불행이 닥칠 거라고 해요. 그래서 우리한테 배로 돌아가 이 섬은 잊어버리고……."

"좋아요, 좋아요, 좋아요." 사르꼬가 말을 가로막았다. "무슨 생각인지 잘 알겠어요. 대장의 말 고맙고 잘 참고하겠다고 전해 주세요. 그러니 이제 가서 북을 치든가 물개 뼈나 깎든가, 하던 일을 하라고 하세요. 이렇게 쓸데없는 이야기나 하면서 보낼 시간이 없습니다."

덴마크 인들의 한탄과 반대를 무시한 채 사르꼬와 팀원들은 마을을 지나 북쪽으로 걸어갔다. 그러다 오두막에서 약 100미터 떨어진 지점에 있는 빈터에 멈춰 섰다.

"여기에 야영장을 설치합시다." 사르꼬가 말했다.

그의 말이 떨어지기가 무섭게 팀이 둘로 나뉘었다. 신트라와 일곱 명은 가방을 내려놓고 텐트를 치기 시작했고 나머지 사람들은 계속 길을 갈 채비를 했다. 두 번째 팀은 사르꼬, 카이로, 엘리사가라이, 엘리자베스 부인, 가르시아, 사무엘, 선원 시에나가, 로페스, 학메, 팔라시오스 그리고 브리타니아호를 타고 왔던 하딩, 헬프만과 포츠로 이루어져 있었다. 브리타니아호 사람들은 동료를 같이 구출해야 한다며 탐사에 합류했다.

"혹시 저 바이킹 자식들이 문제를 일으킬지 모르니," 사르꼬가 신트라에게 말했다. "당신들은 여기서 우리 뒤를 지켜줘. 도움이 필요하면 신호탄을 쏠 테니 잘 보고 있어. 그리고 열두 시간 내로 우리 소식을 듣지 못하면 죽었다는 뜻이니 그 경우에는 배를 타고 집으로 가면 돼."

그렇게 말을 마친 사르꼬는 열두 명을 이끌고 다시 길을 나섰다. 한참 동안 그 누구도, 아무 말도 하지 않았다. 사르꼬와 사무엘은 이미 데달로가 추락했을 때 걸은 적이 있는 그 길을 잘 알고 있었는데, 그곳에는 다양한 식물과 여기저기를 뛰어다니는 토끼 외에는 아무것도 없었다. 길을 걷는 동안 엘리자베스 부인은 카이로가 마우저총을 갖고 가는 다른 사람들과는 달리 2연발총을 들고 있는 걸 보고 의아하게 생각하며 물었다.

"카이로, 총은 왜 바꿨어요?"

"이건 프랑스산 엽총이에요." 카이로가 총을 보여 주며 말했다. "21.2 구경의 생테티엔 콜로살이죠. 총탄 무게는 60그램인데 힘은 천 킬로그램미터가 넘어요. 세상에서 가장 센 사냥총이죠."

"그런데 고작 두 발밖에 쏘지 못 하잖아요." 부인이 이렇게 말하자 카이로가 미소를 지었다.

"8톤짜리 코끼리도 이 총 한 방이면 쓰러져요. 이 땅에 존재하는 동물이라면 그게 뭐가 됐든지 다 죽일 수 있는 무기라고요."

한참 뒤, 카이로의 이야기를 듣고 있던 사무엘이 그에게 다가가 물었다.

"카이로, 그 총으로 뭘 사냥하려는 거죠?"

카이로는 대답을 지체하더니 잠시 후 조용히 말했다.

"샴, 모르겠어. 그런데 지금 예감이 좋지 않기 때문에 이 총을 들고 있어야 내 마음이 안심이 돼."

15분 뒤 데달로의 잔해가 널려진 곳에 도달했다. 사르꼬가 걸음을 멈추고 부서져 버린 비행선을 침울하게 바라보았다. 엘리자베스 부인이 그에게 다가가 물었다.

"사고 기억나세요, 교수님?"

"이런 일은 잊기 쉽지 않죠."

"우리를 공격해 온 물체가 어떻게 생겼는지 정확히 보셨어요?"

사르꼬가 고개를 저었다.

"너무 빨라서 볼 수가 없었습니다." 그가 말했다.

"날아다니는데 해에 반사되더라고요. 철로 만든 것 같았어요."

사르꼬가 고개를 끄덕였다.

"맞아요, 기계같이 생겼었어요. 날아다니는 기계에 공격을 당한 거죠."

"그런데 그 안은 사람이 타고 가기에 공간이 너무 작아 보였어요." 부인이 의문을 제기했다.

"압니다, 엘리자베스 부인, 알아요……."

모두 다시 걸음을 재촉한 지 15분 정도가 지나자, 양쪽으로 우뚝 선 암벽 가운데로 60미터 넓이의 길이 드러났다. 그런데 이 길은, 보웬의 고문서에 기록된 대로 약 8미터 높이의 오래된 담이 가로막고 있었다. 그 가운데에는 직각 형태의 통로가 나 있었는데 아주 오래전에는 아마도 문틀이었을 것으로 보였다. 좌우로 조각 두 개가 세워져 있었는데 하나는 외눈박이 우상이었고 다른 하나는 거인 거미였다.

담을 살펴보고 있는데 바로 그때, 북극 하늘에 원형의 빛이 연이어 퍼지며 옅은 초록색 빛이 섬 위를 널리 비추었다.

사르꼬의 팀원들은 서로의 얼굴을 쳐다보았다. 사르꼬는 아무렇지도 않은 듯 담 벽으로 다가가 아주 면밀히 관찰하기 시작했다.

"담의 두께가 1미터가 넘는군."

"대체 뭘 막으려고 이걸 세워 둔 걸까요?" 카이로가 말했다.

"신들을, 아니면 마귀를 막으려고 만든 것인지도 모르지." 사르꼬가 문 앞으로 걸어가며 말했다. "어디 알아보자고."

＊　＊　＊　＊　＊

담을 지나 건너편으로 들어가자 지금과는 완전히 다른 광경이 그들 앞에 펼쳐졌다. 그곳엔 숲도, 심지어 식물조차도 없었다. 헐벗은 바위와 작은 덤불만이 드문드문 자리 잡고 있을 뿐이었다. 그들은 넓이가 20미터를 채 넘지 않는 벽 사이의 통로에 서 있었다. 그들 앞, 좁은 길 북쪽으로는 높이 4미터, 직경 40센티미터의 기둥 세 개가 우뚝 세워져 있었다. 기둥은 보라색이었는데 상부는 검정색 원형으로 마감이 돼 있었다. 사르꼬는 사람들을 뒤에 이끌고 약 150미터 앞에 있는 기둥까지 걸어가 그 앞에 멈춰 섰다.

"그 누구도, 한 발짝도 더 나가지 말도록." 그가 명령했다. "보웬의 고문서에 보면 이곳이 위험하다고 적혀 있었어."

이 말을 한 다음 사르꼬는 몸을 숙여 땅에 있는 자갈을 집어 들고 앞쪽으로 던졌다. 기둥 사이를 통과하던 자갈에서 작은 불꽃이 파지직 튀었다. 모두들 깜짝 놀란 목소리로 웅성웅성했다.

"대체 저건 또……?!" 카이로가 외쳤다.

사르꼬가 조용히 하라는 시늉을 했다. 그가 몸을 숙여 흙을 한 줌 손에 쥐더니 그쪽으로 다시 던졌다. 이와 동시에 기둥 사이의 공간이 번쩍거리며 이리저리 튀어 대는 푸른 불빛으로 가득 찼다.

"저게 뭐죠?" 엘리자베스 부인이 낮게 웅얼거리듯 말했다.

"보웬이 말하던 투명한 불 담벽이오." 사르꼬가 대답했다.

"전기장 같은데요." 가르시아가 설명했다.

"전기장이든 아니든, 보웬의 말에 의하면 사람이 죽는다고." 사르꼬는 파나마모자를 뒤로 젖히더니 턱을 매만지며 잠시 생각에 잠겼다. "그런데 보웬은 이걸 해결하는 방법도 기록해 두었지."

사르꼬가 길 서쪽으로 난 벽으로 다가가 자갈을 하나 더 집어 들더니 이번에는 기둥 왼쪽 공간에 던졌다. 아무런 일도 일어나지 않은 채 자갈이 깨끗하게 그 공간을 통과했다.

"보웬이라는 사람, 갈수록 마음에 드는군." 사르꼬가 말했다. "전기장이든 뭐든 기둥 사이에만 형성돼 있으니 양쪽 끝으로 지나가면 돼."

모두 양쪽 끝에 있는 바위에 기어올라 기둥을 지나 계속 앞으로 나아갔다. 거기서부터 길 폭이 더 넓어지면서 길이 오른쪽으로 꺾였다가, 그다음에는 왼쪽으로 꺾이더니 긴 내리막으로 이어졌다. 그 끝에는 버섯 모양의 기기가 뿔뿔이 흩어져 있는 반경 약 500미터의 큰 반원형 분지가 나타났다. 그곳에 도착하자 다들 걸음을 멈췄다. 분지 북쪽 끝 너머로 뒤틀린 모양의 성채 건축물들이 보였지만 아무도 그 광경을 미처 볼 정신이 없었다. 그들 앞에 펼쳐진 분지 안에 시체가 널려 있었기 때문이었다. 엘리자베스 부인의 목에서 비명이 튀어나왔다. 부인이 그쪽 방향으로 다가가려 하자 사르꼬가 저지했다.

"모두 가만히 있어." 사르꼬가 명령했다.

"존……." 부인은 힘이 빠진 듯 시신 쪽을 가리키며 중얼거렸다.

"남편분이 저기 있을지 없을지는 아직 모릅니다." 사르꼬가 말했다. "그리고 이 사람들한테 무슨 일이 있었는지 알 수 없기 때문에 지금으로선 한 발짝도 움직이지 마세요."

사르꼬와 카이로가 각자 배낭에서 쌍안경을 꺼내 약 200미터 거리에 떨어져 있는 시신들을 살펴보았다.

"시신 스물한 구예요." 잠시 후에 카이로가 말했다.

"그렇군." 사르꼬가 그의 말에 동의했다.

"첫 번째 탐사에는," 엘리자베스 부인이 낮은 소리로 말했다. "남편이 열한 명과 함께 떠났고 두 번째에는 웨스트롭 선장과 함께 여덟 명이 더 갔어요. 총 스물한 명이요……."

침묵이 흘렀다. 하딩이 카이로의 쌍안경을 들고 잠시 시체 쪽을 살펴보았다.

"저기 브리타니아호의 이등 기관사 맥켄드릭이 있네요." 그가 침울한 목소리로 말했다. "늘 저놈의 끔찍한 체크무늬 바지를 입고 있었죠……. 포가트 경이랑 같이 떠났고요."

잠시 고민을 하던 사르꼬가 튀어나온 암벽 위로 올라가 쌍안경으로 다시 한 번 시신 쪽을 살펴보더니 사람들이 있는 곳으로 내려와 말했다.

"몸싸움은 없었던 것 같군. 시신들이 한데 모여 있는데 아무도 무기를 쥐고 있지 않아. 그런데 이상한 게, 뭔가가 공격을 했다면 당연히 방어를 하거나 도망을 갔을 거야. 그냥 손 놓고 있는 게 아니라……."

"급사였나 봐요." 카이로가 말했다.

"한 사람도 반격할 시간조차 없었던 거로군……. 즉사였어. 잘 보세요. 시신은 크게 세 무리로 나뉘어 있어요. 제일 멀리 떨어진 무리에는 시신이 열두 구가 있으니 존과 함께 간 사람들로 추정할 수 있어요. 그 다음에는 무리가 두 개 더 있는데, 여기서 가장 가까운 쪽에 있는 무리에는 시신이 여섯 구예요. 그리고 그 뒤, 중간에 세 구가 있죠. 아마 웨스트롭 선장 탐사대인 것 같습니다. 앞에 쓰러져 있는 시신을 보고 걸음을 멈춘 다음 먼저 세 명이 어떻게 된 일인지 알아보려고 가까이 가본 거겠죠."

"그리고 뭔가에 의해 죽임을 당한 걸 겁니다." 카이로가 말했다. "그런데 어떻게 저렇게 많은 사람을 그 자리에서 한 번에 죽게 만들 수가 있죠?"

사르꼬는 시신에서 눈을 떼지 않은 채 턱을 매만지며 생각에 잠겼다.

"저 버섯같이 생긴 거 봤어?" 사르꼬가 물었다.

그의 말대로, 원 안에는 버섯 모양의 기기들이 여기저기 세워져 있었다. 철이나 그 유사한 금속으로 만들어진 기기는 높이가 약 1미터에 달했고 갓 겉면은 유리로 돼 있었다.

"네, 그런데 정체를 모르겠어요." 카이로가 대답했다.

"내가 세 봤는데 사이사이에 약 40미터 간격을 두고 총 서른세 개가 퍼져 있어. 열 하나가 한 개의 열을 만드는 형태로 세워져서 그물 역할을 하는 거야."

"네, 그런데 저게 대체 뭐죠?"

사르꼬는 눈썹을 추켜세우더니 주머니에서 꺼낸 시가에 불을 붙였다. 그는 아무런 대답 없이 생각에 잠겨 이리저리 어슬렁거렸다. 카이로는 이 모습에 한숨을 쉬더니 주위를 둘러보았다. 그러다 창백한 얼굴로 바위에 기대 하염없이 바닥만 쳐다보고 있는 엘리자베스 부인을 보았다.

"리사, 괜찮아요?" 그가 다가가며 물었다.

"네. 그냥 조금 어지러워서요. 이제 괜찮아요."

"남편분이 저기 있는지는 아직 확실치 않아요……."

엘리자베스 부인이 고개를 들더니 카이로를 빤히 쳐다보았다.

"고마워요, 카이로. 그런데 그렇게 제 자신을 속일 필요는 없어요. 존은 저 시체 가운데 있어요. 이 섬에 도착하자마자, 전 남편이 죽었음을 알았어요."

카이로는 뭐라 말해야 할지 몰라 머뭇거렸다. 카이로는 그제야 부인의 눈에는 고통이 가득했지만 눈동자는 메말라 있다는 걸 알아챘다. 엘리자베스 부인은 눈물을 단 한 방울도 흘리지 않았다.

"좋아, 이렇게 하지." 갑자기 사르꼬가 시가 한 모금을 깊게 빨며 말했다. "토끼가 필요하겠군."

카이로가 눈썹을 추켜세우며 물었다.

"토끼……요?"

"그래, 카이로. 왜, 그 귀랑 꼬리를 움직이면서 폴짝폴짝 뛰어다니는 귀여운 동물 말이야. 토끼라는 동물, 몰라?"

"그럼……?" 카이로가 눈을 깜빡거리며 물었다. "토끼 사냥을 하자는 말씀이신가요?"

사르꼬가 침착하려 노력하는 듯 깊이 숨을 들이쉬더니 검지를 올리며 말했다.

"첫째, 나는 살아 있는 토끼가 필요해. 둘째," 그가 가운뎃손가락을 올렸다. "사냥은 할 필요가 없어. 마을 우리에 아주 많으니 그냥 가서 스무 마리 좀 넘게 가져와."

"하지만……." 당황한 듯 카이로가 질문했다. "대체 토끼는 왜 필요한 거죠?"

"카이로, 내가 지금 마늘이랑 같이 구워 먹으려고 그러는 거겠어?" 사르꼬가 불쾌하다는 듯 대꾸했다. "그런 질문이나 해 대면서 시간 낭비하지 말고 그냥 가서 부탁하는 대로 가져오는 게 어때?"

카이로가 왜 그러는지 모르겠다는 듯 두 어깨를 올린 다음 네 명을 데리고 마을로 떠났다. 사르꼬의 별난 행동에 익숙한 그였지만…… 난데없이 토끼라니?

* * * * * *

카이로가 돌아오길 기다리는 동안, 사르꼬와 사무엘은 오른쪽 바위 꼭대기까지 올라가 높이에서 성채를 살펴보고 사진도 찍었다. 그러는 동안 나머지 사람들은 분지 입구에서 흩어져 일부는 잡담을 나누고 또 일부는 담배를 피우고 또 나머지는 땅에 누워 쉬었다. 엘리자베스 부인은 내내 초점을 잃은 눈으로 바위에 기대 서 있었고 가르시아는 주위에 있는 광물을 살펴보고 있었다.

카이로와 네 명의 사내는 한 시간 반 후, 나무 우리 두 개에 토끼를 잔뜩 넣고 돌아왔다. 마침 사무엘과 사르꼬가 막 바위에서 내려왔다. 사르꼬는 만족스러운 표정으로 이들에게 다가갔다.

"교수님, 토끼 스물네 마리예요." 카이로가 말했다. "덴마크 사람들한테 가서 제 사냥칼과 맞교환을 했어요."

"좋은 협상이 아니야." 사르꼬가 만족스러운 표정으로 우리를 쳐다보며 말했다. "수정 몇 개였으면 될 것을."

"그런데 수중에 없었어요. 교수님, 이제 어떻게 하죠?"

"이제 풀어 줘야지."

카이로가 한쪽 눈썹을 들어 올렸다.

"네?"

"토끼를 풀어 놓을 거라고." 사르꼬가 재차 말했다. "분지 안에 풀어 놓고 무슨 일이 벌어지는지 보자고."

사르꼬의 계획을 들은 카이로의 얼굴에 큰 미소가 지어졌다. 사르꼬도 따라 미소를 지었다. 그는 분지 입구로 가서 우리 문을 열었다. 스물네 마리의 토끼는 폴짝폴짝 뛰어 우리를 나왔지만 몇 미터 안 가 대부분이 그 자리에 멈춰 섰다. 사르꼬와 카이로 그리고 나머지 사람들이 토끼를 향해 고함을 쳐 도망가게 했다.

큰 소리에 놀란 토끼들이 분지 안으로 흩어져 도망갔다. 일부는 옆쪽으로 빠졌지만 대부분이 분지 가운데로 깡충깡충 뛰어갔다. 첫 번째 토끼가 쇠버섯까지 가는 데 10분이 걸렸다.

아무 일도 일어나지 않았다.

조금, 조금씩 더 많은 토끼들이 첫 번째 토끼가 있는 쪽으로 뛰어갔다. 둘…… 넷…… 여덟…… 열넷…… 열일곱…… 스물…….

그때 갑자기, 버섯에서 스무 개의 붉은 빛이 토끼가 있는 쪽으로 눈 깜짝할 새에 뿜어져 나왔다. 몇 초 뒤에 불빛이 사라졌고 스무 마리 토끼가 땅 위에 죽은 채로 쓰러졌다.

그 자리에 있던 사람들의 입에서 놀란 목소리가 터져 나왔다.

"하느님, 세상에나." 가르시아가 중얼거렸다. "대체 저게 뭐였죠?"

"저게 바로 브리타니아호 사람들을 죽인 거야." 사르꼬가 어두운 표정으로 대꾸했다.

가르시아가 놀라 눈을 깜빡거렸다.

"저게 죽였다고요……? 그런데 그냥 붉은색 빛이었잖아요. 빛이 어떻게 사람을 죽일 수가 있죠?"

"아르키메데스는 큰 거울을 만들었지. 시라쿠사를 위협하던 로마의 전함에 그 거울을 통해 빛을 조준해 도시를 지켰지." 사르꼬가 곰곰 생각에 잠긴 채 대답했다. "그 빛으로 전함이 다 불타 도시가 무사할 수 있었어."

"그런데 이곳에는 거울이 없는데요." 가르시아가 말했다.

"알아, 가르시아. 그냥 전해져 내려오는 이야기를 떠올린 것뿐이야." 사르꼬가 으르렁거렸다. "그런데 중요한 건 불빛을 모으면 그 빛으로 사람도 죽일 수 있다는 거야. 저 망할 놈의 버섯이 어떤 형태로든 빛을 모은다는 얘긴데……."

그의 말을 증명하듯, 나머지 토끼들도 먹이를 찾아 분지 안으로 들어갔다가 네 개의 버섯에서 나온 붉은 빛에 조준돼 쓰러졌다.

모두가 침울한 상태로 아무 말 없이 서 있었다.

"저 분지를 지나야만 성채에 갈 수 있어요." 이윽고 카이로가 말했다. "저 바위 꼭대기에 올라가서 그 윗길을 쭉 따라가는 것 외에는 방법이 없는 듯하네요."

"나랑 두라스노가 시도해 봤어." 사르꼬가 절레절레 고개를 저으면서 말했다. "그런데 100미터 정도 되는 거리가 중간에 끊겨 있기 때문에 등산 장비 없이 그쪽으로 지나가는 건 불가능한 일이야."

카이로가 어쩔 도리가 없다는 몸짓을 하며 말했다.

"그러면 어떡하죠?"

사르꼬는 카이로를 쳐다보다가 분지를 쳐다보더니 다시 카이로를 쳐다보았다.

"배로 돌아가야지."

"지금 포기하시는 거예요?" 카이로가 믿을 수 없다는 듯 말했다.

"말도 안 되는 소리 좀 그만해, 카이로. 저 악마의 버섯들을 모조리 다 없애 버려야지." 사르꼬가 배낭과 총을 들고 왔던 길로 다시 발걸음을 돌리며 명령을 내렸다. "자, 모두 출발. 세인트미셸호에 가서 연발총을 가져와야겠어."

* * * * *

몇몇 장정은 카이로가 노르웨이에서 구한 무기를 찾으러 세인트미셸호로 돌아갔다. 이들은 방금 목격한 장면을 그 누구에게도 누설하지 말라는 명령을 받았다. 불필요한 루머를 만들거나 괜히 사람들을 놀라게 하지 않으려는 이유도 있었지만 사실 엘리자베스 부인이 시신 스물한 구가 발견됐다는 걸 캐서린이 몰랐으면 해서였다. 그 이야기는 부인이 직접 딸에게 전해야 할 내용이었다. 또 겉면에 러시아 어와 핀란드 어가 적혀 있는 상자 속에 뭐가 들어 있는지 아는 사람은 거의 없었기 때문에 신중하고 신속하게 작업이 이루어져야만 했다.

그럼에도 불구하고 MG-08 기관총을 배에서 섬 북쪽 끝까지 가져가는 데는 거의 여섯 시간이 걸렸다. 연발총 무게만 60킬로그램이 넘었고 여기에 탄약과 삼각대까지 가져가야 했기 때문에 그 무거운 짐을 벼랑 꼭대기까지 가져가려면 캡스턴을 설치해야만 했다. 네 명이 무기를 들것에 실어 나머지 탐사자들이 기다리고 있는 마을 옆 야영장까지 운반했다. 그런 다음, 다 같이 북쪽으로 갔다. 가장 어려운 부분은 바로 보라색 기둥의 전기장을 시험해 보는 일이었는데 조금 복잡하긴 했지만 다행히 전기장을 피해 통과했다. 그렇게 그들은 성채로 이어지는 길 한가운데 떡하니 버티고 서 있는 분지까지 갔다. 몇몇 선원들이 삼각대 위에 연발총을 설치하는 동안 사르꼬가 카이로에게 다가가 말했다.

"버섯들 간 간격이 약 40미터야. 즉, 저 죽음의 불빛이 닿을 수 있는 거리는 아마 20미터 정도일 거란 말이지. 그러니 안전을 위해서는 항상 최소한 그 두 배의 거리는 둬야 해."

"문제없습니다, 교수님." 카이로가 연발총을 가리키며 말했다. "MG-08은 사정거리가 2킬로미터나 되니 식은 죽 먹기예요."

사르꼬가 곰곰 생각을 하다가 미간을 찌푸리며 말했다.

"너무 확신하지는 마, 카이로. 내가 생각을 좀 해 봤는데…… 보웬은 저 금속 버섯에 대한 언급은 안 했어."

"잊어버리고 안 했을지도 모르죠."

"그래, 그냥 그렇게 잊어버리는 게 당연하지." 사르꼬가 빈정거리는 투로 비꼬아 말했다. "사람을 죽이는 불빛은 신경 쓸 만한 일이 아니니 그냥 잊어버리는 게 당연했나 보지?" 그가 으르렁댔다. "카이로, 바보 같은 소리 좀 하지 마. 그리고 보웬이랑 그 스칸디나비아 사람들은 성채에까지 갔었잖아. 만약 그때 당시에 이 버섯이 있었더라면 그들은 다 죽었겠지. 당시에는 버섯이 없었으니까 보웬도 언급을 안 했겠지."

카이로가 두 어깨를 들어 보이며 말했다.

"그러면 나중에 설치했나 보네요."

"바로 그거지. 그런데 문제는 대체 누가 저걸 설치했냐는 거야. 그리고 또…… 저 버섯들이 토끼를 어떻게 죽였는지 자세히 봤어? 제일 먼저 들어온 토끼를 죽이지 않고 있다가 토끼들이 많이 들어왔을 때 한꺼번에 태워 버렸어. 존의 탐사대도 마찬가지야. 이 버섯 함정은 자동으로 작동하는 게 아니라는 거지. 저걸 조종하는 무언가가 있다는 말이야, 이건."

"그럼 저기에 어떤 존재가 있다고 생각하시는 거예요?" 카이로가 성채의 탑을 가리키며 물었다. "천 년 전부터요?"

사르꼬는 생각에 잠긴 채 고개를 저으며 말했다.

"천 년이 아니야. 보웬 이전에 지하 도시를 만들었던 자들이 왔었잖아. 그 사람들은 신석기 시대 사람들이야. 그러니 천 년이 아니라 5천, 6천 년 전에도 있었지." 그가 깊이 숨을 들이쉬더니 한 번에 내뱉었다. "내가 하고자 하는 말은, 카이로, 그냥 좀 잘 만들어진 함정 몇 개를 해결한다고 되는 게 아니란 말이야. 여기엔 뭔가가 더 있어. 뭔가 더 지능이 높은 존재가 있다고."

"그러면 어떻게 하죠? 버섯은 그대로 둬야 하나요?"

"내 말은 그게 아니야. 당연히 다 없애야지. 그런데 경계는 늦추지 말라고."

첫째 줄에 있는 쇠버섯에서 약 100미터 거리, 정확히 분지 입구에 연발총이 설치됐다. 카이로가 무기 뒤 바닥에 앉아 탄창 입구에 탄약 벨트를 넣었다. 그런 다음 무기를 조준하고 방아쇠를 잡아당겼다. 총

소리가 큰 굉음과 함께 메아리를 울리며 사방으로 퍼졌고 가장 가까이에 있는 쇠버섯이 총알을 맞고 산산조각이 나 사방으로 튀었다.

1분 동안 400발을 쏘자, 첫 열에 있던 버섯 여덟 개가 깨어진 유리와 구멍이 뚫린 쇠뭉치로 변해 버렸다. 그런 다음, 연발총을 앞으로 50미터 더 가까이 옮기고 카이로가 다시 총을 쏘아 댔다. 이 작업을 몇 번 반복한 뒤, 30분이 지나자 버섯은 모두 다 처치됐다. 그제야 카이로가 일어나서 잠시 부동의 자세로 서 있었다. 한참을 아무 일도 일어나지 않자 이제 분지 안으로 들어가도 좋다는 손짓을 했다.

가장 먼저 분지 안으로 뛰어간 건 엘리자베스 부인이었다. 그녀는 시신이 한데 모여 있는 세 무리 중 첫 무리로 가 재빨리 시신을 확인한 다음 세 명의 시신이 있는 곳으로 갔다가 마지막으로 열두 명의 시신이 있는 쪽으로 갔다. 가장 앞에 있는 시신을 보자, 그녀는 손을 얼굴에 가져가더니 털썩 주저앉아 버렸다. 사르꼬와 그의 뒤를 따르던 카이로가 부인에게 다가가 부인이 바라보고 있는 시체 쪽을 쳐다보았다. 그곳에 누워 있는 시신은 바로 존 토마스 포가트 경이었다.

"너무나도 유감스럽습니다, 리사." 카이로가 말했다.

"어…… 맞아요. 끔찍하군요." 사르꼬가 중얼대더니 재차 말했다. "끔찍해요……."

엘리자베스 부인은 그들을 쳐다보지도 않은 채 남편의 몸을 계속 바라보며 낮은 목소리로 말했다.

"잠시 혼자 있게 해 주시겠어요?"

사르꼬와 카이로가 몇 발자국 물러섰다.

"시체 봤어?" 사르꼬가 속삭였다.

"죽은 지 오랜 시간이 지났다고 하기에는 상태가 양호해요." 카이로가 대답했다.

"맞아. 아직 부패가 시작되지 않은 것 같아."

사르꼬는 하늘을 향해 누워 있는 시신 두 구에 다가가 머리 쪽을 가리켰다. 두 시신의 이마에는 시커먼 구멍이 작게 나 있었다.

"저 망할 놈의 버섯들은 조준을 아주 제대로 했구먼. 뇌를 쐈어. 즉사지."

그들과 함께 온 브리타니아호의 하딩, 헬프만과 포츠는 비통한 표정으로 시신들 앞에 서 있었다. 사르꼬가 그들에게 가 물었다.

"당신들 동료 모두 여기에 있습니까?"

"네." 하딩이 대답했다. "모두 죽었어요……."

"네, 유감이로군요……."

"이 악마의 버섯이 하찮은 짐승처럼 그냥 죽여 버렸어요. 사르꼬 교수님, 대체 이유가 뭐죠?"

"저도 모르겠습니다, 하딩. 성채를 지키려고 그랬겠죠."

엘리사가라이가 사르꼬에게 다가와 물었다.

"교수님, 이제 어쩌죠? 사고 당한 사람들을 다 묻어 줘야 될 텐데요."

"이렇게 돌만 잔뜩 있는 이곳에다? 안 돼. 섬 내부로 옮겨야 할 텐데, 시신 스물한 구를 옮기려면 시간이 너무 많이 걸릴 거야. 나중에 처리하도록 하지." 사르꼬가 사람들을 향해 큰 소리로 말했다. "여기를 좀 둘러볼 테니 멀리 가지 마시고, 혹시 무슨 일이 생길지 모르니 주의하십시오."

그런 다음 사르꼬가 사무엘에게 물었다.

"시신 사진 찍었나?"

"어…… 아니요."

"대체 뭘 기다리는 거야? 여기 휴가 왔나 보지? 자, 두라스노. 사진 다 찍어. 그러라고 돈 주고 데려왔으니."

사무엘이 사진을 찍기 시작하자 사르꼬가 무릎을 꿇고 바닥에서 뭔가를 주워 유심히 보고 있던 가르시아에게 가서 물었다.

"뭐 새로운 것 좀 있나?"

"티타늄 조각을 찾았어요." 가르시아는 이렇게 말하고는 작은 금속 조각 두 개를 더 보여 주며 덧붙였다. "그리고 금 부스러기랑 리튬도 찾은 것 같아요. 물론 분석해 봐야 확실하겠지만요."

"어디에서 찾았지?"

"바닥에 버려져 있었어요."

"버섯에서 나온 조각인가 보군."

가르시아가 고개를 저으며 말했다.

"쇠버섯 잔해를 살펴봤는데 철, 알루미늄, 구리, 유리 그리고 정체를 알 수 없는 플라스틱 물질이 나왔어요. 하지만 티타늄이나 금, 리튬은 없었죠……."

일은 바로 그때 벌어졌다. 선원 로페스가 무리에서 벗어나 성채 방향으로 멀리 걸어간 것이었다. 갑자기 톱니바퀴가 빠르게 돌아가는 소리와 흡사한 괴이한 소리가 들려오더니 분지에서 뭔가가 튀어나왔다. 1미터 반 높이의 방추 모양을 한 쇠로 된 물체였는데, 몸 뒤에는 분절된 채찍 모양의 꼬리가 달려 있었고 꼬리 끝은 철침으로 마무리 돼 있었다. 그 물체는 몸통에 달린 바퀴를 전속력으로 돌렸다.

동료들의 외침에 로페스가 위험을 감지했다. 그가 고개를 돌려 자신을 향해 달려오는 괴물체를 보고 총을 잡으려 했으나 생각을 바꾸어 도망가기 시작했다. 그러나 이미 너무 늦었다. 괴물체는 눈 깜짝할 사이에 로페스가 있는 곳으로 이동해 그의 몸 한쪽에서 다른 쪽 끝까지 꼬리 침으로 뚫어 버린 다음 그의 시체를 뒤로하고 다른 사람들이 모인 쪽으로 몸체를 돌렸다.

대부분이 이미 총을 손에 쥐고 괴물체를 향해 총을 발사했지만 쇠로 된 몸체에 닿는 데 성공한 총알 몇 발조차도 괴물에게 아무런 해도 입히지 못하고 힘없이 튕겨져 나갔다. 카이로는 제자리에 그대로 서서 엽총 개머리판을 어깨에 올리고는 왼쪽 눈을 감고 조준을 했다. 그는 괴물체가 20미터 사정거리에 들어오자 총을 발사했다.

주먹만 한 구멍이 괴물의 배에 뚫리면서 괴물이 잠시 몸을 흔들며 비틀거렸으나 곧 다시 행동을 개시했다. 그러자 카이로가 다시 총을 쏴 철판 가슴에 구멍을 하나 더 냈다. 벼락을 맞아 쓰러지듯 괴물체가 바닥에 우르릉 쾅쾅 쓰러져 채찍과 같은 꼬리를 이리저리 휘두르며 제 몸 위에서 빙빙 돌기 시작했다. 카이로는 총을 장전하고 다시 한 번 발사했다. 괴물이 완전히 움직임을 멈출 때까지 그는 세 번 더 총을 쏴야 했다.

분지 안에는 무거운 침묵이 흘렀다. 아무도 움직일 생각을 못했다. 잠시 후 엘리사가라이, 시에나가 그리고 팔라시오스가 로페스의 시신 쪽으로 뛰어갔다. 그를 살펴본 엘리사가라이는 일어나 고개를 저었다. 그러자 사르꼬와 카이로 그리고 사무엘이 천천히, 조심스레 괴물체 쪽으로 다가갔다.

"자동 기기야……." 사르꼬가 놀라 중얼거렸다.

갑자기 불쾌한 소음이 들려왔다. 모두 어안이 벙벙한 채 분지 북서 방향에 있던 벽이 양쪽으로 열리며 거대한 동굴의 시커먼 입구가 드러나는 장면을 그 자리에서 목격했다. 입구가 열리자마자 눈앞에 두고도 믿기 힘든 모습이 그 속에서 튀어나왔다.

7미터 높이에 옆으로 10미터나 되는 큰 물체가 나타난 것이다. 마치 접시 두 개를 맞붙여 놓은 듯한 갸름한 형태의 쇠로 된 물체였는데 거대한 다리 여덟 개가 허리춤에서 뻗어 나와 있었다.

그 물체는 바로 아라크네, 에데르코페 굿이었다.

바로 그 거미 신이라는 존재였던 것이다.

잠시 제자리에서 넋을 놓고 있던 사람들은 에데르코페 굿이 한 발짝 내디딜 때마다 땅이 흔들리는 것을 느끼고 분지 남쪽으로 뿔뿔이 흩어져 뛰기 시작했다. 크기가 어마어마함에도 불구하고 거미 신은 매우 날렵하게 움직였다.

바로 그때 사르꼬는 엘리자베스 부인이 존 포가트 옆에 서서 그 거대한 괴물을 보곤 얼어붙은 듯 제자리에 서 있는 모습을 봤다. 사르꼬는 부인에게로 달려가 그녀의 팔을 잡고 끌었다.

"엘리자베스 부인! 여기서 벗어나야 한다고요!"

그제야 정신을 차린 듯, 엘리자베스 부인은 눈을 깜빡거리더니 이내 사르꼬와 함께 달리기 시작했다. 사르꼬는 곁눈질로 에데르코페 굿의 몸에서 나온 붉은 빛이 도망가던 사람 중 하나를 쏘아 쓰러뜨리는 장면을 봤다.

엘리자베스 부인이 꺅 소리를 지르더니 바닥에 쓰러졌다. 사르꼬도 잠시 멈추고 부인이 일어설 수 있도록 도왔지만 부인이 몸을 다시 일으켜 걸으려고 오른발을 땅에 디디자 갑자기 입에서 고통의 신음 소리가 새어 나왔다.

"발목을 삐었어요⋯⋯."

사르꼬는 두 번 생각할 틈도 없이 부인을 어깨에 들쳐 메고 다시 냅다 뛰기 시작했다.

그는 태어나서 처음으로 그렇게 뛰고, 뛰고 또 뛰었다.

* * * * *

도망가던 사람들이 좁은 길로 우르르 뛰어 들어갔지만 엘리자베스 부인을 들쳐 업고 뛰던 사르꼬는 곧 뒤처지고 말았다. 그는 큰 소리로 숨을 헐떡거렸다. 심장이 터져 나올 것 같은 느낌이 들었지만 등 뒤에서 쿵쿵 울리는 괴물의 발소리 때문에 지칠 새도 없이 계속 달렸다. 그러다 어느 순간, 사르꼬는 더 이상 괴물의 발소리가 들리지 않는다는 사실을 깨달았다. 그는 고개를 돌려 괴물이 더 이상 뒤를 쫓지 않는다는 사실을 확인하고 속도를 점차 낮추었다.

잠시 후 보라색 기둥이 세워진 길이 시작되는 지점까지 다다랐다. 사람들은 서로를 밀치며 암벽을 건너려고 아수라장이 돼 있었고 카이로는 그 아비규환 속에서 전기장에 떨어지는 사람이 생기지 않도록 질서를 잡으려고 안간힘을 쓰고 있었다. 사르꼬는 걸음을 멈추고 잠시 그 혼란스러운 상황을 지켜보더니 주머니에서 총을 꺼내 공중에다 대고 쐈다. 순간, 사람들이 서로 밀치던 걸 멈추고 사르꼬를 쳐다봤다.

"이제 쫓아오지 않는다고." 사르꼬가 말했다. "그러니 다들 제발 냉정을 좀 찾아!"

사람들이 아직 믿을 수 없다는 듯 머뭇거리며 제자리에 그대로 있었다.

"저 좀 내려 주시겠어요?" 사르꼬의 어깨에 들쳐 업혀 있던 엘리자베스 부인이 말했다.

사르꼬는 바위 옆에 부인을 내려 주고 나더니 말했다.

"지금 열 명밖에 없는데, 원래는 열세 명이었잖아."

"아까 쓰러진 로페스 외에," 엘리사가라이가 말했다. "학메와 헬프만이 없어졌어요."

"저 괴물이 불빛을 쏘아 학메를 죽였어요. 제가 봤어요." 팔라시오스가 말했다.

"저는 헬프만이 쓰러지는 걸 봤어요." 포츠가 말했다.

그 자리에 침묵이 흘렀다.

"대체 저 괴물의 정체가 뭐예요, 교수님?" 사무엘이 조용히 물었다.

"뭐냐고?" 사르꼬가 미간을 찌푸렸다. "망할 놈의 거인 쇠거미라는 것 그리고 우리에게 제대로 겁을 줬다는 것만은 확실한 것 같군. 자, 여러분, 이제 최대한 질서 있게 이곳을 빠져나가 야영장으로 돌아갑시다."

○⇅ 성채 내부

그의 뇌는 오랜 시간 동안 작동을 멈춘 상태로 있었다. 사실 완전히 멈춘 것은 아니었다. 일부는 계속 성채 내의 모든 부분이 제대로 작동하는지 지속적으로 점검하고 있었다. 그의 뇌 중 가장 상단 부분은 작동이 필요하지 않은 동안에는 냉동돼 잠든 상태였다. 수면 상태라고도 볼 수 있었다. 잠을 자는 동안 우리 뇌에서 의식은 잠자고 있지만 일부분은 심장이 뛰고 폐 활동을 통해 숨을 쉬고 신체의 모든 기관이 제대로 작동할 수 있도록 깨어 있다. 이런 맥락에서, 그의 뇌는 수세기 동안 수면 상태였다고 할 수 있다.

그런데 그런 뇌가 방금 막 잠에서 깨어났다.

그를 깨운 건 바로 두 발로 걷는 짐승들이었다. 그것들이 지금 문제를 일으키고 있는 건가? 만일 그렇다면, 어느 정도인가?

처음으로 이들과 접촉을 한 건 태양 4623주기 이전이었다. 당시 바다에 떠다니는 물체를 타고 와 그들이 이 섬에 자리를 잡았지만 한낱 짐승에 불과했기에 그다지 신경 쓸 필요가 없었다. 그러나 그 수가 너무 늘어나자 그들을 섬에서 내보냈다. 그 이후의 접촉은 태양 3624주기 후에 일어났다. 짧았지만 짐승 중 하나가 보호 장비를 부수었기 때문에 뇌는 놀랐다. 그건 있을 수 없는 일이었다. 때문에 그는 성채 앞쪽에 고정 보호 장치를 하나 더 설치했는데 이것이 바로 쇠버섯이었다. 659주기 후에 새로운 짐승들이 다시 섬을 찾아왔다. 그러나 그 수는 적었고 그의 신경을 거스를 수준이 아니었다. 하지만 최근에 온 두 무리들은 지금까지 봤던 두발짐승과는 달라 보였다.

이 짐승들이 도구를 만들고 사용한다는 사실은 이미 주지하고 있었다. 사실 과거에도 많은 짐승들이 그리해 왔다. 과거의 도구는 매우 엉성했다. 그러나 최근에 온 짐승들의 도구는 더 정밀했는데 그들은 무기를 다루었다. 폭발 반응을 하는 발사체를 다루는 것이었다. 그런데 사실 그 자체로는 별 의미가 없었다. 멀리에 살고 있는 다른 짐승들도 이들과 비슷한 방어와 공격 무기를 갖추었기 때문이다. 어차피 그들은 한낱 짐승에 불과했다.

하지만 그게 다가 아니었다. 제일 처음 성채에 들어오려던 하찮은 짐승들은 손쉽게 전기장으로 제거되었다. 그러나 두 번째 무리는 예상과는 달리 조심스럽고 교활하게 반응했다.

그들은 시험 삼아 작은 네발짐승을 먼저 풀어 놓았다. 잠시 저들이 작동법을 알지 못하도록 방어 체계를 중단할까도 생각했지만 쇠버섯의 작동을 본 짐승들이 어떻게 행동할지 보려는 생각에 작은 네발짐승을 제거했다.

그러자 두발짐승들은 떠났다. 그러나 그들은 곧 다시 화학 발사체로 무장하고 돌아와 고정 방어물을 파괴시켰다. 그런 다음 이동 장치 하나를 파괴했다. 그래서 뇌는 가장 강력한 보호 장치인 에데르코페굿을 동원했다. 두발짐승들의 파괴력이 강했기에 그들을 모두 제거할 생각이었다. 짐승은 그렇게 처리를 해야 한다는 것이 그의 원칙이었다. 그런데 만일 그들이 한낱 짐승에 지나지 않는 존재가 아니라면?

그에게는 염두에 두어야 할 데이터가 하나가 더 있었다. 태양 21주기 전부터 그의 뇌는 지구에서 비자연적 무선 주파수를 감지하기 시작했다. 시간이 지남에 따라 그 빈도와 강도가 커졌다. 뇌는 최근에 섬에 도착한 바다 위에 뜨는 기체에서 코드화된 무선 주파 신호가 나오는 것을 감지했다.

물론 다른 곳에서도 정보나 감지 체계의 일부로 무선 주파수를 사용하기 때문에 그 신호 자체만으로는 아무 의미가 없었다. 아니, 적어도 그에게는 명확한 증거는 없었지만 이번만큼은 뭔가 다르다는 걸 느꼈다.

그래서 뇌는 아무것도 하지 않고 기다려 보기로 했다. 그 두 발 달린 짐승을 제거하기 전에 데이터를 조금 더 수집할 필요가 있었다.

무한의 바다 앞 등대

야영장으로 돌아오는 내내 무거운 침묵이 흘렀다. 엘리자베스 부인은 오른쪽 발목이 붓고 멍들었다. 부인의 발목을 살펴본 카이로가 그냥 삔 거라고 했지만 부인은 거의 걸을 수가 없어 들것에 실려 사람들이 교대로 들고 운반했다.

저녁 11시가 되기 조금 전, 야영장에 도착했지만 그 오묘한 땅에 저무는 밤은 그저 기나긴 늦은 오후의 연장선 같았다. 탐사를 나갔던 사람들은 야영장에 도착하자마자 야영장에 머물러 있던 동료들과 모여 그들이 방금 겪었던 믿기 어려운 이야기를 들려주었다. 그러는 동안 엘리자베스 부인은 텐트에 들어갔고 카이로와 엘리사가라이 그리고 가르시아는 사르꼬 주변에 모여 사르꼬와 이야기를 하려고 했으나 사르꼬는 그들의 그런 의도를 염두에 두지 않은 채로 말을 했다.

"여러분, 오늘 본 것은 도무지 설명할 수조차 없는 일이니 근거 없는 그 일에 대해 이야기하느라 괜히 입만 아프지 맙시다. 이미 시간도 늦었고 다들 많이 지쳤으니 푹 쉬고 내일 맑은 정신으로 앞으로의 일에 대해 의논을 하도록 합시다."

"죄송한데요, 교수님," 카이로가 말을 꺼냈다. "배로 돌아가는 편이 훨씬 좋을 것 같은데요……."

"그건 왜지?"

"왜냐고요?" 가르시아가 북쪽을 가리키며 말했다. "왜긴요, 저 괴물 때문이죠. 여기로 오면 어떡해요?"

"안 와." 사르꼬가 말했다.

"그건 어떻게 아시죠?"

"왜냐하면 우리를 없앨 거였으면 아까 저기서 다 없앴을 테니까. 저 기기는 성채 입구를 지키는 역할만 해. 자신의 영역에서만 활동한다고. 그 영역을 침범하는 자가 있을 때만 공격하지. 그러니 안심해도 돼, 가르시아. 여기 있는 동안, 아무 일도 없을 거야."

완전히 안심이 되지 않는 듯, 가르시아는 잠시 머뭇거리더니 이내 투덜대며 자신의 텐트로 들어갔다. 사르꼬의 명령에 따라 카이로는 네 명을 보초로 세웠다. 두 명은 야영장 북쪽에, 두 명은 남쪽에 배치했다. 사람들은 하나둘씩 텐트로 들어가 몸을 쉬었다. 사르꼬는 배낭에서 위스키 병을 꺼내더니 놋쇠 잔 두개를 들고 엘리자베스 부인 텐트 앞에 멈춰 섰다.

"엘리자베스 부인, 아직 깨어 계십니까?" 그가 물었다.

"네, 교수님. 들어오세요."

사르꼬는 입구를 가리고 있던 천을 옆으로 열더니 허리를 굽혀 낮은 텐트 안으로 구부정하게 들어갔다. 엘리자베스 부인은 침낭에 기대어 앉아 있었다.

"발목은 좀 어떠세요?" 사르꼬가 물었다.

"발목에 무게를 실을 때만 아파요. 신경 써 주셔서 감사합니다, 교수님."

사르꼬는 두어 번 고개를 끄덕이더니 술을 앞에다 꺼내 놓으며 말했다.

"런던에 있을 때 맥켈란 몇 병 샀어요. 훌륭한 스코틀랜드산 몰트위스키죠. 잠을 좀 주무시는 데 도움이 되지 않을까 해서 가져왔어요."

"고마워요, 잠을 청하기에 좋겠네요. 앉으세요."

사르꼬는 담요 위에 자리를 잡고 앉아 위스키 병을 따고 술을 잔에 조금 따른 다음 엘리자베스 부인에게 건네주었다. 부인은 반만 채워진 잔을 보더니 말했다.

"제 할머니는 이름이 매기였는데 아일랜드 출신이셨어요. 할머니는 호의란 하늘에서 내려준 덕목이라고 말씀하곤 하셨죠. 교수님도 이왕 호의를 베푸실 거면 인색하게 말고 후하게 베푸시는 건 어때요?"

그 말에 사르꼬는 부인의 잔을 가득 채웠다. 엘리자베스 부인이 잔을 집어 들더니 잠시 한숨을 쉰 다음 술을 오랫동안 들이켰다. 그러고는 여러 번 입을 쩝쩝거리더니 이윽고 말했다.

"살려주셔서 고맙다는 말씀도 아직 못 드렸네요."

"괜찮습니다, 엘리자베스 부인." 사르꼬가 이번에는 본인의 잔을 채우며 대답했다.

"안 괜찮아요. 저 때문에 위험을 감수할 뿐 아니라 심지어 저를 들고 도망을 쳐야 했잖아요. 더군다나 이번이 처음도 아니고요." 부인이 슬픈 미소를 희미하게 지어 보였다. "저한테 질리셨다 해도 정말 전 할 말이 없네요, 교수님. 교수님께 저는 그저 번거로운, 교수님을 힘들게 만드는 짐밖에 안 되네요."

"엘리자베스 부인, 부인한테 질리지 않았어요." 사르꼬가 대꾸했다. 그런 다음 머뭇대더니 한입에 술을 다 털어 넣고 말했다. "그 반대입니다. 부인이 SIGMA를 위해 아주 중요한 일을 하셨죠."

"그렇게 생각하신다니 다행이네요."

사르꼬는 위스키 한 잔을 더 따르더니 이어 말했다.

"그리고 말씀드리고 싶었던 건…… 사실 저랑 존은 친구 사이라고 는 할 수 없었지만 존은 내가 존경하던 분이었어요. 그런데 이렇게 돼 정말 유감입니다."

"고맙습니다, 교수님. 저도 알아요. 남편과 브리타니아호 사람들을 죽음으로 몰고 간 게 뭔지 생각을 좀 해 봐야겠어요." 그녀가 절레절레 고개를 저었다. "대체 누가 쇠버섯을 설치했을까요? 저 거인 거미와 전갈은 대체 또 뭐죠?"

"자동 기기입니다. 데달로를 공격한 날아다니는 물체와 같은 기기 죠."

"자동 기기요? 세상에나, 현재의 기술로는 저렇게 고차원적인 기기 를 만드는 건 불가능해요."

"현재의 기술이 아니기 때문에 가능하죠, 부인. 천 년도 더 된 기술이 에요. 보웬이 중세 시대에 기록한 고문서에도 이미 나와 있고 지하 도 시를 만든 사람들도 이미 신석기 시대에 저 기기들을 신전 벽에 그렸잖 습니까. 저건 새로운 기술이 아니라 아주 오래된 고대의 기술이에요."

"대체 정체가 뭘까요?" 엘리자베스 부인이 속삭이자 사르꼬가 고개 를 저으며 대꾸했다.

"엘리자베스 부인, 저도 모르겠습니다. 저토록 괴이한 건 저도 처음 봅니다."

둘 다 아무 말이 없었다. 그들은 조용히 위스키를 홀짝댔고 사르꼬는 다시 잔을 채웠다.

"교수님, 그거 아세요?" 엘리자베스 부인이 말을 꺼냈다. "남편 시신을 찾고 나서 눈물을 단 한 방울도 안 흘렸어요."

"당연히 그러시겠죠. 너무 충격을 받아 어떻게 해야 할지 모르셨을 테죠."

"그 반대예요. 이 섬에 도착했을 때부터 이미 전 남편이 죽었다는 걸 알았어요. 그리고……."

엘리자베스 부인이 차마 말을 잇지 못한 채 시선을 돌렸다.

"그리고?" 사르꼬가 물었다.

부인이 위스키를 다시 한 모금 마시더니 입을 열었다.

"이미 7년 전부터 각방을 썼어요. 부부로 살지 않았죠. 사실 존이 돌아오면 이혼 절차를 밟기로 막 합의한 상태였어요."

사르꼬는 불편한 듯 고개를 젓더니 아무 말 없이 천천히 술잔을 한 입에 다 비웠다.

"왜 그랬는지 안 물어보세요?" 엘리자베스 부인이 물었다.

"그건 부인의 사생활이니 경솔하게 묻기가 힘들군요."

엘리자베스 부인이 미소를 지어 보였다.

"여기, 세상 끝자락에 있는 이 잃어버린 섬에서는 개인사나 부부 간의 불화가 다 한낱 과거의 일처럼 느껴질 따름이네요. 마치 다른 사람이 겪은 일 같아요." 부인이 어깨를 들어 올려 보이더니 말했다. "존에게는 여자가 있었어요. 7년 전에 마거릿 월드그레이브 테인과 부적절한 관계를 맺었죠. 그쪽 부부와 우리 부부는 서로 절친하게 지내던 사이였는데 상대 쪽 부인이었어요. 저는 사설탐정을 고용했고……." 부인이 슬픈 미소를 지었다. "비단 마거릿만이 아니었어요. 남편은 음악 회장의 댄서, 배우, 카페 종업원, 창녀도 만났죠……. 존은 끊임없이 저를 배신했어요."

사르꼬는 점점 더 불편해지는 걸 느끼며 턱을 매만지면서 말했다.

"그건 몰랐네요."

"알아요. 존은 심한 바람둥이였지만 용의주도한 사람이었죠."

침묵이 흘렀다. 사르꼬가 잔을 채우고 물었다.

"그러면 왜 그때 이혼하지 않았죠?"

"캐시 때문에요. 캐시가 성인이 될 때까지 겉으로라도 그저 사이좋은 부부처럼 살기로 했어요. 사실, 존은 대부분 영국에서 떠나 있었기 때문에 더 쉬웠죠."

"그러면, 따님은 여기에 대해서 아무것도 모르나요?"

엘리자베스 부인이 고개를 끄덕였다.

"우리 사이가 좋지 않다는 걸 눈치는 챘겠지만 왜 그런지, 얼마나 사이가 안 좋은지는 몰라요." 그녀가 한숨을 쉬었다. "물론 이제 와서 그런 건 상관없지만요……. 아버지가 죽었다는 얘기를 어떻게 전해야 할지 모르겠네요. 아주 좋아했는데……."

텐트 안에는 다시 침묵이 흘렀다. 두 사람 다 생각에 잠긴 채 술을 마셨다.

"죄송한데요, 엘리자베스 부인," 갑자기 사르꼬가 얘기했다. "이해가 안 가는 점이 있어요. 이혼을 하려는 마당에 왜 모든 걸 다 버리고 존을 찾아 나선 거죠?"

부인은 천천히 술을 들이켜더니 대답했다.

"사랑이 끝났다고 해서 신의도 깨진 건 아니죠. 존이 과거에 어떻게 했든 간에 제 딸의 아버지잖아요. 존도 아마 제가 자신의 상황이었다면 똑같이 했을 거예요."

사르꼬는 이해하겠다는 듯 고개를 끄덕이더니 다시 빈 잔을 채웠다. 둘은 한참을 생각에 잠긴 채 술 마시는 데에만 집중했다. 그러다 갑자기 엘리자베스 부인이 물었다.

"교수님은요? 교수님의 마음을 찢어 놓은 사람이 대체 누구예요?"

사르꼬는 매우 심각한 표정으로 부인을 쳐다보았다.

"내가 상처받았다는 얘기는 누구한테 들었어요?" 그가 물었다.

"그런 얘기 들은 적 없어요. 그런데 여자한테 상처를 받은 적이 없다면 그렇게까지 여자에 대한 편견이 박히지 않았을 거라 생각했어요. 어떤 사람이었나요?"

사르꼬는 눈썹을 찌푸리며 뭔가 투덜대려 하다가 다시 입을 닫고 큰 소리로 한숨을 쉬었다. 그런 다음 위스키 한 모금을 마시더니 허공을 보며 말했다.

"메르세데스 블랑코 데 에스피노사라는 사람이었어요."

"예뻤나요?"

"정말 예뻤죠. 그녀는 스무 살, 저는 스물다섯 살일 때의 일이죠. 2년 동안의 연애 끝에 제가 교수가 되면 결혼하기로 했었어요. 그렇게 99년도에 교수가 되고 나서 가장 먼저 한 게 청혼 반지를 사러 가는 일이었죠. 반지를 들고 메르세데스를 찾아가 청혼을 하려고요. 그런데 갔더니 소시지 만드는 공장 주인을 만나고 있다면서 나를 담배꽁초 내다 버리듯 버려 버렸어요. 그리고 6개월 후에 그 남자랑 결혼했죠. 이미 그 남자 애도 배고 있었어요."

"사랑했나요?"

"제 영혼을 다 바쳐 사랑했어요." 사르꼬가 잔을 채우느라 잠시 말을 멈추었다가 다시 이야기를 이어 갔다. "가장 가슴 아팠던 게 뭔지 아세요? 그 남자 직업이었어요. 메르세데스는 고작 소시지 만드는 사람 때문에 나를 버린 거잖아요. 소시지 만드는 것처럼 하찮고 심심한 일이 또 있을까요? 그런데 나 대신에 그 사람을 택했어요. 차라리 아프리카 원숭이를 택하는 쪽이 더 나았을 겁니다."

"그 뒤로 또 본 적 있어요?"

"네, 몇 년 지나고 나서 레티로 공원에서 우연히 마주쳤죠. 애가 여덟 명이나 됐고 통나무처럼 몸이 우람했어요. 말은 또 어찌나 많던 지……."

엘리자베스 부인이 눈썹을 추켜세웠다.

"교수님, 그렇다면 그 소시지 공장 사장한테 고마워야 할 일이네요."

"네?"

"교수님이 메르세데스 씨랑 결혼을 했더라면……."

갑자기 엘리자베스 부인이 웃음을 터뜨리더니 한참을 그렇게 배꼽을 잡고 웃었다. 사르꼬는 한쪽 눈썹을 들고 쳐다보다가 맥켈란 병이 거의 빈 것을 보았다.

"우리 술을 너무 과하게 마신 듯하네요……." 그가 중얼거렸다.

부인이 가까스로 웃음을 참고 손수건으로 눈물을 닦아 내며 말했다.

"교수님, 죄송해요. 그런데 갑자기 세인트미셸호에 엄청 뚱뚱한 여자와 아이 여덟 명이 같이 탄 걸 상상하니…… 웃음을 참을 수가 없네요."

사르꼬의 얼굴에는 기분이 나빠하는 표정이 역력하게 드러났다.

"엘리자베스 부인, 제가 경고하는데," 그가 매우 심각한 투로 말했다. "지금 제 가슴을 갈기갈기 찢어 놓은, 제 평생에 가장 사랑한 여인 이야기를 하고 있는 거잖습니까……." 이렇게 얘기를 하던 사르꼬의 입이 터져 나오는 웃음을 참으려는 듯 일그러졌다. "그리고 소시지 공장 사장의 인생을 망쳐 버린 마녀이기도 하죠!"

이렇게 이야기를 한 다음 그가 웃음을 크게 터뜨렸고 곧 엘리자베스 부인도 폭소를 터뜨렸다. 마침내 웃음이 그치자 사르꼬가 중얼거렸다.

"그거 아세요, 엘리자베스 부인?"

"부인이라고 좀 그만하세요. 그냥 리사라 부르시라고요."

"원하시는 대로."

"그러면 저도 교수님 대신에 사르꼬라고 이름을 부를게요."

"안 돼요."

"네?"

"사르꼬라 부르지 마세요. 그렇게 부르는 게 기분이 나빠서가 아니라 그 이름이 싫어서 그런 거예요."

"예쁜 이름 같은데요? 낭만적인 이름이에요."

"그 이름을 들으면 옛날의 멍청한 내가 떠올라서 싫어요. 그러니 그냥 교수님이라 불러 주세요."

"알았어요, 교수님. 아까 하려던 얘기가 뭐죠?"

사르꼬가 고개를 젓더니 혼란스러운 듯 눈을 끔뻑거렸다.

"잊어버렸네요……." 그가 말했다.

엘리자베스 부인이 가만히 그를 보았다.

"제 생각 알고 싶으세요, 교수님?" 그녀가 나지막한 목소리로 말했다. "메르세데스는 선택을 잘못했어요. 당신은 아주 훌륭한 사람이에요."

사르꼬는 가볍게 고개를 저으며 말했다.

"그리고 제가 보기에는 존이 아무래도 멍청한 것 같네요. 죄송해요. 이미 이 세상 사람이 아닌 건 알겠지만 집에 이렇게 귀한 게 있는 것도 모르고 밖에서 찾아다녔으니 멍청한 게 맞다고 봅니다."

엘리자베스 부인이 웃었다. 갑자기 사르꼬는 부인과 매우 가까운 거리에 있어 그녀가 숨 쉴 때마다 콧바람이 자신의 얼굴에 닿는 걸 느꼈다. 그러자 그가 갑자기 심각한 투로 말했다.

"아, 아까 말하려던 거 기억났어요. 둘 다 너무 많이 마신 것 같다고요." 그가 자리에서 일어났다. "그리고 시간이 너무 늦었네요. 저는 이만 가 보는 게 좋을 것 같습니다."

"교수님, 이제 앞으로는 어떻게 되는 거예요?"

사르꼬는 팔을 들며 말했다.

"우리가 설명할 수 없는 사건을 겪었으니 이제 그걸 설명할 방법을 찾아보도록 하죠."

"어떻게요?"

"과학적인 방법으로요. 즉, 계속 고찰하고 정보를 수집하는 거죠."

"알겠습니다, 교수님. 잘 주무세요."

"잘 주무세요, 부인…… 아니…… 잘 자요, 리사."

＊　＊　＊　＊　＊

다음 날 모두 일어났더니 덴마크 인들이 살던 마을이 비어 있었다. 굴브란, 노인 위원회와 필그림은 다들 키우던 동물과 몇 개 없는 짐을 챙겨 자취를 감추었다.

"이런 젠장!" 이 사실을 안 사르꼬가 소리쳤다. "대체 촌뜨기 300명이 어떻게 하루아침에 사라져 버린단 말이야! 이 섬 어딘가에 있을 거야."

"어쩌면 배를 타고 갔을지도 몰라요." 브리타니아호의 항해사 하딩이 말했다.

"무슨 배 말입니까?"

"서쪽 해안에 바다와 연결이 되는 동굴이 있는데 거기에 덴마크 사람들의 나무배가 열 대인가 열한 대 있었어요."

사르꼬가 인상을 썼다.

"그건 어떻게 아는 거요?"

"여기 도착하고 얼마 안 돼서 포가트 경이 말해 줬어요."

"그런데 대체 왜 미리 말 안 한 거지!"

하딩이 두 어깨를 들어 보이며 말했다.

"저한테 안 물어보셨잖아요……. 그리고 별로 중요하다는 생각도 안 했어요."

사르꼬는 알아들을 수 없는 소리로 무언가를 중얼대더니 팔짱을 끼며 물었다.

"그러면 그 망할 놈의 동굴이 어디에 있는지 알기는 하는 거요?"

"그럼요."

"그러면 이제 밥값 좀 하면 되겠군. 거기로 안내해요."

하딩과 사르꼬 그리고 카이로는 다른 사람들이 아침 식사를 하는 동안 길을 나섰다. 서쪽으로 3킬로미터를 걸어 벼랑 가까이까지 가자 하딩이 여러 암벽 중 하나에 다가갔다. 암벽 수풀 사이에 지하 통로 입구가 나 있었다. 통로를 내려가던 사르꼬는 그곳 벽에 지하 도시와 비슷한 문양이 가득 새겨져 있다는 사실을 알아챘다.

그 통로는 150미터 아래까지 이어져 있었는데 안쪽 끝에는 바다와 닿아 있는 거대한 동굴이 있었다. 그 속에 들어가자 섬 서쪽 바다를 에워싸고 있는 암초투성이 바다가 보였다. 동굴 안에는 반쯤 썩은 나무 배 한 척 외에는 아무것도 발견할 수 없었다.

사르꼬는 바다 쪽으로 들어오는 북극해의 빛에 비친 동굴 안을 살펴보았다.

"어떻게 아무도 모르게 떠날 수 있었지? 세인트미셸호에서라면 보였을 텐데."

"아니에요, 교수님." 카이로가 바다를 가리키며 말했다. "섬 서쪽에 있는 바다는 암초로 가득해요. 세인트미셸호는 저쪽으로 못 지나가지만 작은 배라면 가능하죠. 아마도 덴마크 사람들은 서쪽 방향으로 먼저 간 다음에 빙 둘러서 세인트미셸호에서 멀리 떨어진 거리까지 가서야 남쪽으로 갔을 거예요. 여기서 의문은 대체 어디로 갔는가 하는 것이죠."

사르꼬가 알 리 없다는 듯 어깨를 들어 올렸다.

"누가 알겠어. 네모 선장 말을 믿기로 하고 떠났으니 옳은 일을 한 걸지도 모르지. 만약 아르단이 여기에 온다면 우리처럼 부드럽게 저들을 대하지는 않을 테니까." 그가 손뼉을 한 번 짝 치더니 다시 동굴 통로를 걷기 시작하며 말했다. "여기서는 더 이상 할 수 있는 게 없으니 이제 가자고."

* * * * *

셋은 야영장을 떠난 지 약 한 시간쯤 후에 다시 돌아왔다. 이때 엘리자베스 부인과 가르시아는 세인트미셸호로 막 돌아가려던 참이었다.

"저는 이제 단 1분도 더 이 섬에 있지 않겠습니다." 가르시아가 말했다. "그러니 어떻게 생각하시든지 간에, 교수님, 저는 배로 돌아가야겠어요."

"가르시아, 하고 싶은 대로 해." 사르꼬가 대수롭지 않다는 듯 대꾸한 다음 엘리자베스 부인에게 다가가 물었다. "리사, 발목은 좀 어때요?"

"훨씬 나아요, 교수님. 엘리사가라이 씨가 이렇게 지팡이를 만들어 줘서 큰 어려움 없이 걸을 수 있을 것 같아요."

"회복될 때까지 조금 더 쉬시는 게 낫지 않을까요?"

"말씀은 감사하지만 딸이 아버지가 어떻게 됐는지 다른 사람을 통해 듣기 전에 제가 가서 말해야 할 것 같아서요."

"네, 그렇다면 들것에 모셔다 드릴까요?"

"말씀은 감사하지만 괜찮아요." 부인이 미소를 지으며 대답했다. "여기저기 계속 들것에 저를 싣고 다니면 저 스스로 클레오파트라처럼 여왕이 됐다는 착각에 빠질지도 모른다고요. 걱정 마세요, 걸을 수 있어요."

"교수님, 저도 배로 돌아가는 게 좋겠어요." 사무엘이 말했다. "성채를 찍은 사진판을 인화해야 해서요."

"좋아, 두라스노. 그런데 작업이 끝나면 바로 돌아오도록. 네 도움이 필요할 테니."

엘리자베스 부인과 가르시아 그리고 사무엘은 세인트미셸호 선원 두 명과 함께 남쪽으로 떠났다. 카이로는 그들이 떠나는 모습을 지켜보던 사르꼬 옆으로 다가가더니 놀리듯 웃으면서 말했다.

"교수님, 좀 변하신 것 같은데요."

"무슨 소리야?"

"엘리자베스 부인한테 그렇게나 친절하시다니……. 아, 아니죠. 죄송해요, 이제 리사라고 부르시죠."

사르꼬가 카이로를 무섭게 노려보았다.

"카이로, 그냥 지옥에나 가지 그래." 사르꼬가 당당한 걸음으로 걸으며 대꾸했다. "덴마크 사람들도 다 떠난 마당에 거기서 그렇게 바보 같은 소리나 지껄이지 말고 이제 마을로 야영장을 좀 옮기는 게 어때?"

카이로가 사르꼬의 말대로 야영장을 옮기는 동안 사르꼬는 주위를 둘러보았다. 브리타니아호 사람들 말에 의하면 마을 가까이에 오래된 폐허가 있다. 그들은 지하 도시에서 봤던 신전과 비슷한 신전의 잔재를 발견했는데 보관 상태는 훨씬 더 좋지 않았다. 바닥에는 뒷담과 제단의 일부분만이 남아 있었는데, 그 앞에는 에데르코페 굿을 새겨 넣은 그림이 있었고 금속 조각이 들어 있었던 것으로 추정되는 작은 개흘레가 있었다. 사르꼬가 한 시간 반이 지나도록 그 폐허를 살펴보고 있었을 즈음에 카이로가 사르꼬를 찾으러 왔다.

"교수님, 야영장을 옮겼습니다." 카이로가 보고했다. "뭐 발견하셨어요?"

"새로울 건 없어. 지하 도시 사람들한테 이 섬은 성스러운 곳이었나봐. 신전의 잔재는 있지만 집이 있었던 흔적은 보이질 않아. 여기에는 그저 신을 섬기고 농사를 하고 곡식을 거두러만 온 것 같군. 사실 이 주변 100여 마일의 땅 중에 여기에만 작물이 자랐잖아." 사르꼬가 신전의 잔재를 보며 생각에 잠긴 채 머리를 긁적였다. "그런데 뭔가 이상하단 말이야……."

"네?"

"여기 이 폐허랑 섬에서 발견된 폐허 모두…… 아예 가루가 돼 있어."

"폐허가 되면 원래 그렇게 되는 거 아닌가요?"

"그러기에는 또 너무 부식돼 있단 말이야." 사르꼬가 으르렁거리듯 말했다. "그냥 세월에 의한 자연적인 부식이 아니라, 이전에 누군가가 이 건물을 파괴한 것 같은 느낌이야."

"그 거인 거미가요?" 카이로가 물었다.

사르꼬가 모르겠다는 듯 두 어깨를 들어 보였다.

"그럴지도 모르지."

침묵이 흘렀다.

"교수님, 이제 어쩔 셈이세요?"

사르꼬는 이 물음에 몇 초 후에 대답했다.

"너희들은 야영장에 남아 있어. 나는 성채를 다시 둘러봐야겠어."

카이로가 근심 어린 눈으로 그를 쳐다보았다.

"교수님, 다시 거기로 돌아가는 건 미친 짓이에요."

"카이로, 진정하라고. 길로 가는 게 아니라 벼랑 위로 갈 거니까. 자, 이제 야영장으로 돌아가지."

＊　＊　＊　＊　＊

캐서린은 속눈썹이 눈물로 흠뻑 적셔지는 걸 느끼며 어머니의 얼굴을 바라보았다. 둘은 세인트미셸호의 선실에서 서로 마주 보고 있었다. 엘리자베스 부인은 의자에 앉아 있었고 캐서린은 침대 모서리에 앉아 있었다.

"아팠을까요?" 캐서린이 들릴 듯 말 듯 할 정도의 작은 목소리로 물었다.

"캐시, 안 그랬을 거야. 아주 빠르게 끝나서 아마 미처 알아채지도 못했을 거야."

침묵이 흘렀다. 캐서린은 손등으로 눈물을 훔친 뒤 여러 번 눈을 깜빡인 다음 숨을 깊이 들이쉬더니 물었다.

"아버지 시신은 언제 찾으러 가요?"

"그건 불가능할 것 같아, 캐시. 너무 위험해. 시신을 다시 찾으러 간다는 건 미친 짓이야."

"그러면 아버지 몸이 거기서 그냥 썩게 내버려 둘 거란 말이에요?"

엘리자베스 부인이 한숨을 내쉬었다.

"어제 내 눈으로 세 명이 죽는 걸 똑똑히 봤어. 다른 사람들의 목숨을 위험에 빠뜨리면서까지 네 아버지 시신을 가져다 달라고 말할 수도 없는 노릇이고, 그러기도 싫어." 부인이 다시 한숨을 쉬었다. "캐시, 이미 이 세상 사람이 아니라고. 그 사실은 변함이 없어."

"그렇지만 시신은 거둬서 장례는 제대로 치러 드릴 수 있잖아요." 캐서린은 다시 눈물이 그렁그렁한 눈으로 말했다. "무덤을 만들어 드리고 묘비도 세워 드릴 수 있잖아요."

"캐시, 다른 사람 목숨을 위험에 빠뜨리면서까지 그럴 순 없어. 네 아버지도 절대 그건 원하지 않을 거야."

캐서린은 눈을 내리깔더니 침을 삼켰다.

"알았어요." 그녀가 다시 부인을 쳐다보며 말했다. "그런데 아버지는 한번 보고 싶어요."

"뭐라고?"

"마지막으로 아버지를 보고 싶다고요, 엄마. 마지막 인사를 드리고 싶어요."

"캐시, 안 돼. 절대 안 돼. 아마 너는 상상도……. 잘 들어. 이 섬에 사는 악마에 대한 내용이 고문서에 나와 있었지? 그런데 보웬이 기록한 게 끝이 아니야. 내 말 좀 믿어. 그 괴물은…… 그 거미 모양을 한 기기는…… 정말 무섭다고. 즉사야."

"가까이 안 갈게요." 캐서린이 그래도 고집을 꺾지 않았다. "그냥 멀리서, 그 괴물에게서 멀리 떨어져서 볼게요."

"얼마나 멀리? 우리는 그 기기에 대해 아는 게 없잖아. 또 그곳에 대해서도 아는 게 없다고. 그런데 단 하나 아는 건, 그곳이 매우 위험하다는 사실이야. 거기에 뭐가 있는지는 모르겠지만 그걸로 인해 네 아버지를 포함한 스물네 명의 사람들이 죽었어. 너도 그렇게 되게 절대 둘 수 없다고. 너는 이 배에서 못 내려, 캐시. 절대 이 섬에 못 내려."

캐서린은 눈썹을 올리며 이를 악물었다.

"저한테도 아버지에게 마지막 인사를 할 권리는 있다고요." 그녀가 떨리는 목소리로 말했다.

"그럴지도 모르지. 그런데 나도 내 딸을 지킬 권리가 있어. 스스로 위험에 빠지려 할 때도 마찬가지로 나는 널 지켜야 해. 그러니 너는 배에서 내릴 수 없어." 부인이 깊은 숨을 내쉬며 캐서린에게 가까이 다가가 딸의 손을 잡고 다시 말했다. "캐시, 미안해. 너한테 얼마나 끔찍한 일인지 잘 알아. 하지만 널 생각해서 이러는 거야……."

캐서린은 벌떡 일어나더니 어머니 손을 뿌리쳤다.

"갑판에 가서 공기 좀 쐬고 올게요." 캐서린이 냉정하게 말했다.

"나도 같이 갈게." 엘리자베스 부인이 이렇게 말하며 일어나려 했다.

"혼자 가고 싶어요, 괜찮으시다면요." 캐서린은 이렇게 말했다.

그런 다음, 발로 문을 쾅 차고 밖으로 나가 버렸다.

* * * * *

사무엘은 말리려고 줄에 매달아 놓은 서른여섯 장의 사진을 흡족한 표정으로 바라보았다. 그는 오전의 반을, 그리고 오후의 반을 작업실에 갇혀 전날 찍은 사진판을 현상하는 데 시간을 다 보내고 드디어 작업을 다 마쳤다. 그는 현상된 사진을 천천히 은염에 넣었다. 목숨을 앗아 가는 쇠버섯, 브리타니아호 사람들의 시신, 성채의 괴이한 건물들, 뒤틀린 바늘 모양의 형상들, 덴마크 인들이 흘리드스칼프 또는 오딘의 왕좌라고 부르는 탑과 그 꼭대기에 붙어 있는 유리 눈알 모양의 형체…….

사무엘은 마지막 사진 앞에 걸음을 멈추고 한참 동안 그 사진을 들여다봤다. 비록 초점은 약간 흐리고 흔들렸지만 가장 뿌듯한 작품이었다. 이 사진 한 장에, 그가 도망치기 직전에 찍은 에데르코페 굿, 거미 신이 찍혀 있었다. 사실, 그 사진이 아니었다면 사무엘은 모든 게 다 모두의 환상에 지나지 않은 일이라고 믿게 됐을 것이다. 어찌 그런 것이 존재할 수 있단 말인가?

그런데 그 흑백 사진에 떡하니 거대한 쇠거미가 사람들의 목숨을 앗아간 빛을 쏘아 대는 장면이 찍혀 있었다. 사르꼬 교수님 말에 의하면 자동 기기라고 했는데 만약 그의 말이 사실이라면 대체 누가 만든 것일까? 괴물이 찍힌 사진을 보던 사무엘의 등줄기가 서늘해졌다. 사무엘은 사진을 보던 걸 멈추고 작업실 물품을 정리하기 시작했다. 그는 다시 섬으로 돌아가야 했고 베른 선장도 그 괴이한 곳에 본인도 가겠다며 출발할 채비를 마치면 알려 달라고 말한 터였다.

작업실 정리가 끝나자 사무엘은 필요한 물품을 챙긴 다음 불을 끄고 조종실 쪽으로 가려고 걸음을 돌렸다. 그런데 가던 길에 홀로 갑판 난간에 손을 기댄 채로 섬 쪽을 하염없이 바라보는 캐서린을 보았다.

사무엘이 그녀에게 다가가 인사를 건넸다.

"안녕, 캐시."

"삼, 안녕." 캐서린이 심각한 표정으로 대답했다.

"아버지 일은 정말 유감이야……."

"혹시 아버지 봤어?" 캐서린이 그의 말이 채 끝나기도 전에 물었다. "아버지 시신을 본 거야?"

"응."

캐서린이 쓴웃음을 지으며 중얼거렸다.

"넌 우리 아버지랑 아는 사이도 아니지만 그렇게 보고, 나는 딸인데도 작별 인사조차 못 했네……." 캐서린의 눈에 고통이 서려 있었다. "어머니가 배에서 내릴 수 없대."

"위험한 곳이야, 캐시."

"그렇게 위험하면 대체 왜 사르꼬, 카이로 그리고 이 배 사람의 절반이나 가 있는 거야?"

"교수님은 성채에서 거리를 두면 괜찮을 거라고 생각하셔. 그런데 네 아버지 시신은 북쪽 끝에 있어서……. 나, 쇠로 만들어진 괴물을 봤어, 캐시. 아주 끔찍해. 특히나 그 거대한 거미는 더 끔찍하다고. 네 어머니 말이 맞아. 배에 있는 게 나아."

캐서린은 눈을 돌리고 한참을 아무 말 없이 있었다.

"내가 직접 가서 볼 수 없으니," 이윽고 그녀가 입을 뗐다. "섬이 어떻게 생겼는지 말해 줄래, 삼?"

사무엘은 전날 찍은 사진을 보여 줄까 잠시 생각했지만 사진 가운데에는 시신도 있었기 때문에 생각을 고쳐먹었다.

"섬은 남쪽 벼랑으로 들어갈 수 있어." 사무엘이 설명했다. "암벽에 계단이 있는데 위에 도착하면 숲으로 내려가는 길이 나 있고……."

사무엘은 덴마크 인들 마을과 돌로 만들어진 담과 보라색 기둥, 자연적으로 만들어진 분지와 성채에 대해 이야기를 해 줬다. 그의 말이 끝나자 캐서린은 잠시 생각에 빠져 있다가 덤덤하게 말했다.

"고마워, 삼. 괜찮다면 이제 혼자 있고 싶어."

냉정한 캐서린의 태도에 잠시 당황한 기색을 보이던 사무엘은 캐서린에게 인사를 하고 조종실로 갔다. 방금 이야기를 나눌 때는 그토록 가깝게 느껴졌는데 마지막에는 너무 멀게만 느껴졌다. 사무엘은 갑자기 불안한 마음이 들었다. 하지만 캐서린은 아버지를 막 잃었기 때문에 그토록 흐트러진 모습은 어쩌면 당연한 걸지도 모른다고 스스로에게 말했다. 하지만 위로가 필요하다면 왜 자신을 찾아오지 않았을까? 이런 생각에 잠겨 있던 사무엘은 조종실로 가는 계단에 도달하자 고개를 저었다. 자신이 할 수 있는 건 아무것도 없었다. 그러니 그저 자신의 임무에 집중해야 할 터였고 지금 그의 임무는 선장과 함께 섬으로 가는 것이었다.

* * * * * *

사르꼬는 성채와 분지가 보이는 북서쪽 해안 쪽에 닿아 있는 벼랑 위, 바위 능선에 앉아 있었다. 그는 이미 그 자리에서 반나절 동안 화산 앞에 있는 괴이한 건물을 자세히 관찰하며 공책에 메모를 하고 있었다.

오후 6시 반이 조금 지났을 때 등 뒤로 소리가 들려 돌아보니 베른 선장과 카이로 그리고 사무엘이 벼랑길을 따라 오고 있는 모습이 보였다. 그들이 거의 와 가자 사르꼬는 일어나 팔을 쭉 뻗어 기지개를 켠 다음 선장에게 인사를 했다.

"안녕하세요, 베른 선장. 결국 정어리 통조림처럼 답답한 배를 떠나 몸을 좀 풀러 나오셨나 보군요."

"이런 기회를 그냥 놓칠 수 없죠." 베른 선장이 입을 쩍 벌리고 성채를 바라보며 말했다. "아니, 세상에나, 저게 뭐요……?"

"그렇지 않아도 그 답을 찾으려고 하루 종일 머리를 굴리고 있었습니다." 사르꼬가 아직 알아내지 못했다는 듯 두 어깨를 들어 보이며 말했다.

선장은 성채를 더 자세히 보려고 바위 위로 올라갔다. 성채를 가운데 두고 양옆에는 하늘로 우뚝 서 있는 뒤틀린 모양의 거대한 바늘이 가득했다. 그리고 그 100미터 뒤에는 엉기성기 비틀린 골조들 사이로 오딘의 왕좌, 즉 꼭대기가 큰 원형 유리로 된 크나큰 탑이 우뚝 서 있었다. 그 뒤, 벌거벗은 암벽 위로 반원형의 크고 시커먼 구멍이 나 있었는데 그곳이 바로 화산의 입구였다.

"어마어마하군요……." 놀란 표정으로 성채 건물을 응시하던 베른 선장이 중얼거렸다.

"경위기를 가져왔습니다." 사르꼬가 배낭을 가리키며 말했다. "그래서 어느 정도는 정확하게 측정을 할 수 있었죠." 이렇게 말하며 그가 공책을 꺼내 들었다. "저 바늘을 잘 보세요. 좌측에 17개, 우측에 19개가 있어요. 가장 긴 건 79미터, 그리고 가장 짧은 건 23미터입니다. 저기 중앙 탑을 보면 덴마크 인들이 오딘의 왕좌라고 부르던 탑이 있는데 저건 83미터이죠. 저 꼭대기에 있는 시커먼 구멍은 97미터예요. 그리고 화산은 해발 1452미터예요."

베른 선장은 쭉 둘러보다가 성채 앞에 있는 분지를 가리켰다.

"저 아래에 있는 무더기는 브리타니아호 사람들인가요?"

"그렇습니다, 선장님." 카이로가 대답했다.

"불쌍한 사람들 같으니……. 그 거인 거미는요?"

"원형 벽 뒤로 굴 같은 게 나 있습니다." 사르꼬가 대답했다. "거미가 저기서 나왔으니 아마 같은 곳으로 다시 들어갔을 겁니다."

성채를 뚫어져라 쳐다보던 선장은 얼떨떨한 표정으로 모자를 벗더니 목덜미를 문질렀다.

"대체 누가 저런 걸 만들 능력이 있는 거지?" 그가 중얼거렸다.

"현재로선," 사르꼬가 말했다. "우리가 던져야 할 질문은 그게 아니라 언제, 그리고 왜 지었는가, 바로 그 질문입니다. 베른 선장, 이제 그만 좀 촐싹대고 거기서 내려와요. 얘기를 좀 합시다." 선장이 바위에서 내려오는 동안 사르꼬가 사무엘에게 물었다. "그 근접 렌즈인가 뭔가 하는 거 들고 왔어?"

"망원 렌즈요, 교수님. 가져왔어요. 초점 거리는 300밀리미터에 앵글이……."

"아주 흥미로운 얘기지만, 두라스노," 사르꼬가 그의 말을 막았다. "나한테 그런 기술적인 설명은 개뿔도 쓸모없다고. 카메라 들고 그 망원 렌즈인가 뭔가 하는 거 설치하고 성채 곳곳을 다 촬영하도록."

사무엘이 장비를 준비하고 사진을 찍는 동안 사르꼬, 카이로 그리고 베른 선장은 바위 위에 걸터앉았다.

"자, 좋습니다, 여러분. 제가 아주 흥미로운 몇 가지를 발견해 냈고 또 몇 가지 추측에 이르게 됐습니다……. 믿기 힘든 추측이지만요. 처음부터 이야기를 해 보도록 하죠. 오늘 13시 30분쯤에 두 발가락 갈매기 떼 한 무리가 서쪽 해안에 있는 벼랑 위를 날고 있었죠. 이 무리가 성채에 다가가자 벼랑 끝에서 쇠 물체가 날아오르더니 갈매기 몇 마리를 쓰러뜨렸고 나머지는 쫓아내 버렸습니다. 분명 데달로를 쏜 그 물체일 겁니다."

"그렇군요." 카이로가 말했다. "이제 섬 북쪽에는 왜 새가 없는지 알겠네요."

"카이로 말이 맞습니다. 보라색 기둥 너머로는 새도, 벌레도, 풀 한 포기도 없습니다. 아무것도 없죠. 우리가 본 함정들은 모두 어느 생명체도 성채에 들어오지 못하도록 고안돼 있습니다. 기둥에는 죽음의 전기장이 있었는데 그것만 봐도 우리가 상상도 못하는 그런 기술을 사용했다는 걸 알 수 있죠. 그런데 모든 함정이 그렇듯이 크게 쓸모는 없어요. 작동법을 한 번만 살펴봐도 피하기 쉬우니 말입니다. 쇠버섯과 버섯에서 나오는 빛도 마찬가지죠. 심지어 로페스를 죽인, 전갈같이 생긴 쇠물체도 마찬가지이고, 망할 놈의 거인 거미도 똑같아요. 그냥 무식한 존재입니다. 물론 아주 똑똑하게 만들었지만 무식하단 말이에요."

"사르꼬, 대체 무슨 이야기를 하려는지 잘 모르겠네요." 선장이 말했다.

"베른 선장, 아주 간단한 얘기예요. 저 함정은 사람이 아니라 동물

116

을 없애려고 만든 겁니다."

카이로가 무슨 말인지 모르겠다는 듯 어깨를 들어 올리며 물었다.

"그런데요?"

사르꼬는 둘의 머리회전이 느려(실제로 느린 건 사실이었지만) 답답하다는 듯 한숨을 내쉬었다.

"좋아요, 하나하나 짚어 가죠." 사르꼬가 으르렁거리며 말했다. "저곳이 얼마나 오래됐죠? 이미 4, 5천 년 전에 저 성채가 있었다는 건 알 수 있잖습니까. 그때가 바로 그 지하 도시 사람들이 섬에 온 때니까요. 그런데 저 성채는 얼마나 오래된 걸까요? 내 생각에는 아주 오래됐을 것 같아요. 심지어 이 지구에 인간이 존재하지도 않았을 때 만들어진 것 같습니다. 아니면 적어도, 인간이 다른 짐승과 구별이 되지도 않았을 때 만들어진 걸 겁니다."

베른 선장과 카이로는 어안이 벙벙한 표정으로 그를 쳐다보았다.

"그런데 그건 불가능한 일입니다." 선장이 대꾸했다. "인간이 아니라면 대체 누가 저런 성채를 만들었단 말인가요?"

"이제 그 얘기를 해 보도록 하죠. 우리가 봤던 초록색 원형 불빛은 오딘의 왕좌에서 나오는 겁니다. 유리 원형 위에서 나와 연속 원형 형태로 퍼지죠. 여기에 있는 동안 총 세 번 그 불빛이 나오는 걸 목격했습니다. 첫 번째는 12시 37분에, 두 번째는 14시 10분에 그리고 세 번째는 16시 22분에 나왔죠. 그 뒤로는 빛이 나오지 않았어요. 그런데 가장 흥미로운 건 바로 저 거대한 바늘입니다. 저 바늘은 움직여요. 그냥 한눈에 봐서 알아채기는 어려울 정도로 천천히 움직이죠. 그런데 지구 자전에 의해 이동된 거리를 스스로 움직여 기존의 자리로 갑니다. 하늘의 위치를 맞춰 움직이기 때문에 알았어요."

"하늘의 위치라니요?" 베른 선장이 질문했다.

"천문력을 봤는데 왼쪽에 있는 바늘은 백조자리에 고정돼 있고 오른쪽에 있는 바늘은 카시오페이아와 페르세우스자리 사이에 고정돼 있어요."

침묵이 흘렀다.

"사르꼬, 미안하지만," 이윽고 선장이 입을 열었다. "대체 무슨 이야기를 하려는 건지 아직 잘 모르겠어요."

사르꼬가 생각에 잠긴 채 수염을 매만졌다.

"쇠로 만들어진 거인 거미랑 그 거미가 쏘는 뜨거운 빛을 보면서," 사르꼬가 어딘가를 응시하며 말했다. "허버트 웰스의 《우주 전쟁》이 생각이 났어요. 혹시 그 책 읽어 봤습니까?"

"그, 화성인들이 지구를 침공한다는 책이요?" 카이로가 물었다.

"그렇지."

베른 선장은 영 모르겠다는 투로 눈썹을 올렸다.

"화성인들이 저 성채를 만들었다는 얘깁니까?"

사르꼬는 손짓으로 그게 아니라고 했다.

"화성인들은 아니에요." 사르꼬가 말했다. "화성이나 태양계의 다른 행성에 생명이 산다고는 생각하지 않아요. 지구에만 살지. 그런데 다른 별에서는, 다른 태양계에서는…… 또 모를 일이죠……."

"교수님, 잠깐만요." 카이로가 끼어들었다. "그러면 저 성채가 우주 침공에 대비한 상륙 지점이란 말인가요?"

사르꼬가 웃음을 터뜨렸다.

"그러기에는 시간이 너무 오래 지났지! 이렇게 오랜 시간이 걸릴 리 없잖아, 카이로. 침공이 아니야. 혹시 저기를 보면 뭐가 떠오르는지 아십니까? 바로 우주 등대가 떠오릅니다." 사르꼬가 눈을 가늘게 뜨더니 목소리를 깔고 말했다. "고대의 외계 문명을 한번 상상해 보세요. 고도의 기술을 갖고 있어서 행성들 간 여행도 가능한 그런 문명이요. 그런데 행성 간 여행을 하려면 이동 경로를 알려 줄 기기가 필요할지 모르죠. 즉, 무한의 바다인 우주를 비춰 줄 등대 같은 것 말이에요. 그래서 아무도 살지 않던 행성을 택했을 테고, 수천 년 전에는 아무도 살지 않았던 이 지구를 택한 거죠."

모두, 사무엘까지도 하던 일을 멈추고 사르꼬를 쳐다보았다.

"저게 등대라면," 사무엘이 물었다. "등대지기는 누군가요, 교수님?"

"좋은 질문이야, 두라스노. 답은 간단해. 사실, 등대지기가 없을지도 몰라. 여러분, 성채를 잘 보세요. 최소한 4천 년 전부터 있었지만 얼마 전에 만든 것처럼 새것 같잖아요. 이는 즉 스스로 보수할 수 있는 기기가 있다는 의미로 해석할 수 있습니다. 그리고 우리는 여기에서 자동 기기밖에 못 봤잖습니까. 그러니 결론적으로 이 성채는 관리를 할 어떠한 존재가 없이도 자동적으로 관리될 수 있다는 거죠."

"그런데 어제만 해도 교수님이 뭔가 지능이 있는 존재가 있다고 했잖아요." 카이로가 말했다.

"지금도 그 생각에는 변함이 없어, 그런데 인간은 아니야. 그리고 짐승도 아니고." 그가 계속 말을 이어 나가기 전에 헛기침을 했다. "6년 전, 토레스 케베도가 파리에서 열린 만국 박람회에서 체스를 둘 줄

아는 기기를 선보였어. 체스 게임을 다 하는 게 아니라 마지막에 룩-왕 그리고 왕이 대결할 때 사용할 수 있지. 그런데 항상 이겼어. 토레스 케베도는 미래에는 생각을 할 수 있는 기기를 만들 거라고 했어. 어쩌면 저 성채도 그런 인공 지능에 의해 관리되고 있는 걸지도 몰라. 그 지능의 정도가 어느 정도인지는 알 수 없지만 말이야."

사르꼬의 말을 받아들이기 어려운 듯, 모두들 잠시 조용히 그를 보았다.

"그렇게 적은 정보를 가지고 내리기에는 결론이 너무 허황되지 않나요?" 베른 선장이 회의적인 태도를 취했다.

"맞습니다, 선장. 저게 등대인지 애꾸눈을 만드는 공장인지는 저도 몰라요. 그저 저 성채가 뭐고 대체 뭘 하는지 모른다는 겁니다. 그러나 만약에 내가 말한 외계 존재의 가능성을 배제한다면 적어도 4천 년 이전에 이미 존재했던 저런 기술은 어떻게 설명할 수 있죠?"

카이로가 머리를 긁적이며 말했다.

"아틀란티스 인들이 그랬을 수도 있을까요?"

"아틀란티스 사람은 존재하지 않았다고, 젠장 할!" 사르꼬가 으르렁거렸다. "아틀란티스는 그저 신화에 불과해. 그런데 저 성채는 저렇게 명백히 존재한다고." 이렇게 말하며 그가 손뼉을 갑자기 쳤다. "세상에! 다 들어맞아! 만약 누군가가 우주의 특정 지점을 관리할 정거장을 설치한다고 하면, 어디에다 할까? 북극이나 남극에 하겠지, 이 섬도 북극에 있잖아. 그러면 수천 년간 사용할 에너지는 어디에서 얻을까? 화산에서 얻는 거지. 화산 용암에서 필요한 모든 물질을 다 얻을 수가 있을 거야. 그리고 이 성채로 인해 주변 기후가 바뀌어 지금의 미기후가 만들어졌지. 얼음으로부터 보호하기 위해서 말이야."

그의 말 뒤에 무거운 침묵이 흘렀다. 갑자기 멀리, 오딘의 왕좌 위 공기에 빛이 탁탁 튀며 하늘에 초록색 불빛이 퍼져 나갔다. 사르꼬는 공책에 뭔가를 기록했다.

베른 선장이 한숨을 쉬며 말했다.

"알겠어요. 교수님 말이 맞다고 칩시다. 그러면 우리는 대체 뭘 어떻게 해야 하는 거죠?"

"돌아가야죠." 사르꼬가 어쩌겠냐는 투로 두 어깨를 들었다.

"유럽으로요?"

"네."

"언제요?"

"내일 늦은 오후에요."

카이로가 입을 쩍 벌리고 사르꼬를 쳐다보며 물었다.

"떠난다고요? 탐사 계속 안 하실 건가요?"

"카이로, 탐사는 무슨 탐사야. 성채 가까이에도 못 가는데 말이야." 사르꼬가 이를 악물고 뭔가를 으르렁거리더니 이어서 말했다. "만약 외계에서 만든 곳이라면 역사상 가장 놀라운 일이 되겠죠. 정말 큰 일이에요. 이렇게 민간 탐사를 하기에는 너무 거대한 일입니다. 한 나라만 담당하기에도 너무 커요. 내 생각에는 일단 우리가 발견한 증거를 다 수집해 제네바로 가서 최근에 설립된 국제 연맹을 찾아가는 게 좋을 것 같습니다. 이건 범지구적인 일이니 전 지구가 연합해서 해결해야죠."

"아르단은 미처 생각 못 하시네요." 카이로가 말했다. "이제 그가 여기까지 오는 건 시간문제라고요."

"올 테면 오라고 해." 사르꼬가 사악한 미소를 지어 보이며 대꾸했다. "저 악마 같은 거인 거미를 보면 어떤 표정을 지을지 정말 궁금하군."

○↕ 성채 내부

뇌는 행동을 개시하기로 마음을 먹었다. 그의 최종 목표는 성채 작동이 원활하게 돌아가게 하는 것 그리고 성채를 보호하는 것이었지만 그가 추가로 해야 할 일이 있었다. 두발짐승들이 그저 한낱 짐승인지 아니면 그 이상의 생명체인지에 따라 그 일이 달려 있었다. 그래서 뇌는 계획을 세웠다.

먼저 자동 보호 시스템을 수리하지 않기로 결정했다. 그리하면 두발짐승들이 안심을 할 터였다. 그리고 뇌는 새로운 이동 기기를 제조했다. 지금까지 만든 것과는 다른, 죽이는 것을 목표로 하는 것이 아닌 다른 목적을 위한 기기였다. 그런 다음 성채 안에 공간을 하나 마련해 기다려 보기로 했다. 그에게는 기다림의 시간이란 얼마나 됐건 아무런 문제가 될 것이 없었다.

사무엘 두랑고의 일기(1920년 7월 3일 토요일)

기대한 것과는 달리 교수님이 내일 돌아간다고 해 실망스러운 마음이 들었다. 한편으로는 성채가 너무 궁금했다. 자동 기기, 우주 등대, 다른 세상의 생명체, 지능이 있는 기기…… 정말 이상하고 믿기 힘든 것들이다. 궁금한 게 너무 많음에도 불구하고 아무런 답도 찾지 못한 채 돌아가야 하는 게 슬프다.

다른 한편으로는 이 탐사가 끝나고 나면 이제 캐시와 헤어져야 한다는 생각이 든다. 다시는 볼 수 없을 거라는 생각만으로도 이미 심장이 찢어지는 것 같다. 그리고 최근 들어 캐시가 너무나 차갑고 멀게만 느껴진다……. 아버지 때문에 슬프고 기운이 없는 건 알겠지만 가장 위로가 필요한 하필 지금, 왜 나를 멀리하는지 모르겠다. 어쩌면 내가 캐시를 생각하는 만큼 캐시는 나를 생각하지 않는 것인지도 모른다. 어쩌면 잠시 서로 이어져 있다고 생각하게 만든 그 모든 건 상황 때문에 만들어진 걸지도 모른다. 그러니 또 다른 상황이 오면 우리가 헤어지는 게 어쩌면 당연한 걸지도 모른다.

그런 생각은 하고 싶지 않다. 지금은 하고 싶지가 않다.

사르꼬 교수님은 내일 떠나기 전에 서쪽에서 성채 사진을 찍으라고 주문했다. 지금 덴마크 마을의 버려진 집 중 하나에 들어와 있다. 햇빛이 들어오기는 하지만 등유 램프 불을 켜고 지금 이 글을 쓰고 있다. 내 시계는 12시 7분 전을 가리키고 있지만 하루 내내 지지 않는 해는 시간 감각을 무디게 만들고 있다. 잠을 이루기가 힘들다.

이 땅은 너무나도 낯설다.

하얀 벽의 방

베른 선장이 세인트미셸호로 돌아오고 난 뒤 캐서린은 선장을 찾아가 혼자 지낼 수 있는 선실로 옮겨 달라고 청했다. 캐서린의 상태를 아는 선장은 더 이상 묻지 않고 방을 내주었다. 엘리자베스 부인도 캐서린이 짐을 챙기며 혼자 쓸 방으로 가겠다고 했을 때 아무것도 묻지 않았다. 캐서린의 행동에 가슴이 아팠지만 왜 그러는지 이해가 됐고 또 자신에게 화가 나 있다는 걸 알기 때문에 딸이 원하는 대로 하게 두었다.

그러나 사실, 캐서린은 화가 나서 선실을 바꾼 것이 아니라 어머니 몰래 계획을 세우려고 바꾼 것이었다. 그날 늦은 오후에 선원 여섯 명이 씻고 쉬려고 배로 돌아왔다. 캐서린은 그들이 새벽 6시에 다시 모여 섬으로 가기로 했다는 이야기를 엿듣고는 그들과 같이 섬에 가기로 마음을 먹었다.

캐서린은 옷도 갈아입지 않고 일찍 잠을 청했다. 알람을 새벽 5시로 맞춰 두고 침대에 누웠다. 몇 시간 뒤, 알람에 잠이 깬 그녀는 재빨리 씻은 다음 저녁 식사 때 따로 챙겨 둔 치즈를 넣은 빵을 조금 먹고 갑판으로 나갔다. 시간이 아직 일러 다른 선원들이 오기까지 20분을 더 기다렸다.

"안녕하세요." 여섯 명의 선원이 갑판으로 나오자 캐서린이 인사를 했다. "저도 같이 섬에 가게 됐어요."

덩치가 산만 한 흑인 선원 나폴레옹 시에나가 눈썹을 추켜세웠다.

"캐서린 양, 안녕하세요." 그가 말했다. "죄송하지만 선장님은 캐서린 양이 우리랑 같이 가는 거 아시나요?"

"물론이죠." 캐서린이 대답했다. "말씀 안 하시던가요?"

"예……."

"이상하네요. 떠나기 전에 섬에 가 보고 싶다고 말씀드렸더니 그러라고 허락하셨어요. 믿지 못하겠으면 선장님을 깨워서 물어 보세요."

시에나가는 다른 선원들과 서로 눈빛을 교환하더니 고개를 저었다.

"아닙니다. 자, 보트로 내려가게 도와 드릴게요."

* * * * *

아침 식사를 마치고 난 뒤, 사무엘은 사진 장비를 챙기기 시작했다. 이미 오전 7시 반이었지만 그는 거의 잠을 못 잔 상태였다. 서쪽 벼랑으로 가기 전에 사르꼬 교수님이 전날 오후에 발견한 걸 사진으로 찍어 두라고 했다. 사르꼬를 만나러 가는 길에 세인트미셸호 선원 여섯 명이 마을에 도착하는 걸 보았다. 캐서린도 그들과 함께였다. 놀란 사무엘이 캐서린에게 다가갔다.

"캐시, 안녕." 캐서린이 사무엘이 있는 곳까지 오자 그가 말을 건넸다. "네 어머니가 배에서 내리지 말라고 한 걸로 알고 있는데……."

"내가 결국 설득했지." 캐서린이 대답했다. "배에서 얼마나 지겨웠는지 몰라. 정말 땅을 밟고 싶었어."

"잘됐네, 그렇다니 좋……."

"두라스노!" 사르꼬가 멀리서 소리를 쳤다. "하루 종일 그렇게 수다나 떨 셈이야? 어서 와서 작업을 좀 할래?"

"미안." 사무엘이 캐서린에게 말했다. "난 가 봐야 해."

"걱정 마. 나는 주변을 좀 둘러볼게. 이따 봐."

사무엘은 소심하게 인사를 하고 사르꼬가 기다리는 곳으로 갔다. 사르꼬는 잠깐 으르렁대는 소리를 내며 따라오라는 시늉을 했고 둘은 남서쪽 방향으로 걷기 시작했다. 마을에서 약 500미터 지점에 이르자 돌 깎는 망치와 괭이를 든 선원 세 명이 바위 아래에 구멍을 뚫고 있는 모습이 보였다. 사르꼬는 가까이에 가 작업한 걸 보더니 선원들에게 다시 야영장으로 돌아가 있으라고 했다. 사무엘은 사르꼬가 그렇게 명령을 내리는 동안 주변을 찬찬히 살펴보았다. 그런데 바위가 뭔가 이상했다. 바위에는 넓이 약 60센티미터의 금속 통 모양이 일곱 개 튀어나와 있었는데 그 중앙에는 붉은 원이 있었다. 마치 괴이한 기기가 바위에 녹아내린 형상이었다. 선원들이 판 구멍은 길이 약 6미터에 넓이가 2미터 그리고 깊이가 30센티미터였는데, 바위에서부터 시작돼서 땅 아래 사방으로 퍼져 있는 원통이 여러 개 보였다.

"저건 뭐예요?" 놀란 사무엘이 물었다.

"전혀 모르겠어, 두라스노. 나도 어제 발견했는데 아무런 움직임도 없어. 그냥 성채의 일부인 것 같아."

"그런데 성채는 여기서 4킬로미터나 떨어져 있잖아요." 사무엘이 말했다.

"내가 봤을 때 저 성채는 그저 빙산의 일각일 뿐이야." 사르꼬가 그 괴이한 원통을 물끄러미 쳐다보며 대답했다. "여기 이 원통을 봐. 어디로 향하지?"

"사방으로요."

"맞아. 내 생각에는 이 섬 아래 전체가 다 성채인 것 같아. 아마, 섬 밖으로까지 다 뻗어 있을 거야."

사무엘은 그의 발아래 대체 뭐가 있을까 하는 생각에 불안한 마음이 들어 주위를 두리번거렸다.

"정말 놀랍네요……." 그가 중얼거렸다.

"그래, 그래, 아주 참 재밌는 일이기도 하지." 사르꼬가 얼굴을 찡그리며 말했다. "두라스노, 이제 그만 입 닫고 모조리 사진으로 찍어 놔."

사무엘은 포익틀랜더 카메라를 손에 들고 모든 각도에서 바위, 원통 그리고 땅에 판 구덩이를 찍었다. 20분 동안 사진판 열한 개를 쓴 다음에야 작업이 다 끝난 사무엘은 사르꼬와 함께 마을로 돌아갔다. 마을에 이르자 사르꼬가 말했다.

"두라스노, 나는 배낭을 좀 가지러 갈게. 10분 안에 북서쪽에 있는 벼랑으로 갈 거니 사람 기다리게 만들지 말고."

사르꼬와 사무엘은 각각 오두막으로 들어갔다. 사무엘은 카메라와 사진 장비 가방을 입구에 내려 두고 마치 캐서린을 찾으려는 듯 마을을 한번 스윽 둘러봤지만 캐서린의 모습을 찾을 수 없었다. 카이로는 약 20미터 떨어진 거리에서 통나무 위에 앉아 사냥총을 닦고 있었다. 사무엘이 카이로에게 다가가 물었다.

"카이로 아저씨, 혹시 캐시 보셨어요?"

"아까 이쪽에 있었는데." 카이로가 계속 집중해 사냥총을 닦으며 대꾸했다. "그런데 안 보인 지 꽤 됐어. 신전 폐허를 둘러보러 갔겠지."

사무엘은 마을을 떠나 가까이에 있는 폐허에 캐시를 찾으러 갔지만 그곳엔 아무도 없었다. 사무엘은 거인 거미가 새겨진 형상 앞에 우뚝 멈춰 섰다. 불길한 예감에 그는 잠시 부동의 자세로 서 있었다. 갑자기 전날 세인트미셸호 갑판에서 캐서린을 만났던 순간이 생각났다. 캐서린은 성채까지 가는 길을 자세히 말해 달라고 강하게 요청했었다⋯⋯.

이 생각을 하기에 이르자 사무엘은 즉시 뒤돌아 마을을 향해 뛰었다. 그는 마을을 지나 북쪽으로 뛰었는데 선원 에벨리오 라미레스가 성채로 가는 길을 지키고 서 있었다. 사무엘이 숨을 헐떡대며 그 앞에 멈춰 서서 물었다.

"혹시 캐서린 포가트 보셨나요?"

"응." 라미레스가 말했다. "아까 여기를 지나갔는데."

"얼마나 됐죠?"

"글쎄⋯⋯ 약 20분 된 것 같아."

"어느 방향으로 갔어요?"

"저쪽으로." 북쪽을 가리키며 라미레스가 말했다. "산책하러 간다고 하더라고."

"왜 그냥 가게 두었어요?"

"막을 이유가 없잖아." 라미레스는 두 어깨를 들어 보이며 말했다.

사무엘은 숨을 깊이 들이쉬었다.

"잘 들어요." 사무엘이 말했다. "아드리안 카이로를 찾아 캐서린 포가트가 성채에 갔다고 알리세요. 제가 캐서린을 찾으러 쫓아갔다고도 전해 주시고요. 급하니 어서 서두르시고요."

이렇게 말한 다음, 사무엘은 북쪽으로 연결된 길로 뛰기 시작했다.

＊ ＊ ＊ ＊ ＊

섬 끝, 좁은 길에 있는 담이 있는 곳까지 이르자, 캐서린은 걸음을 멈추고 돌로 만들어진 고대의 건물을 살펴보았다. 왼쪽에 새겨져 있는 외눈박이 우상을 쭉 훑어본 다음 오른쪽에 새겨진 거인 거미도 보았다. 그 거미가 보웬이 말하는 아라크네, 또는 덴마크 인들이 말하는 에데르코페 굿이었다.

그녀의 등줄기가 서늘해졌다. 이러는 게 좋은 생각이 아닐지도 모른다고 캐서린은 생각했다. 많은 사람들이 죽었다는, 괴물이 산다는 곳으로 걸음을 향하던 중이었다. 캐서린은 단지, 마지막으로 아버지의 모습을 보고 작별 인사를 하고 싶었다. 가까이 가지도 않고 그저 멀리에서 인사만 하고 바로 돌아올 터였다. 단 몇 분간만 머무르다 올 생각이었다. 그 짧은 시간에 대체 무슨 일이 생기겠는가?

캐서린은 깊이 숨을 들이쉬고는 중앙에 있는 문으로 담을 지났다.

＊ ＊ ＊ ＊ ＊

캐서린이 아침 식사 시간에 식당에 나타나지 않자, 엘리자베스 부인은 딸을 찾아 선실로 갔다. 이불이 이미 잘 정리된 채 캐서린은 흔적도 없었다. 엘리자베스 부인이 갑판, 조종실, 다른 선실 그리고 심지어 지하 창고까지 다 뒤졌지만 캐서린은 어디에도 없었고, 캐서린을 본 사람도 없었다. 그러자 엘리자베스 부인은 아주 나쁜 예감이 들어 서둘러 식당으로 가 화학자 가르시아와 커피를 한잔 마시면서 이야기를 하고 있던 베른 선장에게 물었다.

"선장님, 혹시 오늘 배에서 내린 사람 있나요?"

"네, 리사." 베른 선장이 대답했다. "오늘 새벽에 선원 여섯 명이 섬에 갔어요. 섬에 필요한 물품을 가져갔고 돌아올 때 야영장 짐을 챙기는 걸 도와 줄 겁니다. 왜 그러시죠?"

"캐시가 배에 없어요." 엘리자베스 부인의 얼굴이 창백해지며 말했다. "섬에 들어간 것 같아요."

베른 선장이 당황한 표정으로 부인에게 물었다.

"죄송한데요, 리사, 제가 이해가 안 가서 그러는데 혹시 무슨 문제라도 되나요?"

"선장님, 제가 못 가게 했어요. 아버지 시신을 꼭 봐야겠다고 우기기에 제가 안 된다고 했어요. 그래서 선실도 바꿔 가면서 제가 눈치를 채지 못하게 간 것 같아요."

"그러면 지금 캐시가 혼자 성채로 갔다는 말씀이신가요?"

"그런 것 같아요. 빨리 가서 막아야 해요."

베른 선장이 자리에서 일어나면서 시계를 보았다.

"간 지 두 시간이 지났는데……." 그가 중얼거렸다. 그런 다음 부인을 쳐다보더니 말했다. "리사, 걱정하지 마세요. 만리케한테 당장 선원 몇 명을 더 데리고 부인을 모시고 섬으로 가라고 하겠습니다."

* * * * *

힘겹게 숨을 헐떡거리던 사무엘이 담 앞에 서서 한 손을 바위에 짚고 몸을 앞으로 구부리면서 가쁜 숨을 들이쉬었다. 2킬로미터가 더 되는 거리를 쉴 새 없이 뛰었기 때문에 그는 숨이 넘어가기 직전이었다.

사무엘은 정신을 집중했다. 아까 등 뒤로 라미레스가 상황을 알리자 다른 사람들이 자신의 뒤를 따라오는 소리가 어렴풋이 멀리에서 들렸다. 그런데 지금은 아무 소리도 들리지 않았다. 어찌 됐든 간에 그는 캐서린이 성채까지 가기 전에 서둘러 그녀를 찾아야 했다.

사무엘은 몸을 일으켜 숨을 두어 번 깊이 들이쉰 다음 다시 내달리기 시작했다.

보트의 끝이 자갈 해변에 닿자 기관사 만리케가 프리아스, 로블레스와 함께 뭍으로 뛰어내렸고 엘리자베스 부인의 손을 잡아 부인이 내리는 걸 도왔다. 부인은 약간 절뚝거리며 해변을 가로질렀다. 여전히 발목이 아려 왔다. 벼랑에 나 있는 가파른 계단을 보던 부인이 말했다.

"저를 기다리다가는 시간이 지체될 거예요. 어서 먼저 가세요."

만리케는 고개를 끄덕이며 보트를 묶은 다음 선원들에게 말했다.

"최대한 빨리 마을로 가서 캐서린 양이 성채로 못 가게 막아야 돼. 어서 가서 교수님과 카이로에게 알려." 이렇게 말한 다음 부인에게 말했다. "저는 부인을 모시고 함께 가겠습니다."

* * * * *

캐서린은 보라색 기둥에 돌멩이를 던지느라 몇 분을 소요했다. 아무것도 없어 보이는 공간이지만 돌멩이가 닿을 때마다 전깃불처럼 불꽃이 튀는 것을 캐서린은 신기하게 바라보았다. 지금까지는 미처 생각해 보지 못했지만, 성채의 신기한 기술을 처음 만나자 굉장히 놀라며 대체 어디서 저런 게 만들어졌는지 궁금해졌다. 그러다가 저 기둥은 사실 누군가를 죽이기 위해 만들어진 함정임이 생각났고 아버지의 죽음이 다시금 떠올랐다.

캐서린은 눈물을 삼키며 돌멩이를 던져 전기장이 없는 곳의 통로를 확인한 다음 기둥을 지났다. 자신의 발자국 소리에서 울리는 작은 메아리 외에는 아무 소리도 들리지 않았다. 생명이 붙어 있는 건 어디에도 보이지 않았다. 갑자기 캐서린은 엄청난 고독을 느꼈다. 앞으로 나아갈수록 길은 점점 더 좁아져 갔다. 그렇게 300미터를 더 가자 오른쪽으로 길이 크게 굽어 있었고 그다음에는 급격하게 왼쪽으로 굽어 있었다. 그 길을 다 지나자 캐서린은 걸음을 멈췄다. 아래로 경사가 난 길 100미터 앞 끝에 분지의 일부가 보였고 그 끝에는 성채의 바늘과 시커먼 돔 형태의 오딘의 왕좌가 보였으며 가장 위에는 거대한 화산이 눈에 들어왔다.

그녀는 처음으로 성채를 봤다. 잠시 걸음을 멈추고 입을 벌린 채로 성채를 쳐다봤다. 대체 저건 뭘까? 갑자기 극도의 긴장감이 몰려왔다. 대체 누가 저렇게 괴이한 걸 만들었을까? 이런 생각을 하며 캐서린은 길을 내려가기 시작했다. 앞으로 나아갈수록 분지가 점차 넓어져 갔다. 처음에는 산산조각이 난 쇠버섯이 보였고, 분지 가운데 버려진 연발총이 보였고 마지막으로 분지 입구까지 가자, 쓰러져 있는 시신이 보였다. 캐서린의 심장이 요동쳤다. 캐서린은 걸음을 멈추고 가장 멀리 있는 시신 더미를 바라봤다. 그 더미에 아버지가 있을 터였는데 멀리에서는 아버지의 위치를 파악하기가 힘들었다. 그때, 등 뒤에서 큰 소리가 들려왔다.

"캐시!"

캐서린이 깜짝 놀라 뒤를 돌아보자 길 끝, 위쪽에서 팔을 흔들고 있는 사무엘이 보였다.

* * * * *

사무엘은 폐에는 불이 붙고 옆구리에는 바늘로 콕콕 쑤시는 듯한 극심한 고통을 느꼈다. 그러나 그는 큰 안도감을 느꼈다. 캐서린이 아직 무사히 저 앞에 서 있었다. 다행히도 캐서린을 제때 발견한 것이었다. 사무엘이 양손을 입으로 모아 크게 소리쳤다.

"캐시! 거기서 떨어져! 위험해!"

"삼, 가!" 캐서린이 외쳤다. "잠시 혼자 있고 싶어!"

캐시의 말을 무시한 채, 사무엘이 길을 내려가기 시작했다. 그런데 그 순간 뒤에서 고함 소리가 들려 왔다. 고개를 돌아보니 멀리서 카이로와 사르꼬 그리고 엘리사가라이가 오는 모습이 보였다. 캐서린은 손을 허리춤에 올리고 화가 난 듯 네 사람을 쳐다보았다.

갑자기, 캐서린이 서 있는 지점에서 약 50미터 떨어진 곳, 분지 안에 있는 바위 문이 하나 열리더니 어두운 동굴이 드러나며 그 안에서 자동 기기가 하나 나타났다. 선원 로페스를 죽인 전갈 모양과 비슷한 괴물이었지만 이번에는 훨씬 크고 침도 없었다. 괴물은 바퀴를 돌리며 전속력으로 캐서린 쪽으로 달려갔다.

"캐시! 조심해!" 사무엘이 캐시가 있는 곳으로 뛰어가며 고함쳤다.

"지금 네 뒤에 있다고!"

캐서린이 고개를 돌리자 빠른 속도로 다가오는 괴물이 보였다. 그녀는 경사가 난 길을 황급히 달리기 시작했다. 그러나 괴물의 속도가 월등히 빨랐기 때문에 캐서린은 금세 따라잡히고 말았다. 캐서린을 따라잡은 괴물의 허리춤 양옆에서 갑자기 쇠로 된 촉수가 세 개씩 나와 캐서린을 들어 올렸다. 그런 뒤 괴물은 자신의 손아귀에서 벗어나려고 발버둥치는 캐서린을 번쩍 들더니 제자리에서 몸통을 문이 열린 동굴 쪽으로 180도 돌렸다.

몸통이 돌아가면서 자동 기기의 속도가 줄어들었고 사무엘이 가까이까지 다가갈 수 있었다. 그러나 몸통을 다 돌린 기기는 동굴 쪽으로 쏜살같이 튀어 나갔다. 사무엘이 육체가 허락하는 최대의 속도로 달렸지만 그것만으로는 역부족이었다. 자동 기기와 사무엘 간의 간격이 점차 벌어져 갔다. 괴물의 촉수에 붙들린 캐서린은 겁에 질려 고함을 지르고 있었다.

조금씩 거리가 벌어지는 것을 본 사무엘은 젖 먹던 힘까지 다 짜내 자동 기기 위로 훌쩍 뛰어올랐다. 하지만 5미터 정도의 차이로 사무엘은 땅바닥에 떨어져 버리고 말았다. 그러나 마지막 순간에 사무엘은 기기의 촉수 하나를 손으로 잡는 데 성공했다. 자동 기기는 땅에 질질 끌려가는 사무엘은 신경도 쓰지 않은 채 그대로 동굴로 전진했다.

사무엘은 바닥에 깔려 있는 돌멩이에 부딪치고 땅에 끌려 옷이 찢어지는 바람에 피부가 쓸렸다. 촉수를 잡고 있던 손도 아팠지만 그는 끝까지 촉수를 놓지 않았다. 엄청난 속도로 동굴 안으로 들어가자 입구가 사무엘 뒤에서 바로 닫혀 버렸고 그들은 어둠 속에 갇히게 되었다. 갑자기 자동 기기가 회전을 하더니 사무엘을 벽에 내동댕이쳤다. 사무엘은 잡고 있던 촉수를 놓치고 땅에 굴러 의식을 반쯤 잃은 채 쓰러져 있었다.

그가 마지막으로 들은 소리는 점점 멀어져만 가는 캐서린의 외침이었다.

* * * * *

분지로 달려가던 사르꼬와 카이로 그리고 엘리사가라이는 갑자기 자동 기기가 나타나 캐서린을 집어 들고 갔고 사무엘은 이를 막으려 애쓰는 모습을 눈앞에서 목격했다. 그들은 손을 쓸 수도 없이 그저 자동 기기가 캐서린과 사무엘을 데리고 동굴 안으로 사라지는 것을 지켜보는 수밖에 없었다. 동굴 문이 닫히는 순간까지도 셋은 계속 내달렸다. 바위가 열렸던 벽 앞까지 이르자 셋은 달리는 걸 멈추고 숨을 헐떡거리며 문이 열렸던 바위의 면을 자세히 살펴봤다.

"대체 어떻게 여기에 문이 난 거지?" 카이로가 손으로 벽을 더듬거리면서 분하다는 듯 중얼거렸다. "문이 열렸다는 게 믿을 수 없을 정도로 흔적조차 찾아볼 수가 없군……."

그때 분지 북서쪽 벽에서 거대한 동굴 문이 열리더니 기계 톱니바퀴 돌아가는 소리가 무시무시하게 울려왔다. 거미 모양의 거대 자동 기기 에데르코페 굿이 나오자 땅이 흔들렸다.

"세상에나! 또!" 사르꼬가 외쳤다. "빨리 여기를 뜨자!"

셋은 땅에 발이 닿는 게 보이지 않을 정도의 빠른 속도로 남쪽으로 냅다 달렸다.

＊　＊　＊　＊　＊

사무엘은 한 치 앞도 보이지 않는 암흑 속에서 다시 정신을 차렸다. 잠시 혼란스러웠지만 갑자기 방금 벌어졌던 일이 떠올랐다. 그가 신음 소리를 내며 일어나자 머리와 옆구리가 아파왔다. 온몸이 상처투성이였다.

"캐시!" 그가 소리쳤다.

아무런 대답이 없었다. 뼈와 위에 느껴지는 윙— 울리는 느낌만 있을 뿐 그의 귀에는 어떤 소리도 들리지 않았다. 의식을 잃은 채로 얼마가 지났는지 알지 못했고, 불을 켤 성냥도 없어 얼마가 지났는지 알 방법도 없었다. 사무엘은 손을 앞쪽으로 뻗어 더듬거리며 걸어가다가 어떤 벽을 만났다. 벽은 바위가 아닌, 플라스틱과 유사한 베이클라이트의 촉감과 비슷했다.

사무엘은 침을 삼키고 생각을 정리하기 시작했다. 캐서린을 찾아야만 했지만 그녀를 어느 방향으로 데려갔는지도 몰랐기 때문에 어찌할 도리가 없었다. 그때 왼쪽에서 다가오는, 뭔가 미끄러지는 듯한 소음이 들려왔다. 그는 벽에 손을 댄 채 뒷걸음치기 시작했지만 소리는 점점 더 가까이에 다가왔다. 사무엘은 뛰기 시작했고 완전한 어둠 속이라 아무것도 보이지 않았기 때문에 큰 두려움을 느꼈다.

겨우 네 발자국 정도만 도망갔을 뿐인데 이미 차가운 촉수가 그의 몸을 둘러 공중으로 번쩍 들어 올렸다. 사무엘은 고함을 치며 촉수에서 벗어나려 안간힘을 썼지만 발버둥 치면 칠수록 쇠로 된 촉수는 그를 점점 더 세게 조여 왔다. 자동 기기의 본체가 제자리에서 윙- 돌더니 성채 내부의 어두운 통로 쪽으로 매우 빠른 속도로 튀어 나갔다. 사무엘은 그저 방향이 몇 번 바뀌고 속도가 휙휙 빨라지는 것만 느낄 뿐이었다.

드디어 자동 기기가 멈춰 서며 사무엘을 땅에 떨어뜨렸다. 그런 다음 자동 기기는 멀어져 갔고 사무엘은 레일 위로 뭔가 미끄러지는 소리를 들었다. 그는 일어나 숨을 멈췄다. 갑자기 어디선가 숨소리가 들려왔다. 누군가, 혹은 무언가가 가까이에 있었다.

"캐시?" 사무엘이 조용히 불러 봤다.

"샘!" 캐서린이 외쳤다.

둘은 서둘러 어둠 속에서 서로를 찾아 부둥켜안았다.

* * * * *

엘리자베스 부인과 만리케가 마을에 도착했을 때 프리아스와 로블레스가 그들을 기다리고 있었다.

"부인, 사무엘은 따님을 찾으러 갔습니다." 프리아스가 말했다. "카이로 씨와 엘리사가라이 씨 그리고 사르꼬 교수님도 그 뒤를 따라갔어요. 우리가 도착했을 때는 이미 그들이 떠난 지 한참 후였습니다."

"그쪽으로 간 지는 얼마나 됐죠?" 부인이 물었다.

"우리가 들은 바로는 캐서린 양은 세 시간 반쯤 전에 성채로 갔고 나머지 사람들은 약 세 시간 전에 갔습니다."

"부인, 중간에 다른 일 때문에 지체되는 걸지도 모릅니다." 만리케가 말했다. "걱정하지 마세요. 15분 내로 나타나지 않으면 저희가 찾으러 가겠습니다."

엘리자베스 부인이 눈을 감고 콧대를 만졌다. 발목은 아파 왔고 그녀의 심장은 빠르게 뛰기 시작했다.

* * * * *

사무엘과 캐서린은 어둠 속에서 바닥에 앉아 조용히 서로 껴안고 있었다. 아까 사무엘은 더듬더듬 그곳을 살펴보고는 약 6미터 길이에 4미터 폭의 사각형 공간에 있다는 걸 알아냈다. 천장은 너무 높아 그의 손이 채 닿지 않았다. 깊은 곳에서 쉬지 않고 들려오는 윙- 하는 울림 외에는 어떤 소리도 들리지 않았다.

"우리를 어쩌려는 걸까?" 캐서린이 조용한 목소리로 물었다.

"캐시, 모르겠어. 그래도 교수님이랑 카이로가 우리를 구하려고 최선을 다할 거야."

"그런데 여기를 뭘 어쩔 수가 있을까?"

사무엘은 대답을 하기까지 한참 시간이 걸렸다. 인정하기 싫었지만 캐서린의 말이 맞았다.

"교수님은 아주 끈질긴 분이야." 이윽고 사무엘이 강조하듯 말했다.

갑자기 불이 켜졌다. 불빛은 어느 특정한 곳에서 나오는 것이 아니라 사방에서 나왔다. 바닥, 천장 그리고 벽에서 다 나왔다. 캐서린과 사무엘은 바닥에서 일어나면서 급작스러운 불빛에 적응하려고 눈을 깜빡거렸다.

"네 얼굴이랑 옷에 피가 묻어 있잖아!" 캐서린이 놀라 물었다. "다쳤어?"

사무엘은 고개를 저었다.

"그냥 긁힌 거야. 자동 기기가 날 바닥에 끌고 가면서 생긴 건데 괜찮으니까 걱정 마."

그가 주변을 살펴보았다. 그들은 하얀색의 텅 빈 방에 있었는데 벽은 매끄럽고 광채가 났으며 천장은 약 3미터 높이에 있었다. 원래 방에 문이 있는 게 상식적인 일이었지만 그 방에서는 문의 흔적도 찾아볼 수가 없었다. 갑자기 한쪽 벽면에서 벽판이 스르륵 열리더니 물이 나오는 관이 나왔는데, 흐르는 물은 배수구가 있는 둥그런 분수대 위로 떨어졌다. 그것도 다 새하얀 색이었다. 그다음에는 갑자기 하얀 상자가 분수대 아래로 스르륵 밀리듯 나왔다. 그 안에는 사과 여섯 개, 풀 한 줌, 풀뿌리와 죽은 토끼 한 마리가 들어 있었다.

"저게 뭐지?" 캐서린이 코를 찡긋거리며 중얼거렸다.

"먹으라고 주는 건가 봐. 그런데 우리가 뭘 먹는지 잘 모르는 것 같아."

사무엘이 앞으로 가 사과를 집어 들고는 바닥에 올려놓았다. 잠시후 상자가 다시 스르륵 들어가면서 닫혔다. 그와 동시에 벽면의 반대쪽 끝에서 다른 벽판이 열리더니 바닥에 지름 약 20센티미터의 구멍이 뚫려 있는 더 작은 방이 나타났다.

"저거 화장실인가 봐." 캐서린이 말했다. "화장실이라니…… 대체 얼마나 오래 우리를 가둬 두려는 속셈이지?"

캐서린이 한 질문은 혼잣말과도 같았기 때문에 사무엘은 아무런 대답 없이 분수대로 가 얼굴과 손을 씻었다. 캐서린이 옆에서 씻는 걸 도와 줬다. 그런 다음 둘은 다시 벽에 등을 기댄 채 옆에 함께 붙어 앉았다.

"저들은 누구일까, 삼?" 캐서린이 한참이 지나자 물었다. "우리를 납치한 자들 말이야."

"교수님은 다른 세계의 존재들이 이 성채를 지었다고 생각하셔." 사무엘이 대답했다.

"그렇다면, 외계인?"

"응."

캐서린이 어이없다는 듯 웃었다.

"그러니까 화성인들이 우리를 납치했단 말이지." 그녀가 말했다. "갈수록 가관이군······."

"교수님은 화성인이 아니라 다른 별, 다른 태양계의 존재들이라고 생각하셔. 뭐 그 존재가 지금 여기에 있다고는 생각하지 않으시지만."

"뭐? 이해가 안 돼······."

"여기는 수천 년 전에 지어졌어. 따라서 교수님은 살아 있는 어떤 존재가 여기를 지키는 게 아니라 자동 기기들이 지킨다고 생각하셔. 너를 납치해 온 자동 기기 같은 것들 말이야."

캐서린은 고개를 젓더니 얼굴을 두 손에 파묻었다.

"외계인, 자동 기기······." 캐서린이 중얼거렸다. "주여, 정말 말도 안 되는 일이야······."

사무엘이 캐서린의 어깨를 팔로 감싸며 차분하게 얘기했다.

"우리를 죽일 생각이었다면 이미 죽였을 거야. 게다가 이렇게 물이랑 먹을거리도 주는 걸 보니 살려 둘 건가 봐."

"왜 우리를 살려 두려 하지? 우리를 데리고 뭘 어쩌려고?"

사무엘은 캐서린을 진정시킬 만한 대답을 찾으려 했지만 그러기 전에 갑자기 방에 새로운 변화가 생겼다. 방에서 나오는 불빛이 더 약해지면서 갑자기 그들 정면에 있던 벽에 움직이는 영상이 가득 나왔다. 성채로 가는 원형 분지가 넓게 보였다. 그곳에는 약 4, 50명 정도 되는 남자들이 있었는데 모두 순록 가죽으로 만든 옷을 입고 있었고 얼굴에는 문신이 그려져 있었다. 모두 도끼와 촉을 돌로 만든 창을 갖고 있었다. 그들 앞에는 백곰 가죽을 입고 있는 수염이 덥수룩하게 난 노인이 손으로 지팡이를 휘두르며 서 있었다. 노인은 알아들을 수 없는 언어로 뭔가를 말하며 무릎을 꿇고 절을 하고 있었다. 캐서린과 사무엘은 벽에서 나오는 영상에 가까이 다가갔다.

"색깔도 있고 소리도 나오는 영화야……." 놀란 캐서린이 중얼거렸다. "그런데 이 사람들은 대체 누굴까?"

"원시 시대 사람들 같아." 사무엘이 나지막한 소리로 대답했다. "지하 도시에 살던 사람들일지도 몰라."

"그러면 저 영상이 수천 년 전에 찍은 거라고?"

사무엘은 자신도 모르겠다는 듯 두 어깨를 으쓱 올렸다. 그때 갑자기 영상이 바뀌고 동일한 장소가 나왔는데 이번에는 다른 각도에서 비춰졌고 그곳에 등장한 인물들도 달랐다. 중세 시대 옷을 입고 있는 스무 명 정도의 사람들이 모여 있었는데 북방 인종으로 보였다. 하지만 그중 한 명은 다른 사람들과 달랐다. 그는 키가 작고 대머리에 수염이 난 자였는데 못에 박혀 십자가에 달린 예수의 상을 목에 걸고 있었다.

"저 사람이 보웬인가 봐!" 캐서린이 외쳤다. "정말 놀라워……."

영상이 다시 바뀌었다. 물개 가죽으로 만든 옷을 입은 사내 네 명이 쇠버섯이 사방에 널려 있는 분지 입구에서 고개를 내밀고 둘러보더니 서둘러 줄행랑을 쳤다.

"덴마크 인들이야." 사무엘이 말했다.

또 다른 영상이 나왔다. 원형 분지 끝에 키가 크고 푸른빛이 약간 감도는 짙은 피부에 수염을 깨끗하게 잘 깎은 남자가 보였다. 검정색 제복을 입고 어깨에는 수장을 달고 위가 평평한 모자를 쓰고 있었다. 남자는 성채 쪽을 바라보는 듯했다.

"네모 선장?" 캐서린이 놀라 말했다.

영상이 또다시 바뀌었다. 열두 명의 남자가 분지 안으로 들어가 버섯 사이로 갔다. 존 토마스 포가트 경도 그 가운데 있었다. 캐서린의 입에서 탄식이 새어 나왔다. 그러자 사무엘이 캐서린의 손을 잡았다.

영상이 다시 바뀌었다. 아홉 명의 사람들이 동료들의 시신이 있는 쪽으로 가려고 분지 안으로 들어갔다. 웨스트롭 선장과 그가 이끄는 사람들이었다.

갑자기 화면이 또 바뀌고 벽에는 연발총을 쏴 대는 카이로의 모습이 나왔다. 저 멀리에는 세인트미셸호의 다른 사람들 모습도 보였다.

갑자기 영상이 꺼지고 벽은 다시 본연의 새하얀 색깔로 돌아왔다. 캐서린과 사무엘은 어찌할 바를 모르며 서로 쳐다보았다.

"대체 저 영상은 무슨 의미일까?" 사무엘이 중얼거렸다.

캐서린은 시선을 아래로 깔고 한참을 고민에 잠겼다.

"좋아." 이윽고 그녀가 입을 열었다. "교수님 말이 맞는 거라고 치자고. 이곳을 외계의 존재가 만들었다고 가정해 본다면 그 존재는 우리랑 소통하고 싶은 걸지도 몰라."

"저 영상으로?"

"눈으로 볼 수 있는 존재는 이해할 수 있는 방법이잖아."

"그렇다면…… 뭘 의미한 거지?"

"지금까지 만난 다양한 사람들을 보여 준 것 같아."

"왜?"

"그건 모르겠어……"

갑자기 큰 나팔이 울리는 듯한 깊은 소리가 방 안에 울려 퍼지면서 벽에 새로운 영상이 나타났다. 영상의 주인공은 바로 캐서린과 사무엘이었다. 마치 거울을 보듯 지금 그들의 모습이 다른 각도에서 비춰졌다. 사무엘이 한쪽 손을 들자 벽에 있는 영상에서도 똑같이 한쪽 손이 올라갔다.

"이건 마치……" 그가 침을 꼴깍 삼켰다. "마치 실시간으로 현상되고 투영이 되는 사진판으로 우리를 찍고 있는 것 같아."

"나도 그런 기술에 대해 들은 적 있어." 캐서린이 영상을 뚫어져라 쳐다보며 말했다. "스코틀랜드 출신의 베어드라는 공학자가 카메라로 이미지를 찍고 전선을 통해 바로 화면으로 전달하는 방법을 개발하고 있대. 〈타임스〉에 실린 기사에서 읽었어."

"베어드가 이걸 만들었을 것 같지는 않은데."

"그렇지……"

갑자기, 캐서린의 얼굴이 벽면을 다 채웠다. 캐서린은 어안이 벙벙한 채로 자신의 얼굴을 보았다.

"이건 무슨 뜻일까?" 그녀가 속삭였다.

캐서린은 팔을 뻗어 손가락 끝으로 벽을 스치듯 만졌다. 손을 떼자, 캐서린의 지문이 다섯 개의 빨간 점으로 벽에 남았다.

다시 벽은 하얀색으로 돌아왔다. 그러다 별안간, 왼쪽에 수직으로 나열된 기호가 한 줄 나타났다. 점 하나와 휘어진 선과 또 다른 점 그리고 거꾸로 된 삼각형이 나와 있고 마지막으로 점이 두 개 그려져 있었다. 잠시 후 다른 줄이 하나 더 나타났다. 점 하나, 휘어진 선, 점 두 개, 삼각형 그리고 점이 세 개 나타났다. 그다음에 또 줄이 하나 더 생겼다. 점 하나, 휘어진 선, 점 세 개, 삼각형 그리고 점 네 개가 나타났다. 마지막으로 한 줄이 더 나타났다. 점 하나, 휘어진 선, 점 네 개, 그리고 삼각형이 나타났고 마지막에는 아무것도 없었다. 더 이상 기호는 나타나지 않았다.

"이게 뭐지?" 사무엘이 말했다.

캐서린은 한참 뒤에야 대답했다.

"덧셈이야!" 캐서린이 갑자기 소리를 쳤다. "이건 더하기라고!"

"뭐?"

"여기 이 휘어진 선은 덧셈 기호이고 여기 삼각형은 등호야. 왼쪽 첫 번째 줄을 잘 봐 봐. 점 하나 더하기 점 하나는 점 두 개야. 그 다음 줄에 보면 하나 더하기 두 개는 세 개가 되고, 그다음 하나 더하기 셋은 네 개가 되는 거야. 그러니까 이 마지막에 빈 칸에 하나 더하기 넷은……."

캐서린이 검지를 뻗어 삼각형 아래를 다섯 번 눌러 빨간 점 다섯 개를 찍었다. 그 순간, 영상이 다 사라지면서 벽이 하얀색으로 돌아오더니 새로운 기호들이 나타났다.

* * * * *

마을에 있던 엘리자베스 부인은 사르꼬와 카이로 그리고 엘리사가 라이가 다시 돌아오는 것을 보았다. 캐서린이 그들 옆에 없는 걸 보고 부인은 심장이 오그라드는 것을 느꼈다. 부인이 느꼈던 불길한 예감이 현실이 돼 버리고 말았다. 엘리자베스 부인은 몸이 축 늘어진 채 좀비처럼 힘없이 세 명에게 다가가 카이로가 비통한 표정으로 하는 말을 경청하려 했으나 집중이 잘 되지 않았다. 자동 기기가 딸을 납치해 성채로 들어가 버렸다는 이야기만이 그녀의 머릿속을 맴돌 따름이었다.

갑자기 그녀는 현기증과 함께 다리에 힘이 빠지는 것을 느꼈다. 옆에 있던 만리케와 카이로가 잡아 주지 않았더라면 바닥에 풀썩 주저앉았을 터였다. 둘은 부인이 통나무에 앉을 수 있도록 도왔고 다른 선원 하나가 정신이 들도록 물통을 건네주었다. 한참 후에 정신을 차린 부인은 눈물을 글썽이며 얼굴을 두 손에 파묻었다.

"캐시가 죽었어……." 부인이 낮은 소리로 중얼거렸다.

그때까지 침묵하며 지켜보고만 있던 사르꼬가 부인에게로 가며 크게 소리쳤다.

"아니라고요! 젠장 할!"

부인은 깜짝 놀라 고개를 들었다.

"네……?" 부인이 중얼거렸다.

"캐시는 죽지 않았다고요. 우리는 캐시가 죽는 걸 본 게 아닙니다! 잘 들어요, 리사. 로페스를 죽인 자동 기기는 살인을 목적으로 만들어 졌어요. 그 악마같이 생긴 거미도 마찬가지죠. 그런데 따님을 납치해 간 자동 기기는 살아 있는 대상을 잡아들일 목적으로 만들어졌다고요. 그러니 확실한 건 성채에서 캐시를 산 채로 원한다는 거죠."

"왜요?" 부인이 애처로운 표정으로 질문했다. "대체 캐시를 어쩔 셈일까요?"

"두라스노도 함께 있으니 분명 따님을 지켜 줄 겁니다. 두라스노가 그리 강해 보이지는 않지만 바위처럼 강한 사내인 데다 아주 용감해요, 정말 용감하죠. 캐시도 마찬가집니다." 사르꼬가 부인 앞에 무릎을 꿇으며 그녀의 한쪽 손을 잡았다. "리사, 여기 이 증인들 앞에서 내가 맹세를 하겠습니다. 내 명예를 걸고 부인의 딸과 두라스노를 구하는 데 내 모든 힘을 다 쓰고 심지어 이 목숨까지 내놓겠습니다."

엘리자베스 부인의 얼굴에는 비탄한 표정이 여전히 서려 있었지만 그래도 약간은 희망 어린 눈빛으로 사르꼬를 쳐다보았다.

"뭐라고요?" 부인이 모기만 한 목소리로 물었다.

사르꼬가 몸을 일으키며 안심시키려는 듯 미소를 지었다.

"저를 믿으세요." 사르꼬가 말했다.

그런 다음 사르꼬는 카이로의 한쪽 팔을 잡고 다른 사람이 없는 곳으로 데려가 물었다.

"아르단이 우리를 지옥에 보내기 위해 사용하려던 다이너마이트 아직 배에 있어?"

"네."

"다른 폭발물이 더 있나?"

"화약 두 통 정도 더 있어요."

"좋아. 세인트미셸호에 사람을 보내 다이너마이트랑 화약을 보이는 대로 다 가져오라고 해. 아, 그리고 트윈도 필요하니 가져오라고 하고."

"그건 너무 무거워요. 벼랑으로 올리기에는 엄청 힘들다고요."

"그러니 서두르는 게 좋을 거야. 이제 시간이 촉박해. 나는 서쪽 벼랑으로 가서 성채에 무슨 일이 벌어지고 있는지 살펴볼게. 마을에 트윈이랑 폭발물 다 가져오면 나한테 알리도록."

사르꼬는 뒤돌아 배낭을 집어 들고 인사도 생략한 채 북쪽으로 걸어갔다.

* * * * *

캐서린은 이미 정신적으로 지쳐 있었다. 성채에서 기본 수학 언어 체계를 배워 가면서 문제를 풀기 시작한 지 벌써 네 시간이나 지났다. 처음에는 덧셈, 뺄셈, 곱셈, 나눗셈으로 풀기가 쉬웠다. 그런데 벽에 일련의 번호가 나타나면서 중간중간 빈 칸이 나오기 시작했다. 이 문제는 다섯 개까지는 맞혔지만 여섯 번째에는 틀렸다. 1, 4, 1, 4, 2, 1, 3, 5, 6……. 캐서린은 이 일련의 번호 마지막에 들어맞는 숫자를 찾지 못했고 그렇게 그다음에 제시된 네 문제 또한 풀지 못했다.

그러자 성채에서 기하학, 색깔, 각도와 관련된 문제를 제시하기 시작했다. 처음에는 쉬웠지만 점차 어려워지더니 결국 캐서린은 문제를 더 풀 수가 없는 지경에 이르렀다. 캐서린은 심지어 제일 마지막 문제를 이해하지도 못했다. 사무엘은 옆에서 돕고 싶었으나 수학 교육을 받지 못해 거의 도움이 되지를 못했다. 수차례 문제가 틀리자 결국 벽은 흰색으로 다시 변했고 방에서 나오는 불빛이 더 강해졌다.

"마치 우리를 시험하는 것 같아." 캐서린이 바닥에 앉으며 말했다.

"그렇다면 나는 낙제감이네." 사무엘도 캐서린 옆에 앉으며 말했다.

"나도 많이 못 풀었어. 마지막에는 하나도 모르겠더라고."

긴 침묵이 흘렀다.

"만약 우리랑 소통을 하려는 거라면," 사무엘이 말했다. "대체 무슨 말을 전하려는 걸까?"

캐서린은 대답을 주기까지 약간 지체했다.

"사실 우리랑 소통하려는 게 아닌 거 같아." 캐서린이 곰곰 생각에 잠긴 채 말했다.

"그러면?"

"지능 측정이라는 거 알아?"

"아니."

"인간의 지능을 측정하는 시스템이야. 현 세기 초반에 알프레드 비네라는 프랑스 심리학자가 지능 계수라는 걸 만들었어. 그 이후로 지능 측정 시험이 많이 발전하게 됐지."

"그런 것도 신문에서 읽은 거야?" 사무엘이 물었다.

캐서린은 웃음을 터뜨렸다. 아버지의 죽음 이후, 그렇게 웃어 본 건 처음이었다.

"삼, 영국 사람들에 대해서 네가 꼭 알아야 될 게 있어. 영국 사람들

중에서도 특히 런던 사람들에 대해서 말이야. 런던 사람들은 〈타임스〉에 나오는 글이 우리 현실을 다 반영한다고 생각해."

"〈타임스〉에는 그 지능 시험에 대해 뭐라고 나왔는데?"

"잘 기억은 안 나지만 〈타임스〉에 나왔던 예시 문제가 조금……." 캐서린이 흰색 벽을 가리키며 말했다. "아까 저것과 비슷했어."

사무엘이 놀란 표정으로 캐서린을 쳐다보았다.

"지금 우리의 지능을 측정한 거라고 생각하는 거야?"

"그렇다고 봐."

"뭐하려고?"

캐서린은 모르겠다는 듯 어깨를 들어 올렸다.

"뭘 하려는 건지는 모르겠어. 그런데 지금 우리가 저들 기대에는 못 미치고 있는 것 같아."

* * * * *

사르꼬는 북서쪽 해안에 닿아 있는 벼랑 위에서 성채 바로 앞에 있는 분지에서 무슨 일이 벌어지고 있나 쌍안경으로 살펴보고 있었다. 카이로가 사르꼬에게 준비가 됐다고 알리러 왔을 때 분지에 있는 바위가 좀 바뀐 걸 알 수 있었다. 에데르코페 굿은 여전히 거대한 쇠다리를 뻗은 채 부동의 자세로 서 있었지만 그 자리에 있던 시신 무더기와 연발총이 없어졌다. 그리고 쇠버섯은 다시 수리가 된 데다 수가 훨씬 더 늘어났다.

"저기에 있던 시신은요?" 카이로가 물었다.

"여기 오니까 이미 없었어." 사르꼬가 멀리에 있는 분지에 시선을 고정한 채 대답했다. "저 버섯 봤어?"

"다시 수리가 된 데다 수가 더 많아졌네요."

"두 배로 늘었어. 아까 설치하는 걸 봤어." 사르꼬가 분지에서 시선을 떼고 뒤통수를 문질러댔다. "정말 놀라운 일이야. 분지에 있는 동굴에서 자동 기기가 여러 개 나타났어. 두 개는 엄청 컸는데 하나가 여러 물질의 막대를 엄청 나르더니 다른 기기 몸체에 난 작은 문으로 막대를 넣더라고. 그랬더니 그 다른 기기가 앞쪽에 난 구멍으로 버섯 몸통을 내보내더라고. 마치 이동식 공장 같았어. 그다음에는 작은 자동 기기들이 버섯을 설치하고 조립하더라고. 참, 그 과정에서 남는 물질은 바닥에 그냥 버리던데 이제 우리가 얻은 신비로운 금속 조각들이 어디에서 나온 건지 알게 됐군."

"놀라운 기술이네요."

"응."

"지구 용암에서 나온 원자재를 100퍼센트로 정제시키는 거로군요. 그런 다음에 자동 기기를 만들고 또 저 이상한 것들도 만드는 거고요. 제 생각이 맞나요?"

"그런 것 같아."

"교수님, 캐시랑 삼은 어떻게 구출할 수 있을까요? 저토록 고도의 기술을 가진 자를 어떻게 이길 수 있을까요?"

사르꼬는 피곤한 듯 미소를 지었다.

"이길 수 없어." 사르꼬가 대답했다.

"네?"

"우리가 할 수 있는 게 없다고, 카이로. 우리는 그저 호랑이와 싸우려는 하찮은 개미에 불과하다고. 역사를 보면 선진화된 문명이 기술적으로 떨어지는 문명을 만나게 되면 후자가 패하게 돼 있지. 네가 방금 말했다시피 저 성채의 기술은 우리가 가진 기술보다 몇 세기나 더 앞서 있어."

"그런데 교수님이 아까 리사한테……."

"리사의 딸과 두라스노의 구출을 위해 노력하겠다고 한 거지 성공할 거라고는 한 적 없어." 사르꼬가 쇠거미를 다시 쳐다보았다. "저 성채를 지배하는 자가 누구이든지, 혹은 뭐가 됐든지 간에 우리를 쉽게 쓰러뜨릴 거야. 그런데 놀라운 건 아직도 안 그랬다는 점이지."

"그런데요, 우리가 이길 가능성이 전혀 없는데 왜 폭발물을 다 들고 오라고 하셨어요?"

"소용이 없더라도 한번 시도는 해 봐야지." 사르꼬가 몸을 일으키며 두 팔을 뻗어 기지개를 켰다. "몇 시야?"

"몇 분만 있으면 오후 4시 반이요."

"내가 가져오라고 한 거 마을에 다 도착했나?"

"우리가 갈 때쯤 와 있을 거예요."

"알았어, 그러면 가자고." 남쪽으로 발걸음을 돌리며 사르꼬가 말했다. "친구, 아주 명예로운 패배가 우리를 기다리고 있군."

＊　＊　＊　＊　＊　＊

사르꼬와 카이로가 마을에 도착하자 마침 엘리사가라이가 시끄러운 초록색 오토바이를 타고 남쪽에서 도착했다. 엘리사가라이는 빈터 가운데 오토바이를 세우고 엔진을 끄더니 오토바이에서 내렸다. 사르꼬와 그의 뒤를 따르던 카이로는 눈썹을 일그러뜨리며 가까이에 가 오토바이를 찬찬히 둘러보았다.

"손톱만큼도 긁히지 않았겠지?" 사르꼬가 의심하는 듯한 말투로 으르렁댔다.

오토바이의 소음에 엘리자베스 부인이 오두막에서 나와 다가왔다.

"무슨 소식 있나요, 교수님?" 엘리자베스 부인이 물었다.

"없어요, 리사. 그런데 당신의 본국에서 말하듯, 무소식이 희소식이죠."

엘리자베스 부인은 심각한 표정으로 고개를 끄덕인 다음 오토바이를 가리키며 물었다.

"저건 뭐예요?"

"할리 데이비슨의 W 스포트 트윈 모델이에요." 사르꼬가 자랑스러운 듯한 표정으로 말했다. "배기량 600cc에 실린더가 두 개 그리고 9마력이고 시속 50마일까지 나가요. 작년에 미국에서 샀어요."

"저건 왜 필요한데요?"

"따님을 구출하는 데 필요합니다." 이렇게 답한 다음 사르꼬는 엘리사가라이에게 물었다. "폭발물은?"

"신트라와 다른 다섯 명이 더 가져오고 있어요." 엘리사가라이가 대답했다. "아마 30분 내로 도착할 겁니다."

"아주 좋아." 사르꼬가 손뼉을 짝 치더니 이어 말을 했다. "리사, 여러분, 제 계획을 좀 말씀드리겠습니다."

이렇게 말한 뒤 사르꼬가 자신의 계획을 설명했다. 사르꼬의 말이 끝나자, 엘리자베스 부인의 눈에 희망의 빛이 조금 반짝였다.

"그게 될까요?" 부인이 물었다.

"운만 조금 따라 준다면, 가능합니다."

"계획대로 다 잘되고 난 다음에는, 어떻게 되는 거예요?"

"다이너마이트 중 일부로 동굴 입구에 구멍을 뚫고 그다음에는……그때 가서 결정하죠. 이제 실례가 안 된다면 카이로와 구체적인 구상을 좀 해 봐야겠습니다."

사르꼬가 카이로의 팔을 잡아끌고는 몇 미터 떨어진 곳으로 가더니 이렇게 말했다.

"네 총이 필요해. 코끼리도 죽인다는 외국산 나팔총 말이야."

"제 오두막에 있어요."

"폭발탄도 있어?"

"수은 핵이 들어 있는 폭발탄이죠." 카이로가 대답했다.

"쓸모가 있어야 할 텐데……. 그리고 또, 학메가 거미한테 당할 때 거미와 거리가 얼마나 떨어져 있었는지 혹시 기억나?"

"약 50에서 60미터요. 70이었을 수도 있어요."

"나도 대략 그렇게 계산이 돼. 그러니 그 거리가 거미가 쏘아 대는 빛의 최대 거리라고 가정을 하면 될 것 같군." 사르꼬가 생각에 잠긴 채 수염을 매만졌다. "하나 더, 카이로. 리…… 아니, 엘리자베스 부인에게 배에 돌아가 있으라고 좀 설득해 줘. 내 말은 절대 안 들어."

"제 말 안 들으실 것 같은데……. 여기 있으면 위험할 거라 생각해서 그러세요?"

"위험한 거야 다들 위험하지. 벌집을 쑤시는 건데, 뭐. 거대한 쇠로 된 것들이 덤빈다는 게 좀 다르다고 할 수 있지."

카이로가 어찌할 도리가 없다는 듯 어깨를 들어 올려 보였다.

"교수님도 리사를 잘 알잖아요. 딸의 생명이 위험한데 배에 숨겠다고 할까요? 우리를 따라오지 못하게 막는 것조차도 엄청 힘들 것 같은데요……."

사르꼬는 큰 소리로 한숨을 내쉬더니 고개를 한 번 끄덕여 보이며 그의 말에 동의했다.

"네 말이 맞아. 아까 한 말은 그냥 잊어버려. 앞으로의 계획에 대해 궁금한 거 있나?"

"네, 문제가 좀 있는데요, 오토바이를 보라색 기둥으로 어떻게 통과시키면 될까요? 연발탄 들기도 힘들었고 저 오토바이도 들려면 아마 세 배는 더 무거울 텐데……."

"폭파시킬 거야." 사르꼬가 대답했다.

"예?"

"저 망할 놈의 기둥에 폭발물을 설치해서 다 터뜨려 버릴 거라고. 그러면 유유히 그냥 지나갈 수 있겠지."

카이로가 눈썹을 들어 올리며 물었다.

"그러다 자동 기기의 화를 돋우게 되면요?"

사르꼬는 어디 한번 해 보자는 투로 팔짱을 꼈다.

"그러자고 하는 거지, 안 그래? 먼저 저 성채가 제대로 열 받게 한 다음에 어떻게 되는지 보자고."

○↕ 성채 내부

두뇌는 인간에 대해 아는 바가 없었다. 심지어, 이제껏 인간과 유사한 존재조차 알지 못했다. 두뇌의 생각은 추상적이고 색달랐으며 그 누구도, 그 어떤 인간도 절대 이해할 수 없는 개념으로 가득 차 있었다. 아주 오래전에 매우 먼 곳, 다른 곳에서 태양계 지구에 사는 존재와는 전혀 다른 생명체가 만든 지능을 보유한 존재였다.

그러나 지금 이 두뇌는 흡사 놀라움과 유사한 느낌을 경험하고 있었다. 두발동물이 일정 수준의 지식을 갖고 있음은 확실했으며 도구를 만들 수 있는 능력도 분명 있었다. 그러나 어느 수준일지는 가늠하지 못했다. 인간들이 언어를 구사하긴 했지만 다른 짐승들도 언어를 갖고 있었기 때문에 그건 그다지 특별한 일이 아니었다.

그가 포획한 두 개의 표본을 대상으로 지금까지 진행한 실험으로 끝난 게 아니었다. 이 두발짐승들은 추상적 논리 문제를 일정 수준까지 풀었지만 충분한 수준으로 풀지는 못했다. 어쨌거나, 그 수컷과 암컷은 실험의 일부에 지나지 않았다. 두뇌는 이 두발짐승들이 서로 집단으로 생활하는 특성을 보이며 서로를 보호하려 한다는 점을 확인했다. 혹시 다른 두발짐승들도 이처럼 반응을 한다면 그 반응을 분석해 볼 생각이었다.

두뇌는 감정을 느끼지 못하는 존재이지만 지금은 호기심과 매우 유사한 무언가를 느끼고 있었다.

황금 기사와의 체스

바위로 이루어져 있는 분지에는 아무런 움직임도 없었다. 분지 서쪽 벽 가까이에 거대한 동굴 입구가 숨겨져 있었는데 그 자리에서 에데르코페 굿이 정지된 상태로 서 있었다. 마치 거대한 쇠조각 작품처럼 우뚝 서서 무서운 저승사자처럼 자신의 영역을 지키고 서 있었다. 아무런 소리도 들리지 않았다. 심지어는 바람의 속삭임조차 들리지 않았다. 멀리서 약하게 들리는 화산의 굉음만이 들렸다. 저녁 10시 반이 됐다. 햇빛이 섬 위로 긴 그림자를 드리웠다.

갑자기 멀리 남쪽에서 무언가 폭발하는 소리가 들렸다. 성채 내부에 무소음의 경보가 울렸지만 겉으로는 아무런 움직임도 느낄 수 없었다. 잠시 후 점차 뭔가 다가오는 소리가 들렸다. 부릉부릉, 엔진 소리였다. 잠시 뒤, 사르꼬가 할리 데이비슨을 타고 분지 입구로 이어져 있는 길을 내려와 원형 입구에서 몇 미터 떨어진 곳에 멈춰 섰다. 에데르코페 굿은 여전히 부동의 자세로 서 있었다.

사르꼬는 아드리안 카이로 소유의 강력한 사냥총인 생테티엔 콜로살을 등에 메고 있었다. 그는 총을 쥐고 가장 가까이에 있는 버섯을 조준하더니 두 발 쐈다. 버섯 위를 두르고 있던 유리 링이 산산조각이 나며 사방으로 튀었다. 이와 동시에, 에데르코페 굿이 사르꼬를 향해 움직이기 시작했다. 괴물의 발이 땅에 닿을 때마다 바닥이 쿵쿵 흔들렸다.

사르꼬는 오토바이에 시동을 켠 다음 전속력으로 좁은 길로 달렸다. 거대한 거미 기기가 분지 입구 바로 앞, 고갯길 아래에서 멈춰 서자, 사르꼬가 100미터 더 나아간 지점에서 오토바이를 멈춰 세웠다.

"이 고물더미야, 어디 한번 붙어 보자고." 사르꼬가 총을 장전하며 중얼거렸다.

사르꼬는 총의 개머리판을 어깨에 올리고 거미를 향해 총을 두 발 쐈다. 거미는 미동조차 없었다.

"이놈의 괴물은 껍데기도 한번 두껍구먼……." 사르꼬가 투덜댔다.

그가 주머니에서 망원경을 꺼내 펴들고 거미를 살펴보았다. 거미의 표면은 돌기 없이 완벽하게 미끈했다. 그러나 앞면의 유리 천창처럼 생긴 곳에는 지름 약 40센티미터의 볼록한 렌즈가 있었다. 살인 빛은 거기에서 나오는 것이었다.

사르꼬는 망원경을 다시 집어넣더니 총을 장전한 다음 유리통을 조준하고 두 발을 연이어 쐈다. 에데르코페 굿은 다시 움직이기 시작했다. 사르꼬는 오토바이에 시동을 걸고 전속력으로 좁은 길 쪽으로 다시 달리기 시작했다.

이번에는 거미 기기가 추격을 멈추지 않고 오히려 어마어마한 크기에도 불구하고 할리 데이비슨만큼이나 빠른 속도로 사르꼬 뒤를 쫓았다. 중간이 접히는 거대한 거미의 다리가 재빠르게 움직이면서 큰 북에서 나올 법한 소리를 내며 고르지 못한 땅을 자유자재로 뛰었다.

좁은 길로 빠지는 커브를 돌자마자 오토바이가 옆으로 미끄러졌고 사르꼬는 넘어지지 않게 한쪽 발로 땅을 지탱했다. 그러는 바람에 거미의 살인 빛이 닿을 정도까지 간격이 좁혀지고 말았다. 이를 본 사르꼬는 액셀러레이터를 최대한으로 밟았고 오토바이는 앞으로 튀어 나갔다. 그럼에도 불구하고 에데르코페 굿의 발소리가 점차 더 가까이에서 들려왔다……

그런데 좁은 길로 약 200미터 더 들어오자 거미 기계의 발아래 땅이 별안간 폭파되더니 거미가 한쪽으로 튕겨져 나갔다. 사르꼬가 고개를 돌려 이를 확인한 다음, 흙과 자갈 비를 맞으며 오토바이를 세웠다. 에데르코페 굿은 정지됐고 먼지 구름 사이로 몸통이 반쯤 가려진 채 쓰러져 있었다. 사르꼬는 오토바이에 시동을 그대로 켠 채로 거미를 지켜봤다. 잠시 후 먼지가 가라앉자 거미의 왼쪽 다리 세 개가 완전히 부러져 움직일 수 없음을 확인했다. 그리고 하부도 크게 손상이 돼 있었는데 몸체가 기울어져 있어서 얼마나 손상이 됐는지는 명확히 파악하기 힘들었다. 그런데도 불구하고 거미 기계는 계속 작동했다. 나머지 세 다리로 몸체를 끌어 움직이려 하고 있었다.

그때 별안간 벼랑 꼭대기에서 뭔가가 폭파하는 소리가 들리며 거대한 바위가 위에서 떨어지면서 거미 기기의 단단한 쇠 몸통을 납작하게 찌그러뜨렸다.

에데르코페 굿은 더 이상 움직이지 않았다.

꽝음이 울리자 사르꼬가 주먹을 쥐며 승리의 함성을 질렀다. 이룰 수 없는 일이었지만 성공했다. 괴물을 무찌른 것이었다. 그 순간, 멀리 북쪽에서 물소 떼들이 달리는 듯한 어마어마한 소리가 들려왔다.

사르꼬는 숨을 멈췄다. 소리가 가까워질수록 사르꼬는 발아래 땅이 더욱 더 세차게 흔들리는 것을 느낄 수 있었다.

그는 총부리 너머로 수십, 수백 개의 기기들, 쇠로 만들어진 괴물 군단이 바퀴를 구르고 다리로 뛰며 달려오는 장면을 보았다. 괴물들은 티타늄 침과 쇠 촉수, 철과 바나듐 합금으로 만들어진 앞발을 달고 살인 빛을 내뿜는 유리 발사기를 몸체에 단 채 빠른 속도로 달려 나왔다. 마치 아마겟돈의 야전군들 같았다.

"이런 세상에……!" 사르꼬가 눈을 쟁반같이 둥그렇게 뜨며 외쳤다.

그리고 오토바이를 반대 방향으로 돌려 전속력으로 달렸다.

*　*　*　*　*

두뇌에 놀랄 수 있는 기능이 있었더라면 아마 아연실색했을 것이다. 두발짐승들은 함정을 만들어 두뇌가 가지고 있는 가장 강력한 이동 기기를 방금 파괴시켰다. 다른 짐승 대비 월등히 영특한 존재임은 분명했다. 하지만 그들이 보인 영특함이나 능력은 근본적으로 폭력과 파괴를 지향하는 것이어서 그들의 지능 자체를 보여 주지는 못했다.

아니면 공격에 그저 대항하는 것일까?

두뇌는 판단을 내리기가 힘들었다. 판단하기에는 아직 자료가 충분히 모이지 않았다. 더군다나 수천 년의 시간이 흐르는 동안, 심지어 두뇌가 존재하고 난 이래 처음으로 이토록 중대한 문제에 직면했기에 판단을 내리기가 더욱 힘든 것이었다.

두뇌는 생명의 흔적조차 다 지우며 이 섬을 한번에 불모지로 만들 수 있는 능력을 지니고 있었다. 그게 다가 아니었다. 두뇌는 화산 폭발을 일으킬 수도, 지진이나 홍수를 일으킬 수도, 지구 대기를 독으로 채

울 수도, 두발짐승이 단 한 마리도 남지 못할 때까지 지구를 흔들어 버릴 수도 있었다. 실로 두뇌의 힘은 어마어마했다.

그러나 두뇌에게도 넘어서는 안 될 선과 경계가 존재했다.

두뇌의 일부분은 두발짐승들이 파괴한 것을 수리하는 데 집중했고 다른 부분으로는 가둬 놓은 두 마리 표본을 관찰하는 데 사용했다. 둘은 완전히 새롭고, 원시적이고 이해 불가능한 존재였다. 그러나 그들과 어떤 식으로든 소통을 시도해 봐야 할 터였다. 그러나 어떤 방법으로 해야 할지 몰랐다.

* * * * *

캐서린과 사무엘은 조용히 바닥에 앉아 방 안의 하얀 벽에 기대어서 그저 허공을 바라보고 있었다. 아까 사과를 먹은 뒤 각자 생각에 잠겨 있던 터였다. 성채에서는 더 이상 아무런 반응도 나타나지 않았고, 기나긴 기다림은 점차 힘겹게 느껴졌다. 사무엘은 흐느끼는 소리에 고개를 옆으로 돌려 보았다. 눈물이 그렁그렁한 캐서린이 보였다.

"캐시, 무슨 일이야?" 사무엘이 그녀의 어깨를 한쪽 팔로 감싸며 물었다.

"아버지 생각." 캐서린이 코를 훌쩍인 뒤 손등으로 눈물을 닦아 냈다. "이 성채가 아버지를 죽인 거야."

"이제 그만, 지금은 그런 생각 하지 마."

"어떻게 생각을 안 할 수가 있어? 내 아버지인데 말이야……. 알아? 우리 할아버지, 할머니는 내가 태어나기 전이나 아주 어렸을 때 다 돌아가셨어. 이렇게 가까운 사람을 잃는 건 처음이라 마음이……. 너도 샤르보노 선생님이 돌아가셨을 때 마찬가지였겠지……."

사무엘은 시선을 돌리더니 아무 말도 하지 않았다. 캐서린이 호기심 어린 눈으로 그를 바라보며 물었다.

"선생님 이야기가 나올 때마다 네 표정이 바뀌어." 캐서린이 조용히 말했다. "너무 슬퍼 보여. 그…… 돌아가신 이유 때문에 그래?"

"일부분은." 한참 뒤에 그가 대답했다. "그런데……."

"그런데?"

사무엘은 대답을 하기까지 한참이 걸렸다.

"내가 살면서 겪은 가장 이상한 경험이 뭐냐고 전에 물은 적 있었잖아?" 그가 덤덤하게 말했다. "아들을 전쟁에서 잃은 부모님들을 위해 아들의 제복을 입고 사진을 찍은 다음에 샤르보노 선생님이 내 얼굴을 죽은 아들들 얼굴로 바꿨다고 했잖아……."

"응, 생각나."

"선생님 아들 프랑수아가 죽은 지 몇 주 후에 샤르보노 선생님이 중위 제복을 주시더라고. 그걸 입고 자기 옆에 서서 카메라 앞에 서게 하셨어." 사무엘이 깊이 숨을 내쉬더니 말했다. "그러더니 작업실에서, 내 얼굴을 지우고 그 자리에 프랑수아 사진을 넣으셨어……."

긴 침묵이 흘렀다.

"너를 사랑하지 않으셨다고 생각하는 거야?" 캐서린이 물었다.

"나를 위해 계속 살아갈 정도로 사랑하지 않았다는 건 분명해. 그렇게 죽으면서 미리 말조차 하지 않으셨잖아. 마지막 키스도 하지 않으셨고. 그 전에도 단 한번도 하지 않으셨어, 알아?"

"선생님은 널 상속인으로 두셨잖아. 자신의 모든 걸 너에게 물려주셨잖아."

"하지만 내가 원하던 건 그게 아니야. 모르겠어?"

"네가 원하던 게 뭔데?"

사무엘은 숨을 내쉬더니 고개를 떨궜다. 캐서린은 그에게 가까이 다가가 볼에 키스를 해 주었다.

"널 좋아해." 캐서린이 속삭였다.

"나도……."

"이런 상황을 만든 거 미안해, 삼." 캐서린이 사무엘을 껴안으며 말했다. "내가 여기 오려고 그렇게 고집을 피우지만 않았더라면……."

"괜찮아, 그건 이제 상관없어." 사무엘이 잠시 말을 멈춘 다음 물었다. "지금 몇 시쯤이나 됐을까?"

"늦은 밤이겠지."

"잠을 좀 청하자."

캐서린이 한숨을 쉬었다.

"잠이 안 와." 그녀가 말했다.

사무엘은 자세를 고쳐 앉았다. 뭔가가 그의 옆구리를 찔렀다. 사무엘이 외투 주머니 안에 손을 넣어 그 안에서 작은 접이식 체스 판을 꺼내 계속 쳐다보았다.

"내가 잠이 안 올 때 뭐하는지 알아?" 사무엘이 물었다.

"아니, 뭐?"

"머릿속으로 나 스스로와 체스 게임을 하거나 유명한 체스 게임 경기를 복습해. 그러면 마음이 차분해져서 곧 잠이 들거든."

"나는 체스를 둘 줄 모르는데." 캐서린이 말했다. "패를 어떻게 움직이는지도 생각이 안 나."

"패가 아니라 말이야." 사무엘이 정정해 주었다. "괜찮아, 내가 가르쳐 줄게." 사무엘이 체스 판에 작은 말을 배치한 다음 그중 하나를 손가락으로 가리켰다. "이게 퀸인데 말 중에 가장 강하지. 어느 방향으로나 이동이 가능해. 대각선, 전후좌우로 다 움직일 수 있지. 이건 비숍인데 대각선을 따라 검정색 칸으로만 이동이 가능해······."

＊　＊　＊　＊　＊

덴마크 인 마을에는 우울한 분위기가 감돌고 있었다. 선원들은 좁은 길에 폭발물 설치 작업을 끝내고 나서 오두막 앞에 앉아 있었다. 그 누구도 말이 없었다. 모두들 바짝 긴장한 상태로 불안한 듯 계속 북쪽을 향해 힐끔거렸다. 이들은 자동 기기 군대를 바로 눈앞에서 목격한 사람들이었다. 그 기기 군대가 처참하게 파괴된 에데르코페 굿 옆에 그대로 서 있지 않고 지금 그들을 따라오려 한다면 어찌 될까 계속 머릿속으로 이 생각만 반복하고 있었다. 지금 느끼는 공포를 그 누구도 말로 표현하지는 않았지만 모두가 겁에 잔뜩 질려 있는 것만은 확실한 사실이었다.

오두막 안에서는 엘리자베스 부인에게 사르꼬, 카이로 그리고 엘리사가라이가 아까 그 좁다란 길에서 벌어졌던 이야기를 들려줬다. 이야기를 마치자 모두 조용히 침묵을 지켰다.

"성채로 가겠어요." 이윽고 엘리자베스 부인이 차분한 목소리로 말했다. "가서 캐시와 삼을 납치해 간 자와 이야기를 좀 해 봐야겠어요."

"저도 그럴 생각이었어요, 리사." 사르꼬가 피곤한 듯한 목소리로 말했다. "그런데 그렇게 간단한 일이 아닙니다. 내 생각이 맞다면, 저 성채는 외계에서 온 거라고요. 우리가 흰 깃발을 들고 항복한다며 간들 아무 소용이 없을 겁니다. 저 성채 안에 있는 존재에게는 흰색 깃발이 아무런 의미도 아닐 테니까요. 그리고 또 저 성채는 우리랑 이야기를 하거나 소통을 할 의도가 전혀 없어요. 만약 있었다면 이미 했겠죠. 지금 확실한 건, 너무 가까이 다가가는 자는 누구든 다 없애 버렸다는 겁니다."

"캐시와 삼은 죽이지 않았잖아요." 부인이 말했다. "산 채로 잡아 갔잖아요. 교수님도 그렇게 말씀하셨고."

"맞습니다. 성채에서 기존과는 다른 반응이 나온 건데 그 이유는 모르잖습니까."

엘리자베스 부인이 한숨을 쉬더니 시선을 아래로 돌렸다.

"상관없어요, 시도는 해 봐야죠." 부인이 말했다. "저는 성채로 가겠어요."

"지금은 가까이에도 못 가실 거예요, 리사." 카이로가 반대했다. "좁은 길은 지금 자동 기기가 다 막고 있고 분지 안에는 이전보다 더 많은 수의 쇠버섯이 설치돼 있어요. 성채로 들어가기란 불가능하다고요."

"그러면 어떡해요." 부인이 근심이 가득한 표정으로 말했다. "제 딸이 저기에 있는데……."

"캐시랑 두라스노를 버리지 않을 거예요, 맹세해요." 사르꼬가 말했다. "하지만…… 요 며칠 제대로 잠을 못 자 너무 지친 상태라 지금은 머리가 제대로 돌아가지 않는군요." 사르꼬가 일어나며 말했다. "좀 쉬어야겠네요. 그러니 실례가 되지 않는다면 제 방으로 이만 가 보겠습니다. 몇 시간 후에 깨워 주세요."

밖으로 걸어 나가는 사르꼬를 엘리자베스 부인이 불러 세웠다.

"교수님……."

사르꼬는 문 앞에 멈춰 섰다.

"네?"

"제 딸을 살리려고 목숨까지 내놓고, 그토록 힘써 주셔서 감사해요."

"괜찮습니다. 오토바이를 타고 산책을 좀 하고 싶었던 것뿐인걸요."

사르꼬는 고개를 까딱하더니 오두막을 나갔다. 멀어지는 사르꼬를 바라보던 카이로는 그렇게 풀이 죽어 축 늘어진 교수님의 모습은 처음 본다고 생각했다.

* * * * *

사무엘과 캐서린은 가운데 체스 판을 두고 서로 마주 보고 앉아 있었다. 이미 세 판째였다. 세 번째 판에서 사무엘은 캐서린이 말을 유리하게 움직일 수 있게 도와주었지만 워낙 체스에 대해서는 문외한이었던 캐서린을 사무엘은 너무 쉽게, 빨리 이겨 버리고 말았다. 사실 그렇게 단순하게 게임을 하는 게 사무엘에게는 지루한 일이었지만 이는 캐서린이 무언가에 집중할 수 있게 만들기 위한 그의 배려였다.

그러는 동안 두뇌는 그 장면을 매우 흥미롭게 지켜보았다. 그 원시적인 판과 말은 매우 매력적이었다. 물론 두뇌는 그게 뭔지도, 무슨 용도로 사용되는 건지도 몰랐다. 두뇌는 '게임'이라는 개념조차 알지 못했다. 하지만 체스 게임을 보고 어떻게, 어떤 원리에 따라 이루어지는지 깨닫는 데 아무 문제가 없었다. 결과는 놀라웠다. 처음에는 가능한 게임의 수가 10의 18,900제곱 가지나 됐다. 이는 두뇌가 계산할 수 있는 능력을 훨씬 뛰어넘는 수였다. 그리고 각 말의 위치에 따라 적용 가능한 기하학과 수학의 수준이 매우 높았다. 언뜻 보면 조잡해 보였지만 체스 판과 서른두 개의 말은 매우 난해한 조합을 이루었다.

하지만 두발짐승들이 매우 서툴게 게임을 하는 것을 보고 두뇌는 실망감과 비슷한 감정을 느꼈다. 두뇌는 계속 그들을 지켜봤다. 잠시 후, 게임이 끝나자 암컷이 바닥에 누워 잠이 들었다. 그러자 수컷이 말을 처음 자리로 다 돌려놓더니 혼자 게임을 하기 시작했다.

잠시 후 두뇌의 관심이 크게 높아지기 시작했다. 수컷은 아까 봤던 것과는 달리 매우 노련해 보였다. 그런데 과연 정말 노련한 것일까?

그때서야 두뇌는 이제 뭘 할지 깨달았다. 그 순간, 두뇌는 빛의 속도로 성채 내부 공장에 새로운 자동 기기를 만들라고 명령해, 아주 특별한 기기 제작에 들어갔다.

드디어 두 발 달린 짐승들과 소통할 방법을 찾아 낸 것이었다.

* * * * *

좁은 길을 메우고 있던 자동 기기 군대 뒤에 수리를 담당하는 기기 무리가 와 잠시도 지체하지 않고 에데르코페 굿을 수리하기 시작했다.

마치 지렁이처럼 움직이는 길쭉한 형태의 거대한 기기가 순수 금속물을 삼켜 녹인 다음 합금으로 필요한 부품을 제조했다. 그러는 동안에 촉수가 난, 빛을 쏘아 대고 몸체에 용접기와 집게가 달린 작은 기기 무리가 거인 거미의 둘레와 위를 빠른 속도로 훑으며 고장 난 부분을 새 부품으로 교체했다. 그런데 교체하는 데에서 그치는 게 아니라 디자인을 바꿔 가며 거인 거미의 공격력을 높였다. 그때까지 성채는 스스로를 보호하기 위해 그다지 큰 조치를 취할 필요가 없었다. 지금까지는 위협조차 되지 않는 짐승만 상대했기 때문이었다.

그러는 와중에 성채 깊이에 있는 자동 공장에서는 다른 기기들과는 다른 기기가 제조되고 있었다.

* * * * *

사르꼬는 몇 시간 후에 깨워 달라고 했지만 두 시간이 더 지난 시각에도 아무도 그를 깨우지 않았다. 사르꼬가 너무 피곤해 보여 저녁 내내 그냥 자게 두었다. 사르꼬는 보초를 선 사람들을 제외한 다른 이들이 모두 한창 잠을 자고 있는 새벽 6시가 조금 지나 잠에서 깨어났다. 평소와는 달리 자신의 말대로 하지 않았다고 성을 내지 않았다. 사실 몇 시간 더 푹 자게 돼서 고마운 심정이었다. 이제 몸이 개운하고 정신도 맑아진 기분이었다. 사르꼬는 대야에 물을 받아 씻고 재빨리 아침 식사를 마친 다음, 배낭과 물통을 집어 들고 아무에게도 목적지를 말하지 않은 채 서쪽의 벼랑 꼭대기로 갔다. 거기에서 그는 좁은 길에서의 상황이 어떻게 돌아가는지 살펴보았다.

벼랑 꼭대기에서 상황을 지켜본 사르꼬는 놀라움을 금치 못했다. 자동 기기 무리는 전날과 똑같은 위치에 그대로 서 있었지만 에데르코페 굿은 길 한가운데서 여덟 다리 위에 부동의 자세로 우뚝 서 있었다. 이번에는 니켈, 크롬과 철을 합금해 수리가 돼 있었다. 거미의 형태도 바뀌어 있었다. 갑철은 더 두꺼워졌고 사람을 죽이는 빛이 나오는 유리판이 이번에는 하나가 아니라 몸통 여기저기, 열한 개나 붙어 있었다.

자동 기기와 에데르코페 굿의 저항력이 엄청나게 향상된 것이었다. 하지만 그것이 대체 방어를 위함인지 공격을 위함인지가 문제였다.

사르꼬의 표정에 어두운 그늘이 드리워지더니, 다시 마을로 발걸음 돌렸다.

* * * * *

큰 나팔 소리에서 나는 것 같은 깊은 울림이 방 안에 퍼지는 바람에 사무엘과 캐서린은 깜짝 놀라 잠에서 깨어났다. 둘은 일어나서 의아하다는 듯 서로를 쳐다보았지만 큰일은 일어나지 않았다. 단지 분수대 아래에 사과 열두 개가 든 상자가 튀어 나왔을 뿐이었다. 어제의 사과가 아직 두 개나 남았지만 사무엘은 사과를 꺼내 체스 판 옆 바닥에 내려 둔 다음 캐서린에게 하나를 건넸다.

"사과만 먹고 살 수는 없잖아." 캐서린이 힘이 빠진 듯 사과를 바라보며 말했다.

사무엘은 이에 아무런 대꾸도 하지 않았고 이내 둘은 조용히 사과를 먹었다.

168

"얼마나 잤을까?" 사과 하나를 다 먹은 캐서린이 물었다.

"모르겠어. 그런데 푹 쉰 기분이네. 여러 시간 지났겠지."

캐서린이 한숨을 푹 쉬더니 한쪽 손으로 머리를 쓸었다.

"몸이 더러워. 지금 내 꼴은 볼 수 없을 정도겠군."

"넌 늘 그렇듯 정말 예뻐."

캐서린은 슬픈 미소를 짓더니 눈을 비볐다.

"우리를 왜 가둬 놨을까?" 캐서린이 중얼거렸다. "대체 뭘……."

갑자기 안쪽 벽에 문이 생기더니 자동 기기 하나가 문턱을 넘어 방 안으로 들어왔다. 인간 모양을 한 로봇이었는데 피부 전체가 다 금으로 돼 있었다. 사람의 형상을 하고 있었는데 얼굴은 바로 사무엘과 똑같았다. 둘은 놀라 뒷걸음질 쳤고 그때 문이 닫혔다.

"너랑 똑같이 생겼어……." 캐서린이 속삭였다.

사무엘은 자동 기기와 캐서린 사이를 막아섰다.

"너는 누구냐?" 사무엘이 자신의 의도와는 달리 떨리는 목소리로 물었다. "원하는 게 뭐야?"

그의 말을 무시한 채, 자동 기기는 몸을 숙이더니 체스 판을 집어 들고 황금 손 위에 쥐었다. 그러자 갑자기 그 앞에 지름 40센티미터의 하얀 기둥이 1미터 반 높이로 쑤욱 올라왔다. 자동 기기는 체스 판을 그 위에 올려 두고 말을 각자의 자리에 배치해 두었다. 그런 다음, 팔을 뻗어 처음에는 사무엘을, 그다음에는 체스 판을 가리켰다.

사무엘은 혼란스러운 듯 눈을 깜빡거렸다.

"이건 또 뭐지?" 그가 기기에게 물었다. "우리는 대체 왜 가둬 둔 거야?"

자동 기기는 아무 말 없이 다시 사무엘과 체스 판을 가리켰다.

"어쩌지?" 사무엘이 물었다.

"모르겠어……." 캐서린이 중얼거렸다.

다시 거대한 나팔 소리가 들려왔는데 이번에는 소리가 너무 커서 둘은 귀를 막아야만 했다. 자동 기기는 다시 한 번 사무엘과 체스 판을 가리켰다.

"알았어, 알았다고!" 사무엘이 자동 기기에게 다가가면서 소리를 쳤다. "게임 하겠다고!"

그러자 바로 나팔 소리가 멈췄다. 사무엘은 귀에서 손을 떼고 로봇을 살펴보았다. 아무런 감정도 없어 보이는 그 기기의 얼굴에서 자신의 모습을 보니 당황스러웠다. 사무엘은 체스 판을 쳐다보았다. 그의 앞에는 흰 말이 있었다. 이는 사무엘이 게임을 시작한다는 것을 의미했다. 사무엘은 손을 뻗어 킹 앞에 있는 폰을 두 칸 앞으로 가져갔다. 자동 기기는 퀸 앞의 폰을 한 칸 앞으로 움직였다.

서른두 번의 차례가 지난 뒤, 사무엘이 킹을 체스 판 위에 던졌다.

"좋다고." 사무엘이 말했다. "이긴 거 축하해."

아무런 미동도 없이 자동 기기는 다시 말을 제자리에 배치한 다음 사무엘을 가리켰다.

"또?" 사무엘이 중얼거렸다.

그는 한숨을 쉰 다음 왕 앞에 있는 폰을 다시 앞으로 움직였다.

그렇게 연속 다섯 판을 했지만 사무엘은 내리 졌다. 다섯 번째 게임이 끝나자 자동 기기가 다시 말을 제자리에 놓았지만 사무엘은 고개를 젓더니 체스 판에서 비켜났다.

"그만." 사무엘이 말했다. "네가 나보다 실력이 좋으니 내가 항복한다고."

그 어떤 변화도 없이 자동 기기는 체스 판과 사무엘을 다시금 가리켰다.

"싫어." 사무엘이 고개를 저으며 말했다. "이제 지겨워. 더 이상 체스 안 할 거라고. 우리를 그냥 좀 둬, 알겠어?"

침묵이 흘렀다. 갑자기 나팔 소리가 어찌나 크게 울리던지 둘은 귀를 막아야만 했다. 다시 한 번 자동 기기는 체스 판과 사무엘을 가리켰지만 사무엘은 고개를 젓더니 등을 돌리고는 캐서린 쪽으로 갔다.

큰 나팔 소리는 몇 분간 지속되다가 어느새 멈췄다. 그런 다음 문이 열리더니 자동 기기가 방에서 나갔고 문이 다시 닫혔다. 사무엘과 캐서린은 놀라 서로를 쳐다보았다. 아까 소리 때문에 귀에서 삐— 하는 울림 소리가 났다. 캐서린이 침을 삼킨 뒤 중얼거렸다.

"설마 체스를 두려고…… 우리를 납치한 거야?"

* * * * *

두뇌는 거의 확신했다. 분명했다. 거의 분명했다. 두 발 달린 수컷은 체스 판의 말을 아주 잘 다루기는 했다. 그러나 그렇다고 해서 그의 능력이 충분하다고 판단할 수 있는 것인가? 첫 판에서 두뇌는 능력을 최대한 발휘해 쉽게 이겼다. 그런데 이건 당연한 일이었다. 생물학적 동물 중에 자신과 비슷한 정도의 지능을 가진 동물은 거의 없었다. 첫 판에 이어 그다음 판에서는 두뇌가 단계적으로 능력을 줄여 나갔지만 모두 이겼다. 물론 갈수록 조금씩 더 어려웠다. 마지막 판에서는 체크메이트를 하기까지 64번이나 말을 움직여야 했다.

두발짐승이 두뇌가 처음 생각했던 것 이상의 지능을 소유하고 있음은 분명했다. 그런데 문제는 그들이 지닌 폭력성이었다. 결국 체스 판과 서른두 개의 말은 싸움이자 대결인 셈이었다. 높은 지능을 가졌지만 결국에는 대결을 하는 존재였던 것이다. 이처럼 폭력성을 띤 존재들이 진정한 지능을 갖고 있을 수 있을까?

하지만 동시에 체스 판과 말들은 놀라운 흥밋거리였다. 두뇌는 '게임'의 개념을 이해하지 못했지만 추상적인 생각이 뭔지는 이해했다. 두발짐승들에게는 그런 능력이 있는 듯했다. 하지만 그 능력의 정도가 궁금했다. 수컷이 계속 협조를 하지 않았기 때문에 두뇌는 그 정도를 가늠할 수가 없었다. 집단 생활하는 두발짐승이기에 강요하는 건 어렵지 않을 터였지만 문제는 다른 데에 있었다. 이 두 마리의 암컷과 수컷 짐승은 그들의 자연 환경에서, 그들의 종족과 떨어져 본인들의 의지에 반해 이곳에 갇혀 있었다. 그런 상황은 이 두발짐승들과 유사한 생물들에게 큰 스트레스를 유발시키기 때문에 그들의 지적인 능력에 영향이 미칠 수 있었다. 수컷도 그런 상황일지 모르는 일이었다. 따라서 두뇌는 자신에게 협조해 능력의 최대치로 발휘할 수 있는 절대적인 동기부여를 하기로 했다.

그러나 아직 때가 아니었다. 섬에서 그가 예상하지 못한 일들이 발생해 지금은 우선 그 문제부터 해결해야 했다.

* * * * *

그들은 정오에 갑자기 나타났다. 카이로는 자동 기기가 공격해 올 것을 대비해 마을 북쪽에 보초를 세웠으나 남쪽에는 보초를 두지 않았다. 이것이 실수였다. 그들에게 위협이 되는 존재는 예상치 못하게 남쪽에서 나타났다.

사르꼬는 마을로 돌아와 마을 중앙 공터에 엘리자베스 부인, 카이로, 엘리사가라이와 보초를 서고 있는 두 선원을 제외한 나머지 선원들을 모아 이렇게 말했다.

"리사, 여러분……. 현재 상황의 심각성에 대해서는 더 말씀드릴 필요도 없을 것 같네요. 캐서린 양과 두라스노가 저들에게 잡혀 지금 성채 안에 갇혀 있습니다. 그곳으로 가는 길은 자동 기기 군단이 지키고 있는데 100개가 넘어요. 내 눈으로 직접 확인하고 왔습니다. 그쪽으로 지나가는 건 불가능합니다. 또 아침에 다른 사실을 하나 더 알게 됐습니다. 어제 거인 거미를 쓰러뜨린 건 다 아실 텐데, 덴마크 인들은 그 거미를 에데르코페 굿이라고 불렀죠. 그런데 이 거미를 다시 보수했을 뿐 아니라 전보다 더 강하게 만들어 놨어요."

선원들 사이로 경악의 탄식이 흘러나왔다.

"우리는 지금 상상조차 할 수 없는 선진 기술과 맞서고 있는 겁니다." 사르꼬가 계속 말을 했다. "이 사실은 다들 인정해야 될 것 같네요. 거기에 대항하는 건 불가능하기 때문에 도움이 필요해요. 그것도 국가 차원의 큰 도움이요. 이 섬에서 가장 가까운 나라는 러시아와 노르웨이인데 러시아는 계속 서로 죽이느라 바쁘니 우리 선택권은 노르웨이밖에 없어요. 노르웨이 정부에 아는 사람은 없지만 노르웨이에서 아주 유명한 탐험가이자 선원인 로알 아문센과는 안면이 있습니다. 다들 아시겠지만 8년 전 아문센 씨가 최초로 남극점 도달에 성공해 세계적인 유명인사가 됐고 노르웨이의 큰 자랑거리가 됐죠. 로알은 나와 친한 친구 사이이기 때문에 도움을 줄 겁니다. 지금 노르웨이에 있는지는 모르겠지만 일단 노르웨이로 찾으러 가서 찾게 되면, 지금까지 있었던 일을 다 이야기해야겠어요. 분명 이 일을 믿지 않겠지만 두라스노의 사진과 금속 조각을 보여 준 다음 설득되기를 기대해야죠. 그러면 그의 도움으로 군대를 지원해 달라고 노르웨이 정부에 요청할 수 있을 겁니다. 그러니 이제 한 시간 후에 세인트미셸호로 돌아가 최대한 빨리 오슬로로 가죠. 제 이야기는 여기까지입니다.

그의 말이 끝나자 사람들은 마을로 흩어져 각자 짐을 챙기기 시작했다. 엘리자베스 부인이 걱정스러운 얼굴로 사르꼬에게 다가와 말했다.

"교수님의 계획이 실행되려면 최소한 몇 주는 걸릴 거예요. 아마 몇 달쯤 걸리게 되겠죠."

"맞습니다." 사르꼬가 대답했다. "그런데 이 외에 다른 생각이 떠오르지 않네요."

"그동안 캐시랑 삼은 어떻게 되는 거예요? 만약 탈출을 했는데 우리가 없으면요?"

"메모와 필요 물품을 마을에 두고 갈 겁니다. 다시 찾으러 올 거예요. 약속드리죠."

부인은 팔짱을 끼더니 이를 악물며 말했다.

"교수님, 저는 가지 않겠어요. 여기 남겠어요."

사르꼬는 깊은 한숨을 내쉬었다.

"이성적으로 생각해요, 리사……." 사르꼬가 설득하기 시작했다.

그런데 갑작스러운 소란으로 인해 둘의 대화가 중단됐다. 사람들이 하던 일을 멈추고 경계의 눈빛으로 남쪽 방향을 바라보았다. 사르꼬가 고개를 돌리자 무장을 한 사람들 40여 명이 마을로 들어오는 게 보였다. 그자들은 세인트미셸호에 있던 가르시아와 베른 선장을 포로로 삼아 데리고 오고 있었는데 그중 한 명이 베른 선장에게 총을 겨누고 있었다. 그들은 약 20미터의 거리를 두고 멈춰서더니 키가 크고 몸집이 큰 사내가 몇 발자국 앞으로 나왔다. 바로 알렉산더 아르단이었다.

"당신들 선장한테 아주 불미스러운 일이 일어나는 걸 보기 싫으면," 그가 경고했다. "무기를 바닥으로 던지는 게 좋을 거요."

낯선 자들이 오는 걸 보고 사냥총을 들었던 카이로가 사르꼬를 쳐다보았다. 사르꼬가 사악한 미소를 짓더니 한 발자국 앞으로 나아갔다.

"이게 누구신가……." 사르꼬가 쌀쌀맞게 말했다. "아르단, 내가 당신을 잊고 있었군요."

"왜, 놀랐나요, 사르꼬?"

"아니요. 이 섬을 찾는 데 그리도 오래 걸렸다는 게 오히려 놀라울 따름이네요. 생각했던 것보다 실력이 별로군요. 전에도 이미 실력이 정말 별로라고 생각했지만……."

아르단의 표정이 굳어졌다.

"내가 지금 당신처럼 불리한 입장이라면 그렇게 빈정대듯이 말하지 않을 것 같은데. 당신네 사람들한테 무기를 바닥에 던지라고 하세요."

"물론이죠, 안 그럴 이유가 없죠. 이렇게 말하면 놀랍겠지만요 아르단, 이렇게 보니 정말 반갑군요." 이렇게 말한 다음 사르꼬가 세인트미셸호 사람들에게 명령을 내렸다. "무기를 내리고 그 누구도 저항하지 말도록."

카이로와 세인트미셸호 사람들은 사르꼬의 말에 순순히 따랐다. 아르단의 사람들은 무기를 집어 들더니 포로들을 공터 중앙으로 모았다. 베른 선장과 가르시아가 사르꼬에게 다가왔다.

"사르꼬, 미안해요." 베른 선장이 말했다. "갑자기 들이닥치는 바람에……."

"선장님, 괜찮습니다." 사르꼬가 아무렇지 않은 듯 말했다. "왜, 하늘이 무너져도 솟아날 구멍이 있다는 말도 있잖아요."

"배에 있으면 더 안전할 줄 알았는데……." 가르시아가 축 처진 목소리로 말했다.

사르꼬가 웃음을 터뜨렸다.

"세상에 확실한 건 누구나 언젠가는 죽게 마련이라는 거지." 사르꼬가 대꾸했다. "그런데 가르시아, 오늘 죽지는 않을 거야. 그러길 바라야지."

카이로가 눈썹을 추켜세웠다. 사르꼬는 오히려 즐거워 보였다. 대체 왜 그런 것일까? 바로 그때, 아르단이 다가와 엘리자베스 부인에게 말을 건넸다.

"만나 뵙게 돼서 반갑습니다, 엘리자베스 부인. 부군은요?"

"죽었습니다." 부인이 냉정한 목소리로 대답했다.

"아, 저런……. 정말 유감이네요, 부인. 아까 난파된 브리타니아호를 봤습니다. 포가트 경은 난파로 명을 달리하신 건가요?"

엘리자베스 부인이 고개를 저었다.

"암초는 무사히 지났나요?" 사르꼬가 아르단에게 물었다.

"그 자석 암초 말입니까? 정말 놀라운 자연 현상이에요. 안 그런가 요? 다행히 카리브디스호는 그런 것에 방해를 받기에는 너무 크고 강 력하죠."

"맞아요, 당신 배는 정말 멋지죠." 사르꼬가 말했다. "아주 훌륭한 해적선임은 분명해요. 아르단, 혹시 카리브디스호에 큰 무기 있나요? 폭발물은요?"

아르단은 의아하다는 듯 사르꼬를 쳐다보았다. 비록 사르꼬는 지금 불리한 상황이고 무장된 사람들에 의해 위협을 받는 상황이었지만 마 치 칼자루를 쥐고 있듯이 행동했다.

"지금 이 상황이 잘 이해가 안 되나 본데요, 사르꼬." 아르단이 위협 적인 말투로 말했다. "질문은 내가 하고 당신은 그저 대답만 하면 돼 요."

사르꼬가 피곤하다는 투로 한숨을 내쉬었다.

"문제는," 사르꼬가 대꾸했다. "대체 무슨 질문을 해야 하는지 댁은 모른다는 거예요. 그래도 걱정할 필요 없습니다. 제가 다 말씀드릴게 요. 긴 얘기가 될 테니 앉아서 하죠……."

＊　＊　＊　＊　＊

새로운 두발짐승들이 바다에 뜨는 다른 물체를 타고 섬에 도착했 다. 두뇌는 이제 더 이상 시간을 지체할 수 없었다. 최대한 빨리 결단을 내려야만 하는 상황이었다. 때문에 계획을 진행시켰다.

이와 동시에 자동 기기 군단이 마치 유령처럼 조용히 남쪽 방향으로 이동했고 에데르코페 굿은 제일 뒤에서 무거운 몸을 쿵쿵거리며 행진했다. 기둥에 도달하자, 순수 에너지 빛과 플라스마 영사기와 무음의 초저주파 빛과 앞발과 침으로 무장한 기기들이 오래된 그 기둥을 단숨에 파괴시켜 그들이 지날 수 있는 통로를 뚫었다.

기계 군단은 조용히 계속 행군했다.

＊　＊　＊　＊　＊

알렉산더 아르단은 덴마크 인들의 우두머리의 오두막 앞에 있는 통나무 위에 앉아 사르꼬의 이야기를 들었다. 아르단의 뒤에서 그의 두 경호원은 사르꼬를 주시했다. 조금 더 떨어진 곳, 공터 가운데에는 카리브디스호의 나머지 사람들이 세인트미셸호 사람들을 지키고 있었는데 원래 보초를 서고 있던 두 명도 그 속에 포함돼 있었다. 엘리자베스 부인과 카이로, 베른 선장 그리고 가르시아는 바닥에 앉아 우리 철조망에 등을 기대고 앉아 있었다.

사르꼬의 이야기가 끝나자, 아르단은 잠시 생각에 잠기더니 이윽고 입을 열었다.

"제가 제대로 이해했는지 어디 다시 한번 봅시다. 이 섬 북쪽에는 자동 기기들이 지키고 있는 외계 기지가 있단 말이죠? 수천 년 동안 저기에 성채가 있었다는 말이죠?"

사르꼬는 확실치 않다는 투로 말했다.

"외계에서 왔다는 건 확실치 않아요." 사르꼬가 말했다. "그런데 다 종합해 보면 그게 가장 설득력이 있다는 겁니다."

"저 성채가 포가트 경과 브리타니아호 사람들을 죽음으로 몰고 갔다고요?" 아르단이 무덤덤하게 말했다. "그리고 자동 기기 하나가 캐서린 포가트와 탐사 사진가를 납치했고요. 맞습니까?"

사르꼬는 고개를 끄덕였다. 아르단이 고개를 젓더니 마치 비웃듯 폭소를 터뜨렸다.

"사르꼬, 내가 그리 멍청해 보이나요?" 그가 한쪽 눈썹을 추켜세우며 말했다. "지금 내 인내심을 시험하는군요. 이제 멍청한 소리는 그만 좀 하죠."

사르꼬는 피곤하다는 듯 한숨을 쉬었다.

"당신은 그 금속 조각 때문에 여기까지 오지 않았나요?" 사르꼬가 말했다. "순 티타늄이죠. 아직 발견되지 않은, 주기율표 72번에 들어갈 물질인데 그 순도는 믿기조차 어렵죠. 그렇다면 그게 대체 어디서 나왔다고 생각하세요?"

"지금 그걸 찾아내려 하는 거잖습니까." 아르단이 화를 냈다.

"이런 망할 놈의 젠장! 아직도 모르겠어요? 그 금속은 외계 기술에서 나온 거라고요! 믿지 못하겠다고요? 그러면 북쪽으로 한번 산책이나 가서 직접 확인하시죠, 이런 망할."

"사르꼬 교수님 말은 다 사실이에요." 엘리자베스 부인이 중간에 말했다. "성채는 실제로 있어요. 그 성채가 제 남편도 죽였고 지금은 제 딸과 사무엘 두랑고를 잡아두고 있어요."

"아르단, 그 때문에 당신이 필요합니다." 사르꼬가 말했다. "이 섬과 섬 안에 들어 있는 비밀을 알고 싶나요? 그러면 다 가지세요, 드릴게요. 그런데 무기랑 폭발물이 있다면 그 둘을 구출할 수 있게 좀 도와주시죠."

아르단은 어안이 벙벙해 사르꼬와 부인을 번갈아 쳐다봤다. 그런 다음 무언가를 말하려 입을 열었지만 미처 아무런 말도 하지 못했는데, 그건 바로 그때 지옥문이 열렸기 때문이었다.

북쪽에서 완벽한 침묵 가운데 그들이 왔다. 보초를 섰던 자들을 잡아 두지만 않았더라도 미리 알아챘을 것이다. 하지만 그러지 않았기에 자동 기기들은 그 누구도 알아채지 못하게 마을을 에워쌌다.

기기들은 오두막을 둘러오는 수고도 없이 집을 바로 뚫어 버리고 나타났다. 가장 처음 그들을 본 건 바로 세인트미셸호와 카리브디스호 사람들이었다. 갑자기 오두막 하나가 공중에서 산산조각이 나더니 다른 오두막들도 하나씩 차례대로 산산조각이 났다. 잠시 후, 먼지 사이로 금속 기기의 집게와 촉수가 보이자 사람들 사이에 비명 소리가 터져 나오기 시작했다. 아르단의 사람들은 자동 기기를 향해 총을 쏴 댔지만 크롬과 바나듐으로 만들어진 몸통에 그저 맥없이 튕겨져 나가는 바람에 무용지물이었다.

그런데도 총알이 다 떨어져 나갈 때까지 쉬지 않고 총을 쏴 댔다. 인간들은 공터 가운데 서로 바짝 모여 원을 만들었고 자동 기기들은 사방에서 그들을 에워싸 도망갈 수 없게 만들었다.

몇 초간 자동 기기들이 서로 촘촘히 이어져 난공불락의 거대한 벽을 만들고 가만히 서 있었다. 그런데 갑자기 거대한 소리가 바닥에 울려 퍼졌다. 이와 동시에 북쪽에 있던 자동 기기들이 옆으로 비켜섰고 에데르코페 굿이 놀라 뒷걸음질 치는 인간들 앞으로 걸어 나왔다.

"세상에나……." 엘리자베스 부인이 괴물에게서 눈을 떼지 못한 채 말했다.

"네, 저게 바로 그 거미 신이에요……." 사르꼬가 중얼거렸다. 그런 다음 말을 잃은 아르단을 향해 말했다. "이 멍청한 자식. 이젠 내 말 믿겠나?"

* * * * *

방 안에 큰 나팔 소리가 울려 퍼지더니, 잠시 후 문이 열리고 황금 기사가 들어왔다. 캐서린과 사무엘은 뒷걸음질 쳤지만 뒤에 있는 벽에 등이 닿아 더 이상 물러날 공간이 없었다. 체스 판은 여전히 하얀 기둥 위에 놓여 있었고 말도 제자리에 놓여 언제라도 게임을 시작할 준비가 돼 있었다. 자동 기기는 손가락으로 체스 판을 가리킨 다음 사무엘을 가리켰다.

"싫어." 사무엘이 말했다. "안 하겠다고 했잖아."

갑자기 왼쪽 벽 한가득, 영상이 나왔다. 에데르코페 굿을 선두로 한 자동 기기들이 인간 무리를 둘러싸고 있는 장면이었다.

"저기 어머니야!" 캐서린이 놀라 손으로 입을 가리며 외쳤다.

"교수님도 계시고." 사무엘이 중얼거렸다. "카이로, 가르시아, 베른 선장님…… 모두 다 저기 있네……."

"이 괴물들아! 대체 뭘 하려는 거야!" 캐서린이 황금 기사를 향해 소리쳤다. "저들을 풀어 주고 우리도 그냥 좀 내버려 두라고!"

"그런데 저 사람들은 누구지?" 영상을 지켜보던 사무엘이 말했다. "봐 봐, 저기 아르단이 있잖아……. 아르단의 사람들인가 봐……."

갑자기 오른쪽 벽에 몸집이 크고 콧수염이 많이 난 사람의 모습이 비춰졌다. 그는 카리브디스호 사람이었다. 자동 기기는 그자를 가리키더니, 이어 체스 판을 가리키고 마지막으로 사무엘을 가리켰다.

"대체 뭘 원하는 거지?" 사무엘이 중얼거렸다. "모르겠다고……."

나팔 소리가 다시 크게 울리는 바람에 사무엘이 깜짝 놀랐다. 황금 기사는 다시 체스 판과 사무엘을 가리켰다.

"안 할 거라고!" 사무엘이 말했다.

그러자 황금 기사는 영상으로 보이는 콧수염 난 선원을 가리켰다. 잠시 후, 에데르코페 굿의 몸체에서 붉은 빛이 나오더니 카리브디스호 사람들 방향으로 뻗어가 그 콧수염 난 선원을 한 방에 쓰러뜨렸다. 사무엘과 캐서린은 공포에 질린 채 그 광경을 지켜본 채로 서 있었다. 캐서린이 겁에 질려 낮은 외마디를 질렀다. 오른쪽 벽에 바로 세인트미셸호 선원 프리아스의 모습이 나타났다. 황금 기사는 그를 가리킨 다음 체스 판을 가리키고 또 사무엘을 가리켰다. 캐서린은 꿀꺽 침을 삼켰다.

"샴, 게임에 응하지 않으면," 캐서린이 모기만 한 목소리로 말했다. "하나씩 차례로 죽이려나 봐……."

나팔 소리가 다시 울려 퍼졌다.

"알았어! 알았다고!" 사무엘이 체스 판으로 다가가며 소리쳤다. "내가 졌어. 체스를 두겠다고……."

사무엘이 손을 뻗어 왕 앞에 있는 폰을 두 칸 앞으로 이동했다.

46번의 차례가 지난 다음, 사무엘은 흰색 킹을 체스 판 위에 쓰러뜨리며 말했다.

"이제 끝이야, 졌어……." 그가 중얼거렸다.

에데르코페 굿은 프리아스의 몸에 붉은 빛을 쏘아 몸을 두 동강 냈다. 캐서린은 소리를 지르며 얼굴을 손에 묻었다.

사무엘은 한 발자국 물러나며 믿을 수 없다는 듯 고개를 저었다. 이제야 확실히 이해가 됐다. 사무엘이 게임에 응하지 않으면 에데르코페 굿이 상대를 죽이고, 게임을 해서 져도 죽이는 거였다.

오른쪽 벽에 새로운 영상이 떴다. 볼에 흉터가 나 있는 대머리 선원이었는데 카리브디스호 사람이었다. 황금 기사는 체스 판 위의 말을 제자리에 배치한 다음, 손가락으로 사무엘을 가리켰다.

바탐방 전략

사람들은 다 겁에 질려 있었다. 거미 모양의 기기가 이미 두 명을 죽였고 나머지 사람들도 다 같은 운명에 놓여 있는 듯했다. 그런데 왜 그 괴물이 한꺼번에 다 해치우지 않고 한 명씩 죽이느라 시간을 그토록 지체하는지는 알지 못했다. 긴 기다림은 사람들을 극도의 긴장 상태로 몰아갔다. 일부는 모든 걸 포기한 채 바닥에 풀썩 주저앉아 조용히 마지막 순간만을 기다렸다. 일부는 불안한 듯 몸을 움직이며 일그러진 표정으로 이리저리 왔다 갔다 했다. 에데르코페 굿이 프리아스를 죽이자 카리브디스호 사람 중 하나가 거인 거미 밑으로 도망치려 했으나 무수히 많은 촉수들이 그를 거칠게 가로막는 바람에 갈비뼈 두어 개가 부러져 바닥에 드러눕게 되는 신세가 됐다.

가르시아는 개중 가장 조용히 있는 베른 선장 옆에 앉아 어찌할 도리가 없는 이 불운한 상황 속에서 침통해 하며 바닥만 쳐다보고 있었다. 사르꼬는 에데르코페 굿 바로 앞에 서서 의문스럽다는 듯 거미를 살펴보았다. 카이로가 그에게 다가가 물었다.

"여기서 탈출할 방법이 있을까요, 교수님?"

"기도나 해야지. 문제는 내가 뭐 그렇게 신앙이 있는 사람이 아니라는 거지……" 사르꼬가 거인 거미에게서 눈을 떼지 않은 채 뒷덜미를 문질렀다. "카이로, 이건 정말 하나도 이해가 되지 않아. 갑자기 공격을 하더니, 우리를 에워쌌어. 그리고 몇 분이 지난 다음에야 에데르코페 굿이 한 명을 죽였어. 그리고 또 15분 뒤에 불쌍한 프리아스도 죽었지. 왜 저러는 거지? 죽이려면 한꺼번에 다 쏴서 없애 버리면 그만이잖아."

"교수님, 혹시 쥐를 갖고 노는 고양이를 본 적 있으세요? 마치 그러는 것 같은데요?"

사르꼬가 고개를 저었다.

"저자들은 전혀 그런 의도인 거 같지는 않아." 사르꼬가 말했다. "아니야, 그게 아니야. 우리가 모르는 다른 이유가 있어……."

바로 그때, 아르단이 다가오더니 말했다.

"사르꼬 교수님, 제가 사과를 드려야겠네요. 교수님 말이 맞아요. 저것들은 지구의 것이 아니군요." 아르단이 자동 기기 무리를 바라보았다. "정말 놀라워요. 저 기술을 가지고 어떤 일들을 할 수 있을지 상상이나 가세요?"

사르꼬는 비웃듯이 크게 웃었다.

"아니요, 아르단." 사르꼬가 대꾸했다. "저 기술로 어떤 일을 할 수 있을지는 상상이 안 되지만 저 기술이 지금 우리한테 뭘 할 수 있을지는 상상이 가네요."

아르단이 냉담한 눈빛으로 사르꼬를 쳐다보았다.

"친구, 늘 그렇게 좁은 시야를 갖고 사는군요." 아르단이 말했다. "저 기기들을 만든 자는 어마어마하게 똑똑할 거요. 아주 똑똑할 겁니다. 그러니 당연히 상식이 통하겠죠. 저들과 접촉을 시도해 봤나요?"

"대화는 별로 좋아하지 않는 것 같던데요." 카이로가 대답했다.

"한마디로 아직 접촉을 안 했다는 얘기군요." 아르단이 자신감이 충만한 듯 미소를 지으며 에데르코페 굿 앞으로 가 큰 소리로 말했다. "저는 알렉산더 아르단인데 당신들과 이야기를 좀 하고 싶습니다. 나는 당신들을 존중해요. 단지 약간의 차이를 해결할 방법을 제시하고 싶습니다. 원하는 게 뭔지 얘기를 하면 제가 원하는 걸 드리겠습니다."

에데르코페 굿은 묵묵히 침묵의 상태로 미동조차 없었다. 사르꼬가 이를 드러내 웃으면서 비웃듯 말했다.

"아르단, 아르메니아 어로 말을 한번 걸어 보지 그래요. 그러면 또 이해할지도 모르지."

바로 그때, 예고도 없이 거인 거미가 붉은 빛을 쏴 카리브디스호 선원들 중 얼굴에 큰 흉터가 나 있는 대머리 사내의 심장을 관통해 즉사시켜 버렸다. 사람들은 고함을 지르며 쓰러진 시신에 마치 전염병이라도 있는 양 두려워하며 피했다. 타는 고기 냄새가 어지럽게 공기 사이로 퍼져 나갔다. 사르꼬는 엘리자베스 부인이 가만히 서서 허공을 보고 있음을 알아챘다.

"리사, 괜찮아요?" 사르꼬가 부인에게 다가가며 물었다.

엘리자베스 부인은 별안간 정신이 든 듯 눈을 깜빡거리며 고개를 끄덕였다.

"캐시랑 삼 생각하고 있었어요. 그 둘은 지금 저자들의 손아귀에 있을 거 아니에요. 이미 죽었겠죠……."

"그건 모르죠."

"다들 지금 죽을 거라는 사실은 확실하잖아요."

"아니에요, 리사. 그것도 모를 일이죠."

엘리자베스 부인이 카리브디스호 선원의 시신을 가리키며 말했다.

"방금 사람이 죽었어요. 아까도 두 명이 죽었죠. 하나씩 하나씩 죽이고 있다고요."

"문제는 바로 그겁니다. 왜 하나씩 죽일까요? 상식적으로 말이 안돼요. 무슨 일이 벌어지고 있기는 한데 무슨 일인지는 아직 모릅니다. 아직 희망이 있어요, 리사. 그러니 좌절하지 마요."

부인은 사르꼬를 바라보더니 예상치도 못하게 미소를 지었다.

"교수님, 그거 아세요? 사나워 보이는 그 얼굴에 정말 인간적인 면모가 숨겨져 있다는 거."

"이런, 들켜 버리고 말았군요……."

"그것도 아세요? 교수님을 만났을 때부터 쭉 교수님을 무례하고, 무식하고, 거만하고, 남녀 차별주의에다 독재자에다 잘난 척하고 허세가 가득한 사람이라고만 생각했어요. 그런데 이제는 똑똑하고 무서울 정도로 용맹스럽고 아주 솔직한 분이라는 것도 알아요. 아무리 숨기려 해도 교수님 마음은 황금처럼 빛난다는 거, 이제 알겠어요."

사르꼬의 눈썹이 올라갔다. 그의 볼이 살짝 발그레 물들더니 이렇게 중얼거렸다.

"사실, 감사를 드려야 될지, 화를 내야 될지 모르겠군요."

"감사를 할 필요도, 화를 낼 필요도 없어요. 그냥 교수님을 이렇게 알게 돼 기뻤고 앞으로 서로 더 알아 갈 시간이 없다는 게 안타깝다는 것만 말씀드리고 싶었어요."

"그런 말 하지 마요, 리사."

엘리자베스 부인이 눈을 감더니 몸을 부르르 떨었다.

"무서워요." 부인이 낮은 소리로 말했다. "사르꼬, 나를 좀 안아 주겠어요?"

사르꼬는 잠시 머뭇거리다 팔을 부인의 몸에 둘렀다. 부인도 사르꼬를 안았다. 처음에는 그냥 살포시 둘렀다가 잠시 뒤에는 힘껏 껴안았다. 그런 다음 고개를 들어 사르꼬의 입술에 입 맞췄다. 깜짝 놀란 사르꼬는 잠시 그대로 얼어붙었다. 결국 그는 아무 말 없이 그저 그 따뜻한 키스에 자신을 맡겼다.

＊　＊　＊　＊　＊

사무엘은 크게 낙담했다. 또 경기에 졌고 한 명이 더 죽임을 당했다. 다 자신 탓이었다. 이 모든 게 악몽 같았다. 정신을 최대한 집중해 경기에 임했지만 역부족이었다. 황금 기사는 미리 그의 수를 예측했고 게임을 훨씬 더 잘했다. 게다가, 생각할 시간도 필요 없었다. 사무엘이 한 수를 두면 황금 기사는 즉각 말을 움직였다. 정말 힘 빠지는 일이었다. 사무엘은 최대한 시간을 끌어 오랫동안 고민한 다음 말을 움직이려고 했으나 몇 분만 지나가도 황금 기사는 사무엘과 체스 판을 가리켰고 큰 나팔 소리가 울려 퍼지며 사무엘을 재촉했다. 사무엘은 차마 그들의 요구를 거역할 수 없었다.

"대체 왜 이러는 거야?" 사무엘이 중얼대며 자신의 얼굴을 한 무표정의 황금 기사를 맥없이 쳐다보았다.

황금 기사는 다시 체스 판에 말을 배치하기 시작했다.

몇 발자국 떨어진 곳에서 캐서린은 왼쪽 벽에 나타난 영상을 입을 쩍 벌린 채 쳐다보고 있었다. 방금 사르꼬 교수님과 어머니가 키스하는 모습을 본 것이다. 캐서린은 놀라움, 아니 경악을 금치 못했다. 그러는 바람에 캐서린은 지금의 상황을 객관적으로 판단하지 못하고 있다가 갑자기 깨달았다. 그 벽에는 다음 희생자가 나오는데 이번에는 어머니의 모습이 나온 것이다.

"어머니를 죽이려고 하고 있어." 캐서린의 표정이 일그러지며 소리 쳤다. "어머니를 죽일 거야!"

사무엘이 왼쪽으로 고개를 돌려 힘없이 엘리자베스 부인의 얼굴을 보았다. 황금 기사가 말을 배치한 다음 사무엘에게 말을 움직이라고 재촉하고 있었다. 사무엘은 침을 꿀꺽 삼켰다. 생각할 시간이 필요했다. 그는 생각을 정리해야만 했다. 사무엘이 손을 들어 손바닥을 보이며 분수대를 가리키더니 분수대로 갔다. 황금 기사는 아무런 움직임도 보이지 않고 나팔 소리도 울리지 않았다. 잠시 휴식 시간이 허락됐던 것이다. 사무엘은 엎드려 물을 마셨다.

"어머니를 죽일 거야." 캐서린이 떨리는 목소리로 다시 말했다. "네가 지면 어머니가 죽어……."

"캐시, 안 그래도 긴장되는데 그렇게 말하면 더 긴장하게 될 거야." 사무엘이 조용히 말했다. "부탁이니 조용히 있어."

캐서린은 아랫입술을 깨물고 이리저리 왔다 갔다 했다. 사무엘은 얼굴을 씻은 다음 벽에 기대 생각에 잠겼다. 저 황금 기사는 인간들처럼 속임수를 쓰지 않았다. 놀랄 만한 전략을 펼치지도 않았다. 단지 그를 궁지로 몰아넣어 체크 메이트를 할 뿐이었다. 사실 황금 기사와의 경기는 단조롭고 지겨웠으며 새로울 게 전혀 없었다. 하지만 그의 경기는 허무할 정도로 효율적이었다. 생각을 하지 않고 그저 밀어붙이기만 할 뿐이었다.

사무엘은 대체 저 황금 기사는 어떻게 저렇게 경기를 잘하는지를 고민했다. 아마 성채에서는 체스 판을 한번도 본 적이 없을 터였다. 그러니 아마도 캐서린과 자신이 게임을 하는 걸 보고 배웠을 것이다. 사무엘은 숨을 내쉬며 저자들의 지능에 압도당하는 기분을 느꼈다. 경기 몇 판만 보고 체스의 제왕이 될 정도인데, 자신이 대체 그런 존재를 어찌 이길 수 있을 것인가?

하지만 사무엘은 만약 황금 기사가 지금까지 자신이 한 경기와 지금 같이 하고 있는 경기를 통해 학습을 하고 있는 거라면 평범한 전략만 알고 있을 터라는 사실을 간파했다. 그저 폰을 움직이는 경기에 익숙할 터였다. 만약 기존의 방법이 아닌 새로운 방법을 적용하면 어찌될까?

별안간 울린 큰 나팔 소리에 사무엘은 깜짝 놀랐다. 황금 기사는 손가락으로 그를 가리켰고 사무엘은 체스 판으로 다가갔다. 사무엘은 첫 줄에 배열돼 있는 흰 말을 쳐다봤다. 어떻게 하면 상대가 생각지도 못한 경기를 할 수 있을까? 사무엘은 고민했다. 바로 그때, 사무엘은 샤르보노 선생님이 가르쳐 준 수를 떠올렸다. 바로 던스트 전략이었다. 사실 아무런 쓸모도 없지만 상대방을 당황하게 만들 수 있지, 라고 교수님은 말했었다. 바로 이 순간, 필요한 전략이었다. 사무엘은 말을 움직이려고 손을 뻗었다……

"삼, 이겨." 캐서린이 초조한 표정으로 말했다. "제발 부탁이야, 우리 어머니라고……"

사무엘은 조용히 하라고 말하려다가 그저 한숨만 내쉬더니 퀸 옆에 있는 나이트를 세 번째 칸으로 이동했다. 황금 기사의 반응 시간이 평소보다 10분의 1초 더 걸렸다. 황금 기사는 왕의 폰을 두 칸 앞으로 전진시켰다. 사무엘은 방금 자신이 미친 짓을 했다는 생각을 하며 체스 판을 보았다. 제일 먼저 나이트를 움직이는 바람에 흰색 말의 배치를 약화시키며 중앙에서의 주도권을 빼앗겼다. 하지만 더 미친 수가 있었다. 바로 바탐방 전략이었다. 이미 미친 짓을 하기로 마음을 먹은 바에, 사무엘은 퀸 앞에 있는 폰을 한 칸 앞으로 움직였다.

체스 경기를 지켜보던 캐서린은 아무것도 이해할 수가 없었다. 캐서린은 말의 움직임에도 신경 쓰지 않았다. 그저 조용히 경기가 진행되는 동안 차례가 서로 바뀌는 것만 보면서 이따금 벽에 보이는 어머니의 모습을 바라보며 새어 나오려는 눈물을 참기 위해 눈을 깜빡거릴 뿐이었다.

한 시간 뒤, 46번의 차례가 돌아간 후에 사무엘은 눈을 가늘게 뜬 채 황금 기사가 허락하는 몇 분간 체스 판을 뚫어져라 쳐다보았다. 이제 말이 얼마 남지 않은 데다 위치도 점점 약해졌지만 그건 황금 기사의 경우도 마찬가지였다. 사실 지금 둘은 막상막이었다. 혹시……?

사무엘이 비숍을 움직여 검정색 나이트를 위협했다. 그러자 황금 기사는 폰을 움직여 나이트를 보호했다.

사무엘은 이번에는 퀸을 들어 검정색 퀸을 죽이며 자신의 퀸을 내줬다. 황금 기사는 아무런 반응을 보이지 않았다. 가만히 황금으로 된 두 팔을 떨어뜨린 채 앉아 있었다.

갑자기 벽에 나오던 영상이 사라졌다. 잠시 시간이 얼어 버린 것만 같았다.

"왜 그래?" 캐서린이 당황하며 물었다. "이긴 거야?"

사무엘은 체스 판에 시선을 고정하고 있었다. 조금씩 그의 얼굴에 미소가 번지기 시작했다.

"아니, 이긴 게 아니야. 무승부로 끝난 것 같아."

"뭐? 어떻게?"

"잘 봐 봐." 사무엘이 손가락으로 체스 판을 가리켰다. "방금 상대 퀸을 죽였는데 그러면 상대는 폰으로 내 퀸을 죽이게 되지. 그러면 나는 내 비숍으로 상대의 나이트를 먹을 거고 상대는 다른 폰으로 내 나이트를 먹게 돼. 그러면 서로 폰을 하나씩 더 먹고 결국에 승부가 나지 않지. 상대도, 나도 이길 수가 없는 거야. 무승부지."

바로 그 순간, 불이 꺼졌다.

* * * * *

드디어 두뇌는 답을 찾았다. 하지만 그 새로운 발견에 대해 단 한 순간도 더 고민하지 않았다. 내부에서 중요한 명령이 내려졌다. 이제 많은 결정을 내려야 했고 수많은 일을 처리해야 했다. 앞으로 할 일이 많아졌다.

* * * * *

붉은 빛을 쏘아 마지막으로 사람을 죽인 뒤 한 시간 8분이 지나자 에데르코페 굿은 다리로 더 이상 지탱할 수 없는 듯 무너져 내렸다. 동시에 사람들을 에워싸고 있던 수많은 자동 기기들이 땅에 쓰러져 마치 더 이상 움직이지 않는 고장 난 고철 장난감처럼 힘없이 널브러졌다.

사람들은 깜짝 놀라 서로를 바라보았다.

"세상에나……." 사르꼬가 중얼거렸다. "이게 대체 무슨 일이지?"

가장 먼저 반응한 사람은 바로 엘리자베스 부인이었다. 부인은 쓰러진 에데르코페 굿에 다가가 한 손으로 기계를 만졌다. 아무 일도 일어나지 않았다. 베른 선장과 사르꼬, 카이로 그리고 아르단이 거인 거미 옆에 있는 기기들에게 다가가 움직임이 완전 멈춘 것을 확인했다.

"여기서 나가려면 이 기기들 위로 지나가야 해요." 베른 선장이 말했다.

잠시 침묵하던 사르꼬가 앞장섰다.

"내가 먼저 가겠습니다. 카이로, 내가 저쪽까지 무사히 지나가면 리사가 건너오게 도와줘."

이렇게 말한 다음 사르꼬는 기기들을 뛰어넘기 시작했다. 일부 기기들은 너무나 거대했고 서로 밀착되어 있어서 빈 공간이 없었기 때문에 사르꼬는 기기들의 쇠몸통을 기어 올라가야 했다. 그러나 아무런 일도 일어나지 않았다. 티타늄 촉수나 집게 공격이나 그를 뚫어 버리는 빛의 공격도 없었다. 자동 기기들의 벽을 지나자, 사르꼬가 손을 들며 외쳤다.

"건너와. 안전해."

잠시 주춤거리던 사람들이 몇 시간동안 갇혀 있던 둥근 원을 조용히 빠져나오기 시작했다. 다들 아직 목숨이 붙어 있다는 데에 놀랐다.

                          * * * * *

"이제는 어떻게 되는 거야?" 캐서린이 물었다.

그들은 완전한 어둠 속의 방 안에서 서로 손을 붙들고 있었다.

"나도 모르겠어, 캐시……." 사무엘이 대답했다. "이제 울림 소리가 들리지 않아. 안 그래?"

"뭐가?"

"바닥이랑 벽 말이야. 아까까지는 약간씩 울렸는데 이제 그쳤어."

"그러네. 대체 왜……?"

그 순간, 갑자기 불빛이 다 켜졌다. 아까만큼 밝은 불은 아니었다. 황금 기사가 갑자기 몸을 움직이더니 그들 앞으로 다가갔다. 캐서린은 한 발자국 물러났고 사무엘은 둘 사이를 막고 섰다. 그때 황금 기사가 우뚝 서더니 오른편에 있는 벽을 가리켰다.

벽에는 우주에서 본 지구의 모습이 나왔다. 구름도 없어 대륙이 명확하게 구분이 됐다. 먼저 아프리카와 유럽이 보였고, 북극 가까이에 있는 보웬의 섬 지점에는 붉은색 점이 찍혀 있었다. 별안간 지구가 180도 자전하더니 멈췄다.

영상이 갑자기 바뀌더니 이번에는 보웬의 섬이 한눈에 보였다. 화산이 폭발하며 용암이 강처럼 쏟아져 나오고 화산 허리에서 거대한 구름 연기가 배출됐다. 그러더니, 섬이 폭파됨과 동시에 거대한 불이 뿜어져 나오며 재 덩어리로 변해 버렸다.

벽이 다시 하얀색으로 돌아왔다.

사무엘과 캐서린은 놀라 서로를 쳐다보았다.

"저게 뭐지?" 사무엘이 의아하다는 듯 말했다. "섬은 아직 폭파되지 않았잖아. 우리 아직 살아 있잖아. 아무런 움직임도 느끼지 못했는데……."

캐서린이 잠시 뒤 말했다.

"삼, 저건 경고가 아닐까?" 캐서린이 눈을 가늘게 뜨고 말했다. "지구가 자전하는 데 24시간이 걸리잖아. 아까 저 영상에서는 반만 돌았어. 즉, 12시간이라는 거지. 그런 다음에 화산이 터지고 섬이 폭파됐잖아. 12시간 안에 이 섬이 다 없어진다는 의미가 아닐까?"

, 사무엘이 눈썹을 추켜세운 다음 뭔가를 말하려 했지만 그때 황금 기사가 손가락으로 둘을 번갈아 가리켰다. 이와 동시에 사무엘과 캐서린 등 뒤로 문이 하나 열렸다. 황금 기사는 스스로의 몸체 위에서 180도 방향을 틀더니 문을 지나 멈춰 서고 팔을 들어 그들을 가리켰다.

"따라오라는 것 같아." 캐서린이 말했다.

둘은 문으로 가다가 문을 지나기 직전에 사무엘이 멈춰 섰다.

"왜 그래?" 캐서린이 물었다.

"잊고 갈 뻔했어."

사무엘이 뒤돌아 체스 판과 말을 챙겨 주머니 속에 넣었다.

"샤르보노 선생님이 주신 거야." 그가 캐서린 옆으로 다시 걸어가며 말했다. "두고 가고 싶지 않아."

방을 나서자 어둠이 그들을 기다리고 있었다. 그 순간 황금 기사 눈에서 불빛이 두 개가 나와 길을 비추었다. 그들은 잿빛의 평평한 벽이 있는 기나긴 터널 속에 있었다. 황금 기사의 안내를 받아 둘은 입구 벽이 있는 곳까지 약 200미터를 걸어갔다.

벽에서 출구가 열리고 분지 위를 비추고 있던 햇빛이 둘의 얼굴을 따갑게 때렸다. 캐서린과 사무엘은 몇 발자국 떼어 밖으로 나갔다. 황금 기사는 문 안에서 가만히 서서 화산을 가리킨 다음 남쪽 방향을 가리켰다. 그런 뒤 터널로 들어가 버렸고 터널 출구는 닫혔다. 캐서린과 사무엘은 분지에 퍼져 있는 쇠버섯을 바라보았다.

"저 쇠버섯이 아버지랑 아버지의 동료들을 죽인 거지?" 캐서린이 말했다.

"맞아."

"그런데 우리 저쪽으로 지나가야 되는 거야?"

사무엘이 침을 꿀꺽 삼켰다. 쇠버섯이 토끼를 쏘아 죽이던 장면이 다시 떠올랐다.

"그냥 나가게 했으면," 확신이 없는 듯 그가 말했다. "설마 여기서 죽이진 않겠지."

캐서린은 고개를 끄덕인 뒤 사무엘의 손을 힘껏 잡았다.

"알았어." 캐서린이 말했다. "걸어서 갈까, 뛰어서 갈까?"

사무엘이 결정을 내리지 못하겠다는 듯 어깨를 들어 올렸다.

"상관없을 거야. 그런데 뛰어가는 게 마음이 더 편할 거 같아."

"그럼, 가자."

둘은 손을 잡고 동시에 뛰기 시작해 쇠버섯에서 멀리, 최대한 빨리 분지를 가로질러 갔다. 아무 일도 일어나지 않았다. 불빛이 나와 그들의 머리를 뚫지도 않았다. 둘은 분지 남쪽 끝까지 무사히 도착했다. 거기에 도착하자 뛰던 걸 멈추고 숨을 고르기 시작했다.

그때 성채 쪽에서 거대한 소리가 들려왔다. 둥그런 지붕에서 나오는 소리였다. 시커먼 지붕 꼭대기가 흔들리면서 엄청난 전기 불빛이 튀며 마치 불로 된 뱀이 비틀거리듯 주변으로 퍼졌다. 갑자기 지붕 꼭대기가 들어 올려지더니 뒤에 있는 거대한 바위도 같이 들어 올려졌다. 사실 지붕 꼭대기가 아니라 거대한 구체였는데 반은 땅속에 숨겨져 있었던 것이었다.

거의 지름 200미터에 달하는 구체가 공중으로 천천히 뜨기 시작했다. 그와 동시에 거대한 굉음이 들리며 표면이 검정색에서 번쩍이는 잿빛으로 바뀌면서 황색, 주황 그리고 붉은 줄무늬가 나타났다. 놀라 그 장면을 멍하니 보고 있던 둘의 볼을 세찬 바람이 때렸다. 오존 냄새가 사방으로 퍼져 나갔다.

구체가 공중으로 떠오르는 동시에 강력한 전기장에 갇힌 듯 거대한 바위와 돌 부스러기가 공중으로 붕 떴다. 지상에서 약 500미터 위로 뜬 구체가 멈춰 섰고 바위와 돌 부스러기가 큰 충격 소리와 함께 일제히 땅에 떨어졌다. 구체가 급격하게 가속도를 내더니 몇 초가 채 지나지 않아 시야에서 사라져 버렸다. 하늘에서 굉음이 마치 거대한 우레 소리같이 들려왔다.

사무엘과 캐서린은 놀란 표정으로 서로를 바라보았다.

"갔어……." 사무엘이 말했다.

캐서린도 고개를 끄덕였다.

"이 섬도 12시간 안에 폭파될 거야." 사무엘이 다시 입을 뗐다.

마지막으로 성채를 쳐다본 다음, 둘은 남쪽으로 뛰기 시작했다.

* * * * *

자동 기기 무더기에서 벗어난 카리브디스호 사람들은 마을 폐허 속에 묻힌 자신들의 물건을 찾기 시작하면서 무기도 장전했다. 세인트미셸호 사람들은 그대로 무기를 되찾았다. 갑자기 자동 기기들이 나타나는 바람에 현재로서는 포로 상태에서 벗어난 것이었다. 아르단은 바닥에 널브러져 있는 기기들에 정신이 팔려 그들은 신경 쓰지도 않았다.

엘리자베스 부인은 사르꼬에게 다가가 쓰러져 있는 기기들을 보며 물었다.

"사르꼬, 무슨 일이에요? 대체 왜 갑자기 작동을 멈춘 거죠?"

"리사, 나도 모르겠어요. 아까 에데르코페 굿이 했던 행동도 뭔가 말이 안 됐는데 지금 이것도 말이 되질 않는군요." 사르꼬가 눈을 가늘게 뜨며 말했다. "한 가지 가능성이 있는 거 같기는 한데……."

"그게 뭔데요?"

사르꼬가 확실치 않다는 듯 두 어깨를 들어 올렸다.

"따님과 두라스노가 연관이 돼 이럴 수 있겠죠."

그때 멀리서 윙― 하는 소리가 들리며 땅이 흔들렸다. 모두 소리의 진원지인 북쪽을 바라보았다. 멀리서 무지개 빛깔을 띤 거대한 구체가 공중으로 떠오르다가 갑자기 멈춰서더니 하늘로 재빠르게 사라져 버리는 것이 보였다. 엄청난 굉음과 함께 귀가 먹먹해지는 느낌이었다. 모두들 잠시 숨을 멈췄다.

"사르꼬, 대체 저건 뭐죠?" 아르단이 다가오며 물었다.

"내가 그걸 어찌 압니까?" 사르꼬가 미간을 찌푸리며 대꾸했다. 그런 다음 사르꼬는 카이로 쪽으로 몸을 돌리며 조용히 말했다. "거리를 보아하니 성채에서 떠오른 것 같지? 어떻게 생각해?"

"가서 한번 둘러봐야겠는걸요?"

"둘이서만 쑥덕이지 말고," 아르단이 가까이 다가오며 명령하듯 말했다. "무슨 얘기 중이었죠?"

사르꼬가 한쪽 눈썹을 올리며 그를 쳐다보았다.

"무슨 일이 벌어지고 있는지는 모르겠지만, 성채에서 나온 것 같다고 했습니다. 아르단, 저희가 가서 보여 드릴까요?"

아르단이 의심스러운 듯 사르꼬를 쳐다보았다. 아르단은 그제야 카이로 손에 사냥총이 들려 있다는 걸 깨달았다. 이미 세인트미셸호 사람들 반이 무기를 들고 있었지만 그는 이에 대해 아무 말도 하지 않았다.

"알겠습니다, 사르꼬." 아르단이 대답했다. "저 외계 기지로 날 데려가 주세요. 대신에 다 같이 가는 조건으로요. 우리 사람들이 당신네들보다 두 배나 많다는 거 잊지는 말고요."

＊　＊　＊　＊　＊

캐서린과 사무엘은 전속력으로 남쪽을 향해 뛰었다. 때로는 빠르게, 또 때로는 느리게 뛰다가, 걷다가 하며 멈추지 않고 나아갔다. 시간이 촉박했다. 둘은 좁은 길을 지나 무너진 보라색 기둥을 뒤로하고 전진하면서 무엇이 저 기둥을 무너뜨렸을까 의문을 던지며 쉬지 않고 나아갔다. 분지에서 벗어난 지 20분이 지나자 바위 벽이 있는 곳에 도달했다. 그곳에서 둘은 잠깐 멈춰 쉬었다.

사무엘은 몸을 앞으로 숙이고 손을 무릎 위 허벅지에 올린 채, 벽에 기대 숨을 헐떡거리는 캐서린과 서로 쳐다보았다. 숨을 고르는 동안 그들은 벽에 뚫린 거대한 구멍을 보았다.

"자동 기기들이 저렇게 만들었나 보군." 사무엘이 숨을 헐떡거리며 말했다. "마을에 가려면 여기를 지나야 했겠지……."

그 순간, 멀리서 소리가 들려왔다. 사람들의 발소리와 서로 웅성거리며 이야기하는 소리가 멀리에서 들려왔다. 이 소리에 토끼 몇 마리가 폴짝폴짝 뛰며 수풀 사이로 몸을 숨겼다. 생각지도 못한 상황에 둘은 놀라 일어나서 남쪽을 응시했다. 잠시 뒤, 길을 따라 사람들이 나타났다. 사르꼬, 카이로, 베른 선장을 선두로 한 세인트미셸호 사람들이 보였다. 그 뒤에는 아르단과 카리브디스호 사람들이 있었다. 그때 무리 사이로 엘리자베스 부인이 보이더니 둘을 향해 정신없이 달려왔다.

"캐시!" 엘리자베스 부인이 외쳤다.

"엄마!"

두 모녀가 서로 뛰어가 두 팔 벌려 서로를 껴안으며 동시에 울고, 또 웃었다. 사무엘이 무리 쪽으로 가자 사르꼬, 카이로 그리고 베른 선장이 나와 그를 반겼다. "두라스노! 이 녀석!" 사르꼬가 그의 등을 치며 말했다. "여기서 뭐하는 거야? 대체 뭐……?"

"설명할 시간 없어요, 교수님." 사무엘이 그의 말을 가로막았다. "최대한 빨리 여기서 나가야 해요. 이 섬은 곧 폭파될 거라고요."

사르꼬가 눈썹을 추켜세우더니 눈을 깜빡거렸다.

"이 사람들은 누구죠?" 아르단이 눈썹을 일그러뜨리며 말했다.

"우리 사진작가, 삼입니다." 카이로가 대답했다. "그리고 엘리자베스 부인의 따님 되는 캐시죠."

"그런데…… 성채에 갇혀 있었던 거 아니었나요?"

"이 섬이 폭파된다고?" 사르꼬가 허리춤에 양손을 올리며 큰 소리로 말했다.

"화산이 곧 폭발할 거예요." 사무엘이 말했다. "그리고 이 섬은 산산조각이 날 거고요."

아르단은 벽 너머로 북쪽을 바라보았다.

"나는 아무것도 안 보이는데." 그가 말했다.

"약 열한 시간 뒤에 그렇게 될 거예요……."

"무슨, 점쟁이라도 되나?" 아르단이 비웃듯이 말했다.

"삼의 말이 맞아요." 캐서린이 엘리자베스 부인과 팔짱을 끼고 다가오며 말했다. "이 섬이 폭파될 거라고 그자들이 알려 줬어요."

"그자들이?" 아르단이 한쪽 눈썹을 올렸다. "아가씨, 대체 '그자들'이 누구지? 그리고 그자들이 대체 뭐라고 한 거야?"

그의 말을 무시한 채 캐서린은 사르꼬에게 말했다.

"교수님, 사실이에요. 믿어 주세요. 어서 여기를 떠나야 해요."

사르꼬는 캐서린과 사무엘을 차례로 본 다음 어깨를 들어 올렸다.

"알았어, 나는 두 사람의 말을 믿어." 사르꼬가 말했다. "이 섬에 발을 들여놓은 순간부터 못 믿을 게 없어졌지. 그런데 이 사람들을 다 설득하려면 설명부터 좀 해야 할 거 같으니 먼저 간략하게 이야기를 좀 해 보지."

사무엘이 한숨을 쉬더니 고개를 끄덕였다. 그리고 캐서린과 함께 빠른 속도로 납치됐을 때부터 풀려난 이야기까지를 속사포처럼 풀어냈다. 하얀 방과 벽에 나타난 영상과 여러 가지 시험과 황금 기사와 사람의 목숨을 건 체스 경기와 마지막 경고까지 모두 다 이야기했다. 사무엘의 말이 끝나자 기나긴 침묵이 흘렀다.

"좋아, 그래서 뭐?" 드디어 아르단이 입을 뗐다.

"그래서 뭐라니요?" 캐서린이 아르단 얼굴 앞에다 대고 말했다. "이 섬은 폭파될 거라고요. 이해가 안 되세요?"

"꼬마 아가씨, 내가 이해가 안 가는 건, 어떻게 그렇게까지 확신을 할 수 있냐는 거야. 지구가 자전하고 화산이 폭발하는 영상은 다른 걸 의미할 수도 있지 않나?"

"예를 들어서 뭐요?" 사무엘이 질문했다.

아르단이 잘 모르겠다는 투로 어깨를 들어 올렸다.

"나도 몰라. 나는 여기에 없었잖아." 아르단이 눈을 가늘게 떴다. "아니면 둘이 우리가 가고 난 다음에 이 섬에 있는 저 놀라운 기술을 다 가지려고 지어 낸 이야기일지도 모르지."

"우리는 당신이 여기 있는 것도 몰랐다고요!" 캐서린이 그의 말에 반박했다.

사르꼬는 한참을 조용히 생각하더니 고개를 들고 말했다.

"나는 둘의 말을 믿어."

"뭐요?" 아르단이 말했다.

"두라스노랑 캐서린이 한 말을 들으니 모든 게 다 들어맞아. 자동 기기들이 왜 그렇게 행동했는지, 에데르코페 굿이 왜 그렇게 죽었는지, 그리고 왜 그렇게 기기들이 쓰러졌는지……. 그래서 나는 둘의 말을 믿는다고요. 아르메니아에서는 사람들이 어떤 사고방식을 갖고 있는지 모르겠지만, 지구가 자전하고 화산이 폭발하는 영상은 한 가지 해석으로밖에 귀결되지 않는군요. 그러니 당신은 하고 싶은 대로 하고, 우리는 여기를 뜨겠습니다."

"그건 말도 안 되지." 아르단이 사르꼬를 냉정하게 쳐다보며 대꾸했다. "내 말이 떨어질 때까지, 아무도 이 섬에서 나갈 수 없어."

사르꼬는 피곤하다는 듯 한숨을 내쉬었다. 엘리자베스 부인은 몇 발자국 앞으로 나가 아르단 앞에 섰다.

"삼과 내 딸은 이 섬이 파괴될 거라고 하고 나도 그 말을 믿어요. 그러니 떠나야 합니다, 아르단 씨. 우리들뿐만 아니라 당신과 당신이 책임지고 있는 저 사람들도 다 같이요."

아르단이 비열한 웃음을 지었다.

"저는 그 말 안 믿습니다, 부인. 이 섬은 수천 년간 여기 있었는데 갑자기 폭파된다고요? 우연치고 참 묘하네요, 안 그런가요? 그리고 그쪽한테 아주 좋은 핑계도 되죠?"

"이런 젠장! 핑계라니 대체 무슨 잡소리야!" 사르꼬가 부아가 나 소리를 버럭 질렀다. "우리는 존 포가트 경을 찾으러 왔는데 불행히도 이미 죽었어. 우리의 임무는 끝났기 때문에 더 이상 이곳에 있을 이유가 없잖아!"

"당연하겠죠. 여기서 발견한 선진 기술에 아무런 관심도 없으시겠죠." 아르단이 비꼬듯 말했다.

"아닙니다. 이 섬, 성채, 자동 기기 모두가 다 얼마나 멋집니까. 얼마나 멋진지 아르단, 당신이 여기에 나타났음에도 불구하고 여기에 남아 계속 더 알아보고 싶을 정도라고요. 그런데 보아하니 이 섬이 폭파된다고 하는데 나보고 어쩌라는 말입니까. 내 목숨을 내놓고 파헤칠수는 없잖아요. 그리고 대체 여기서 뭘 그렇게 알려고 하는 건지 이해를 할 수가 없네요.”

아르단은 웃음을 터뜨리더니 이렇게 말했다.

“미래를 알고 싶은 거죠. 여기서 알려고 하는 건 바로 미래예요. 자동 기기, 뜨겁게 쏘아지는 빛, 인간의 힘으로는 할 수 없는 합금 작업, 우주를 비행할 수 있는 능력…… 이보다 더 바랄 게 있나요?”

“그 기술을 다 얻을 수 있을 거라 생각하세요?” 엘리자베스 부인이 물었다.

“당연하죠. 반대로 연구하면 되는 거 아니겠습니까.” 아르단이 대답했다. “이 섬에서 발견한 기기들을 연구하고 분석만 해도 인간의 지식은 수세기 더 발전할 수 있어요.”

“그리고 동시에 지금보다 돈도 더 벌고 더 큰 명예도 누리게 되겠죠.” 사르꼬가 비꼬듯 말했다.

아르단은 어깨를 들어 올려 보였다.

“우리가 사는 세상이 그런걸요.” 아르단이 대답했다. “그리고 나는 아주 많은 시간과 돈과 노력을 이 탐사에 투자했기 때문에 여기를 떠나지 않을 거요. 충분한 보상을 받아야지.”

“좋아요, 그렇다면 축하드릴 일이군요.” 사르꼬가 대답했다. “이제 찾던 걸 얻었잖아요? 하지만 우리는 이만 가 봐야겠습니다.”

“이 섬의 존재를 세상에 알린다고요? 그건 안 돼요. 내가 떠나도 된다고 할 때까지 이 섬에 있어야 해요.”

사르꼬는 잠시 그를 뚫어져라 쳐다보았다. 그런 다음, 시선을 돌리고 고개를 저어 댔다. 갑자기, 사르꼬가 자켓 안에 손을 잽싸게 집어넣어 총을 꺼내 들고 아르단의 머리를 겨냥했다. 동시에, 카리브디스호 사람들은 사르꼬에게 총을 겨누었고 세인트미셸호 사람들은 카리브 디스호 사람들에게 총부리를 겨누었다. 순식간에 모두가 서로를 향해 총을 겨누는 형국이 되었다. 아르단이 사르꼬가 들고 있는 총의 시커 먼 입구를 보더니 미소를 지었다.

"나를 쏘면 내 사람들이 당신과 당신 사람들을 다 죽일 거요."

"여기에 이대로 있으면 어차피 죽을 텐데요." 사르꼬가 계속 총을 겨눈 채로 미소를 지으며 말했다. "저쪽 하늘동네로 갈 거면 당신을 데 려가는 게 좋을 것 같은데, 아르단. 다른 선택권이 있어요. 우리가 가 게 그냥 두면 이 섬에서 있었던 일을 아무한테도 말하지 않겠어요. 왜 그런지 아세요? 아무도 우리 말을 믿지 않을 테니까요. 그리고 내가 이 약속을 어기고 여기에서 있었던 일을 다 말한다 해도, 사람들을 설 득해 여기까지 오게 만드는 데 얼마나 걸릴 것 같아요? 수달은 걸릴 겁니다. 그러니 가을이 오기 전에 이 섬에서 필요한 만큼 시간을 보내 며 원하는 건 다 챙겨 가기에도 충분한 시간이에요. 아르단, 그렇게 하 든지 내 총에 운명을 달리하든지, 선택하시죠."

극도로 경직된 상태로 아르단은 사르꼬의 눈을 쳐다봤지만 사르꼬 의 눈은 그의 마음을 어지럽혔다. 분명 사르꼬는 거짓을 말하는 게 아 니었다. 잠시 아무 말도 하지 않고 있던 아르단이 침을 삼키더니 고개 를 끄덕였다.

"좋습니다, 가세요." 그가 말했다. "하지만 이 섬에 있는 건 아무것 도 가져가면 안 됩니다. 우리 사람들 중 두 명이 해안까지 동행해 확인 하도록 하죠."

"좋습니다." 사르꼬가 무기를 손에서 놓지 않고 대답했다.

아르단은 카리브디스호 사람들에게 명령을 내렸다.

"나탈, 콜비, 이자들을 해안가까지 데려가서 세인트미셸호가 떠날 때까지 가지 말고 옆에서 지켜봐. 그다음에 섬 북쪽에서 다시 합류하도록 하지. 만약 섬에서 뭘 가져가려 하거나 이상한 행동을 하면 즉시 공중에 총을 쏴 우리한테 알려."

아르단을 향해 총을 그대로 겨눈 채로 사르꼬는 세인트미셸호 사람들이 있는 곳으로 뒷걸음질로 걸어갔다. 그때, 아르단의 사람들 틈에서 몸을 반쯤 숨기고 있던 무선 통신 담당자 망글라노가 보였다.

"어이, 너, 이 배신자야." 사르꼬가 말을 던졌다. "죽기 싫으면 우리랑 가자."

망글라노는 두려움에 떨며 고개를 저은 뒤 몇 발자국 물러났다.

"그럼 죽어, 이 멍청아." 사르꼬가 으르렁거렸다. 그런 다음 말했다. "우리는 가지만, 당신들은 아마 저 자식들한테서 눈을 떼지 않도록 하는 게 좋을 거요."

세인트미셸호 사람들은 그들을 감시할 카리브디스호 선원 두 명과 함께 길을 나섰다. 막 출발을 하고 얼마 못 가 갑자기 사무엘이 걸음을 멈추고 뒤돌아 소리쳤다.

"아르단 씨, 이 섬은 폭파된다고요! 제가 맹세할 수 있어요! 여기를 떠나서야 해요."

아르단이 웃음을 터뜨리며 대꾸했다.

"젊은이, 네 말 안 믿어. 그런데 시도는 좋았어."

사무엘이 어쩔 수 없다는 듯 어깨를 들어 올려 보이더니 앞에 가던 사람들을 다시 쫓아갔다.

* * * * *

섬 남부까지 가는 데는 두 시간 반이 걸렸다. 빠른 속도로 조용히, 마치 말도 아끼려는 듯 다들 묵묵히 전진했다. 카이로와 베른 선장이 선두에 서고 그 뒤에 사르꼬, 엘리자베스 부인, 캐서린, 사무엘 그리고 가르시아가 따라갔다. 그 뒤에는 나머지 선원들이, 그리고 마지막으로 아르단이 그들을 감시하기 위해 붙인 나탈과 콜비가 따라갔다.

마을을 가로질러 자동 기기 무리가 쓰러져 있는 곳을 막 지났을 때 땅이 미세하게 흔들렸다. 다들 아무 말도 하지 않았다. 잠시 후, 남쪽 벼랑 꼭대기가 시야에 들어올 때쯤 이전 흔들림보다 훨씬 더 강하고 긴 지진이 그들을 흔들었다. 그 누구도 아무 말이 없었지만, 마치 다들 약속이라도 한 듯 걸음을 재촉했다.

섬이 계속 미세한 진동으로 울리는 동안 그들은 무사히 바위 계단을 내려가 해안가에 도착했다. 해안가에 도착해서도 단 1초도 지체하지 않고 다들 카리브디스호 옆에 묶여 있던 세인트미셸호에서 내린 작은 보트에 타기 시작했다. 나탈과 콜비가 낮은 소리로 서로 뭔가를 쑥덕대더니 사르꼬에게 다가왔다.

"사르꼬 교수님." 콜비가 말을 꺼냈다. "이 섬, 정말 폭파되나요?"

땅이 다시 또 흔들렸다. 사르꼬가 보라는 듯 눈썹을 추켜세웠다.

"네가 보기에는 과연 폭파 안 될 것 같나?" 사르꼬가 비꼬듯 말했다.

나탈과 콜비는 서로 쳐다보았다.

"저희도 같이 갈 수 있을까요?" 나탈이 물었다.

"이렇게 아름다운 상황이 연출되다니." 사르꼬가 으르렁거리며 말했다. "처음에는 우리를 납치해 가더니 이제 와서는 도와 달라네."

"저희는 그저 명령에 따랐을 뿐인데……." 콜비가 말했다.

"사르꼬, 우리 선원들을 많이 잃었어요." 베른 선장이 중간에 끼어들었다. "저 두 명을 데리고 가면 우리한테도 이득이에요."

사르꼬가 미간을 찌푸리더니 낮은 소리로 으르렁거리며 뭔가를 중얼댔다.

"여기에다 내버려 두고 그냥 지옥에 가서 썩든지 말든지 내버려 둬야 마땅하지만…… 보트에 타."

나탈과 콜비는 우물거리며 고맙다고 하더니 세인트미셸호 사람들과 함께 배에 탔다. 잠시 후, 두 보트는 세인트미셸호를 향해 떠났다. 사르꼬는 약 300미터 거리에 정박해 있는 카리브디스호를 보더니 갑자기 콜비에게 물었다.

"저 배에 몇 명이나 남아 있지?"

"열네 명이요, 교수님."

"배에 큰 무기를 갖고 있나?"

"아닙니다, 교수님."

"그러면," 사르꼬가 혼잣말을 했다. "우리를 막지는 못하겠군."

잠시 후, 보트가 세인트미셸호에 도착했고 사람들이 차례로 배에 올라탔다. 그리고 바로 다들 출발 준비 작업에 들어갔고 일부 인원은 최대한 신속하게 보트를 다시 배로 끌어올렸다. 배 출발 작업에 도울 일이 없는 사람들은 그저 갑판에서 기다렸다. 약 30분 후쯤 세인트미셸호가 닻을 올리고 천천히 움직이기 시작했고, 잠시 후 베른 선장이 갑판으로 나왔다. 카리브디스호에서 점멸등을 깜빡거렸다.

"엔진을 끄라고 하는데요." 베른 선장이 카리브디스호를 가리키며 말했다.

"신경 꺼요." 사르꼬가 말했다. "저자들은 아무것도 할 수 없다고요."

몇 시간 동안 아무 말이 없던 가르시아가 난간에 기대 이마에 손을 얹었다.

"겨우 위험에서 벗어났네……." 그가 이제야 안심이 된다는 듯 말했다.

"아직은 아닙니다, 가르시아 씨." 베른 선장이 이렇게 말한 다음 사무엘과 캐서린에게 물었다. "섬이 폭파될 때까지 시간이 얼마나 남았다고 했지?"

사무엘은 잘 모르겠다는 표정을 지었다.

"확실히는 모르겠어요. 약 일곱 시간 남았을 거예요."

"아마도 그 정도 남았을 거예요." 캐서린이 거들었다.

베른 선장이 고개를 숙이고 가만히 생각에 잠겼다.

"선장님, 무슨 문제라도 생겼나요?" 엘리자베스 부인이 물었다.

"쓰나미군요……." 사르꼬가 끼어들었다.

"맞습니다." 베른 선장이 그의 말에 동의했다.

엘리자베스 부인이 사르꼬와 선장을 번갈아 가며 쳐다봤다.

"저는 두 분 말씀이 이해가 안 되네요." 부인이 말했다.

"섬이 폭파되면," 베른 선장이 설명했다. "해일이 일어나게 되고 거대한 파도가 아주 빠른 속도로 사방으로 퍼지게 돼 있죠. 일본 사람들은 그걸 쓰나미라 불러요."

"그, 그 파도라는 게 얼마나 큰대요?" 가르시아가 말을 더듬었다.

"1883년도에," 선장이 말했다. "자바 섬과 수마트라 섬 가운데 있는 크라카토아 섬 화산이 터졌죠. 이때 40미터 높이의 파도를 일으켜 가까운 섬들을 쑥대밭으로 만들고 셀 수도 없이 많은 배들이 다 난파되고 말았어요."

가르시아는 믿을 수 없다는 표정으로 눈을 깜빡거리더니 이렇게 중얼거렸다.

"그러면 우리는 죽는 건가요?"

베른 선장은 고개를 저으며 말했다.

"굳이 최악의 상황을 생각할 필요는 없어요. 빙반과 프란츠요세프란트가 방패막이 역할을 해 쓰나미를 조금이나마 미약하게 만들 거예요. 그런데 모든 건 다 여기 이 바다에 달렸어요. 바다가 너무 깊으면 파도가 부서지지 않기 때문에 약간의 출렁거림만 느끼겠지만 만약 쓰나미가 바다 얕은 곳으로 간다면 파도가 높아지면서 부서지기 시작할 겁니다." 베른 선장이 모두를 안심시키려는 듯 미소를 지어 보이더니 다시 추가로 설명했다. "어쨌거나, 쓰나미는 시속 600킬로미터로 이동하기 때문에 섬이 폭파하기 전에 최대한 멀리 가 있는 게 좋을 거예요."

쓰나미

위험한 자석 암초의 존재에 대해서는 이미 알고 있었기 때문에 조종사 카스트로는 자석의 영향이 미치지 않는 쪽으로 적당한 속도와 방향을 설정해 가며 세인트미셸호를 조종했다. 암초 사이를 무사히 지나가자, 사람들은 모두 환호성을 질렀다. 그때, 카이로가 섬 쪽을 가리키며 말했다.

"화산이 분화하기 시작했어요."

그의 말대로 분화구에서 연기가 구름 모양으로 모락모락 피어나와 공중으로 떠오르면서 시커먼 관모를 형성하고 있었다. 모두 아무런 말도 하지 않은 채 섬이 시야에서 완전히 사라질 때까지 갑판에서 그저 바라만 볼 뿐이었다. 그제야 다들 각자 선실로 들어갔고 사르꼬와 카이로는 조종실로 갔다.

세인트미셸호는 전속력으로 남쪽으로 달리다가 처음 올 때 지나온, 빙반 가운데 있는 바닷물이 좁은 수로가 되는 지점에 이르자 속도를 낮추었다. 그래도 올 때의 두 배의 속도로 수로를 지났다. 섬에서 멀어질수록 온화한 보웬 섬의 미기후의 영향에서 벗어나 온도는 점차 낮아졌고 북극의 기온을 되찾았다.

그들은 프란츠요세프란트 군도 가장 서쪽에 있는 알렉산드라 섬에 다섯 시간이 되기 조금 전에 도착했다. 얼음 수로를 지나 망망대해로 들어서자 베른 선장은 남쪽으로 전속력으로 달릴 것을 명령했다. 잠시 후, 어마어마한 고래 떼가 마치 무슨 일이 일어날 것을 감지했는지 세인트미셸호와 같은 방향으로 헤엄쳐 가는 것이 목격됐다.

한 시간 반 뒤, 황금 기사가 말한 그 시각이 되자 모두 선실에서 나와 선미 갑판으로 모였다. 그러고 나서 10분 정도가 지나자, 북쪽 수평선에 두 개의 불이 번쩍하고 빛났다. 그리고 5초 뒤, 멀리에서 무시무시한 폭발 소리가 들려왔다.

"다 끝났어······." 엘리자베스 부인이 캐서린의 어깨 위에 팔을 두르며 조용히 말했다.

불빛과 폭발 소리 간 시간 차이를 재고 있던 캐서린이 재빨리 머릿속으로 계산하더니 사무엘에게 말했다.

"지금 섬에서 90마일정도 떨어져 있으니 약 140킬로미터 떨어져 있는 거잖아. 쓰나미가 시속 600킬로미터 이동을 한다고 가정하면, 약 14분 후에 여기를 덮칠 거라는 얘기가 돼."

바로 그때, 배에 사이렌이 울리면서 엘리사가라이가 조종실 계단을 허겁지겁 내려와 소리쳤다.

"갑판에서 피해요! 다들 배 안으로! 그리고 여기에 계신 세 분은 베른 선장님이 조종실로 모시랍니다."

엘리사가라이를 따라가던 사무엘이 뭔가 이상한 걸 느꼈다. 세인트미셸호가 오히려 방향을 180도 틀고 있었던 것이다.

* * * * *

조종실에는 베른 선장, 사르꼬 그리고 카이로가 있었고 조종사 야고 카스트로는 키 앞에 서 있었다. 사무엘이 조종실에 들어가자마자 물었다.

"선장님, 지금 배가 회전했는데 왜 그런 거죠?"

"파도는 뱃머리로 맞서야 되는 거야, 삼." 베른 선장이 대답했다. "저런 쓰나미라면 더더욱 그렇지."

"가르시아는 어디 있나요?" 카이로가 물었다.

"선실에 남겠대요." 엘리자베스 부인이 대답했다. "어차피 죽을 바에야 그냥 모르고 죽는 게 낫겠대요."

이 말을 들은 캐서린은 사무엘의 손을 잡더니 웃음을 지었다. 갑자기, 정면으로 난 큰 유리창으로 북쪽 하늘에 푸른색과 붉은색 불이 빛나는 걸 볼 수 있었다.

"저게 뭐예요?" 엘리자베스 부인이 물었다.

"북극 오로라요." 사르꼬가 대답했다. "아마 섬이 폭파되는 바람에 생겼을 겁니다. 화산 폭발 때 흔히 나타나는 현상이죠."

엘리자베스 부인이 멀리 하늘에서 춤추는 불빛들을 하염없이 바라보며 말했다.

"저렇게 아름다운 게 그렇게 무시무시한 파괴로 인해 생기는 거라니, 거짓말 같네요."

침묵이 흘렀다. 바다는 잠잠했다.

"쓰나미가 오기까지 얼마나 남았죠?" 카이로가 물었다.

"7분." 베른 선장과 캐서린이 동시에 대답했다.

또다시 침묵이 흘렀다.

"참 나, 분명 별거 아닐 거야." 사르꼬가 대수롭지 않다는 투로 말했다. "작은 파도가 와서 약한 출렁임 정도만 좀 느끼다가 그냥 지나갈 거라고."

아무도 말을 하지 않았다. 사르꼬는 한숨을 쉬더니 평소 긴장됐을 때 하던 버릇대로 술집에서 즐겨 부르는 노래를 조용히 흥얼거리기 시작했다.

"3분." 베른 선장이 말했다. "파도가 크면 뱃머리 각도가 올라가 많이 기울어질 테니 주변을 꽉 붙들어요."

다시 침묵이 흘렀다. 시간이 달팽이 기어가듯 천천히 지나갔다.

바로 그때, 갑자기 수평선에 물결이 그려지며 큰 파도가 고개를 들고 엄청난 속도로 달려오는 것이 보였다.

"전속력으로." 선장이 명령을 내렸다.

카스트로가 레버를 끝까지 밀고 사이렌을 세 번 울렸다.

무시무시한 파도였다. 15미터 높이의 거대한 파도가 마치 지옥에서 막 나온 괴물처럼 사납게 위로 바로 삼켜버릴 듯 점차 가까이 밀려왔다.

"세상에……." 엘리자베스 부인이 공포를 느끼며 거대한 파도를 그저 멍하니 바라보았다.

사르꼬는 계속 노래를 흥얼거리며 부인을 지키려는 듯 부인의 어깨를 한쪽 팔로 감쌌다.

"잘 붙들어요!" 베른 선장이 칸막이벽을 잡으며 외쳤다.

전속력으로 전진하던 세인트미셸호는 거대한 파도의 윗부분까지 올라갔다. 뱃머리가 물을 양쪽으로 가르면서 배는 산처럼 높은 파도를 올라탔다. 그 바람에 배가 기울어지기 시작했다. 다들 떨어지지 않으려고 주변을 꼭 붙들고 있었다. 배가 파도를 계속 올라타며 속도를 점차 줄여 나갔다. 잠시, 배가 멈춘 것 같은 착각이 들었다. 모두 숨죽였다. 그러다 어느 순간, 엔진에 마지막으로 한 번 더 힘을 실은 세인트 미셸호가 파도 꼭대기에 올라탔고 뱃머리가 갑자기 앞으로 내려가며 균형을 찾는 바람에 사람들 몸이 다 앞으로 쏠렸다. 그렇게 사납게 흔들리던 배는 쓰나미가 지나가면서 다시 균형을 되찾았다. 큰 쓰나미가 지나고 나자 그보다 훨씬 작은 파도가 밀려왔고, 그 뒤에는 그보다도 더 작은 파도가 밀려왔다. 그렇게 바다는 점차 냉정을 되찾았다. 카스트로는 사이렌을 한 번 울렸다.

"속도를 4분의 1로 줄이고 좌현으로 180도 돌려." 베른 선장이 엘리사가라이에게 이렇게 말한 다음 사람들에게 물었다.

"다들 괜찮으십니까?"

모두들 괜찮다고 동시에 대답했다.

"베른 선장, 봤죠?" 사르꼬가 아무렇지 않다는 듯 말했다. "내가 말한 대로 별것도 아닌 파도잖아요."

베른 선장이 사르꼬를 째려보았다.

"가끔씩 말이에요, 사르꼬, 아주 그냥⋯⋯." 선장이 크게 숨을 내쉬더니 고개를 저었다. "어찌 됐든⋯⋯."

"위험한 건 다 끝난 건가요?" 사무엘이 물었다. "이제 더 이상 쓰나미는 없어요?"

"그래, 삼." 베른 선장이 대답했다. "이제 쓰나미는 끝났어."

"그러면 여러분," 엘리자베스 부인이 말했다. "저와 제 딸은 선실로 이만 들어가 보겠습니다. 짧은 시간 동안 너무 많은 일을 겪는 바람에 굉장히 피곤하네요."

"좋은 생각이네요." 사르꼬가 기지개를 켜며 말했다. "나도 가서 눈을 좀 붙여야겠어요. 누구든 나를 깨우면 목을 그냥 그대로 뽑아 버릴 거야."

카이로가 하늘을 형형색색으로 물들이는 오로라를 보며 탁자에 기대어 중얼거렸다.

"네, 이제는 쉴 때가 됐네요⋯⋯."

* * * * *

"정말 내 생에 이번 여행을 오기로 한 것만큼 후회한 일은 없었어요." 가르시아가 심각한 표정으로 말했다. "처음으로 스페인에서 나왔는데 자석으로 된 암초에서 시작해 쇠 괴물, 우리를 죽이려고 무장을 하고 온 사람들, 화산 폭발에서 쓰나미까지⋯⋯ 내 목숨을 앗아 갈 수 있는 일은 다 일어난 것 같아요. 앞으로 절대 마드리드 밖으로는 단 한 발짝도 나오지 않을 겁니다. 아내 말이 맞았어요. 나는 이런 모험에 맞지 않는 사람이에요. 나는 그저 과학자이자 연구가로 살 사람이에요. 책이랑 시험관이 어울리지, 이렇게 위험천만한 건 나에게 맞지 않다고요. 다시는 안 할 겁니다⋯⋯."

섬이 폭발하고 12시간 후, 푹 쉰 승객들이 베른 선장과 항해사들과 식당에서 모여 음료를 마시면서 이야기를 나누던 중에 가르시아가 이렇게 말을 꺼낸 것이었다.

"가르시아, 그렇게 투덜대지 말라고." 사르꼬가 커피를 한입에 털어넣고 말했다. "지금까지 그 누구도 보지 못한 것들을 볼 수 있었잖아."

"교수님, 저는 그런 거 볼 필요 없다고요." 가르시아가 대꾸했다.

"적어도," 카이로가 끼어들었다. "손주들한테 해 줄 재미있는 얘기가 생겼잖아요."

"카이로, 나는 손주가 없어요. 그리고 내 말을 믿어 줄 사람이 없다고요."

"그건 그래요." 베른 선장이 말했다. "증거가 될 만한 저 섬이 폭파됐으니 이제 아무도 우리 이야기를 믿어 주지 않겠죠."

"제가 찍은 사진이 남아 있잖아요." 사무엘이 말했다.

"사진은 조작할 수 있잖아, 두라스노." 사르꼬가 대꾸했다. "선장님 말이 맞아. 지금까지 있었던 일을 믿을 사람은 아무도 없어."

"순수 금속 조각도 있긴 하잖아요." 가르시아가 말했다.

"아주 흥미로운 과학적 사건이 되기는 하겠지만 외계의 기기가 만들었다고 하는 건…… 친구, 그건 아마 아무도 믿지 않을 거야."

침묵이 흘렀다.

"어떻게 됐을까요?" 카이로가 물었다.

"카이로, 뭐가?"

"섬이요. 어떻게 됐을까요? 대체 그들은 왜 섬을 떠나고, 섬은 왜 폭파시켰을까요?"

사르꼬가 잠시 고민했다.

"며칠 전에 내가 말했듯이 아마도 성채는 지구에 인간 문명이 나타나기 전에 만들어졌을 거야. 정확한 시기는 알 수 없지만 말이야. 그렇게 수천 년간 섬은 완전히 고립된 상태로 지내오다가 갑자기 우리가 나타난 거지. 그리고 우리가 지능이 높은 존재라는 걸 알고는 떠난 거야."

"그 전에도 섬에 사람들이 왔었잖아요." 엘리자베스 부인이 말했다. "처음에는 지하 도시 사람들이 섬에 갔었고, 그다음에는 보웬과 스칸디나비아 사람들, 그다음에는 덴마크 사람들 그리고 제 남편과 브리타니아호 사람들도 있었잖아요."

"똑똑하다고 생각하지 않았겠죠." 사르꼬가 어깨를 들어 올렸다. "캐서린이랑 두라스노 말이 맞아요. 성채에서 둘을 납치해 지능을 시험해 본 거죠."

"그건 말이 안 돼요." 카이로가 반박했다. "엔진이 달린 배를 타고, 옷도 입고 무기도 사용하고 잘 다듬어진 도구를 사용하잖아요……. 그 것만으로도 우리의 지능을 가늠할 수 있지 않나요?"

"과연 똑똑하다는 게 뭘까? 여기에 대한 해답은 천 가지도 더 넘을 거야. 어떤 사람들은 시를 잘 짓는 것으로 판단할 수도 있고, 어떤 사람들은 대포를 만들면 똑똑하다고 할 수 있겠지. 아마 성채에서 봤을 때는 섬에 도착한 우리가 일단 그다지 똑똑해 보이지 않은 거지."

"그러다가 삼이 체스 게임에 이겼죠." 베른 선장이 말했다.

"이긴 게 아니라," 사무엘이 정정했다. "무승부였죠."

"그래, 무승부. 중요한 건 그 게임을 통해 우리가 똑똑하다는 걸 알게 된 거지. 참 흥미로운 일이야."

"그래요, 우리가 똑똑하다는 걸 알게 됐다고 쳐요." 카이로가 또 물었다. "그런데 그런 다음에 떠나 버렸잖아요. 그건 왜 그렇죠?"

"카이로, 그걸 내가 어떻게 알아. 이유야 뭐가 됐든지 간에 우리가 그들 문제에 끼어드는 게 싫었을 수 있겠지. 하여간에 중요한 건 저들은 그냥 갔고, 섬을 파괴해서 자신들의 흔적을 다 없앴다는 거지."

"우리가 무서운 건지도 모르죠." 엘리사가라이가 중간에 말했다.

"무섭다고?" 카이로가 그럴 리 없다는 표정으로 말했다. "저들이 가진 기술이 우리가 가진 것보다 월등히, 비교할 수 없을 정도로 뛰어난데 어떻게 우리를 무서워할 수 있지?"

엘리사가라이도 모르겠다는 듯 어깨를 올렸다.

"제가 가진 기술이 독사가 가진 기술보다야 뛰어나겠지만 그래도 독사가 겁나는 건 사실이잖아요."

"그래도 우리는 독사가 아니에요, 엘리사가라이 씨." 엘리자베스 부인이 말했다.

"저들한테는 그런 존재인지도 모르죠, 부인."

"어찌 됐건 간에," 베른 선장이 말했다. "중요한 건 대체 저들이 누구냐는 겁니다."

식당에 다시 침묵이 흘렀다.

"그거 알아요?" 사무엘이 불쑥 말을 꺼냈다. "캐시랑 내가 성채에 붙잡혀 있었을 때 마치 우리만 그 안에 있는 느낌이었어요. 교수님은 성채가 자동으로 돌아간다고 하셨는데…… 그 말이 맞는 것 같아요."

"나도 그렇게 느꼈어요." 캐서린도 거들었다. "분명 거기엔 아무도 없었어요."

"그래, 좋아. 하지만 그냥 느낌만 가지고 말하는 건 그다지 객관적이지 못해." 사르꼬가 말했다. "그런데 자동으로 돌아가는 성채보다 더 놀라운 건 외계의 존재가 수천 년간 북극에 살았다는 사실이야."

"어찌 됐든," 베른 선장이 말했다. "누군가 그 구체와 자동 기기들 그리고 성채를 만들었고, 그 존재는 어딘가에 있을 거예요. 우리의 존재를 알게 되면 어떻게 나올까요?"

아무도 말을 하지 않았지만 이번에는 다들 불안해 보였다.

"몇 년 전에," 캐서린이 말을 꺼냈다. "독일의 알버트 아인슈타인이라는 물리학자가 우주에서 가장 빠른 건 빛이라는 이론을 발표한 적이 있어요. 초당 18만6천 마일의 속도래요. 그보다 더 빠른 건 없다고 했어요. 아주 빠른 것 같지만 사실 행성 간의 거리는 너무 멀기 때문에 우리의 존재를 알기까지는 시간이 아주 많이 걸릴 거예요."

"그렇다면 안심이 된다고 해야 할지, 실망이라고 해야 할지 모르겠군요." 베른 선장이 말했다. "사실 큰 호기심이 들기는 해요. 어떤 존재들일까? 어디에 사는 걸까? 왜 성채를 만든 걸까? 사르꼬의 생각처럼 등대를 만든 걸까?" 그가 한숨을 쉬었다. "평생 알 수 없겠죠."

"답을 찾을 수 없는 이야기가 나와서 말인데요, 덴마크 사람들은 어떻게 됐을까요?" 카이로가 말했다.

"굴브란과 마을 사람들이 어디든 무사히 갔으면 좋겠네요." 엘리자베스 부인이 말했다. "아주 좋은 분들이니 나쁜 일은 생기지 않았으면 좋겠어요."

"섬에서 우리를 잡아 두었을 때는 그리 좋은 사람들 같지 않다고요." 사르꼬가 으르렁댔다.

"그들은 그저 마을을 지키려 했을 뿐이에요." 부인이 말했다. "우리가 불행을 몰고 올까 봐 걱정이 돼서 그런 거죠. 그리고 그 뒤에 일어난 일을 보면 그 사람들의 우려가 틀린 것도 아니고요."

"그건 그래요." 사르꼬가 고개를 끄덕였다. "우리를 좋게 생각하고 기억하지는 않겠죠."

"아르단은요?" 베른 선장이 물었다. "살아 나갔을까요?"

"그러지 않았기를 진심으로 바라는 바입니다." 사르꼬가 말했다. "그 자식이랑 그 수하 놈들은 끓는 지옥 물에 빠뜨려도 시원찮다고요."

"중요한 건, 우리는 살아남았다는 거예요." 캐서린이 말했다. "다 삼 덕분이에요."

"맞아, 캐시." 엘리자베스 부인도 이에 동의하며 사무엘에게 말했다. "캐시가 마지막 체스 게임에서 나를 살렸다는 얘기, 해 줬어. 너는 또 우리 모두를 살렸어."

"아니에요…… 그런 건 다 상관없어요." 사무엘이 우물댔다.

"당연히 상관이 있지."

엘리자베스 부인이 사무엘에게 다가가 볼에 키스를 해 준 다음 박수를 쳐 주었다. 그러자 그 자리에 있던 사람들 모두가 일제히 박수를 치기 시작했다. 홍당무처럼 빨개진 사무엘은 그저 바닥만 쳐다봤다.

"왜 그렇게 수줍어하는 거야, 두라스노." 사르꼬가 말했다. "오늘은 네가 영웅이라고. 네가 체스를 잘 두는 덕을 이렇게 톡톡히 볼 줄이야……."

갑자기 사무엘이 일어나더니 사르꼬에게 걸어가 빤히 쳐다보며 말했다.

"교수님, 제 성은 두라스노가 아니에요. 그건 스페인 어로 복숭아라고요! 두랑고예요. 두-랑-고. 아시겠어요? 그러니 이제부터는 사무엘, 삼, 아니면 두랑고라고 부르거나 어이, 너라고 불러 주세요. 한 번만 더 두라스노라고 부르시면 가만히 안 있을 거예요. 아시겠어요?"

무거운 침묵이 식당에 있는 모두를 짓눌렀다. 다들 숨을 멈추고 있었다. 사르꼬가 눈을 동그랗게 뜨고 사무엘을 보면서 턱을 꽉 깨물고 있었다. 점차 사르꼬의 얼굴이 시뻘겋게 달아오른 냄비처럼 빨개지더니 별안간 웃음을 터뜨리며 큰 소리로 말했다.

"이런! 이 병아리 자식, 만만하게 볼 놈이 아닌데?"

사람들은 다들 안도의 한숨을 쉬었다. 사르꼬가 사무엘의 등을 세게, 그러나 애정을 담은 듯이 치면서 말했다.

"그런 모습 마음에 들어. 사실 가끔은 네 몸에 피가 흐르는 게 맞는지 궁금할 정도로 너무 침착했단 말이지. 그런데 내가 착각했군. 깡이 있어. 계속 그렇게 깡다구 있게 나가면, 나랑 계속 일할 수 있을 거야."

베른 선장이 커피 스푼으로 유리잔을 두드리며 말했다.

"신사 숙녀 여러분, 여러분과 이렇게 시간을 함께 보내는 것만큼 즐거운 일이 없긴 하지만, 아쉽게도 저는 다시 조종실로 돌아가서 일을 좀 해야겠습니다. 사르꼬, 이제 돌아갈까요?"

사르꼬가 크게 한숨을 내쉬며 고개를 끄덕였다.

"베른 선장, 이제 스페인으로 돌아가죠." 사르꼬가 말했다. "여기서 우리가 더 할 일이 없네요."

"그런데 그 전에," 베른 선장이 말했다. "리사와 캐시를 영국에 데려다 줘야겠군요."

"정말 감사합니다." 엘리자베스 부인이 말했다.

"선장님, 영국까지는 얼마나 걸릴까요?" 캐서린이 물었다.

"바다가 잠잠하면 한 5일 정도 걸릴 겁니다. 그럼 저는 이만……."

베른 선장과 엘리사가라이 그리고 신트라가 식당에서 나가자 나머지 사람들도 하나둘씩 나가기 시작했다. 나가는 길에 엘리자베스 부인이 사르꼬의 팔을 잡으며 물었다.

"갑판에 나가 산책 좀 할까요?"

사르꼬가 눈썹을 약간 올리며 대답했다.

"어…… 물론이죠, 리사. 사이좋게 산책이나 하죠."

＊ ＊ ＊ ＊ ＊

둘은 갑판에 나왔다. 갑판에는 아무도 없었다. 엘리자베스 부인과 사르꼬는 팔짱을 끼고 선미로 걸어간 다음 난간에 기댔다. 날씨가 추웠다. 엘리자베스 부인이 갑판으로 나오기 전에 걸쳤던 외투를 꼭 동여매며 북쪽을 바라보았다. 이제 북극 오로라는 더 이상 보이지 않았지만 수평선 어귀에 여전히 시커멓게 뭉친 점 같은 게 보였다.

"화산재예요." 사르꼬가 설명했다. "성층권까지 닿죠."

"저기……." 잠시 침묵하던 엘리자베스 부인이 말했다. "저 재 속에 남편도 같이 있겠죠."

"그런…… 생각은 안 해 봤지만, 그렇겠네요."

"저런 식으로라도 존은 하늘까지 올라간 셈이네요. 남편이 저렇게 멀리까지 갈 수 있으리라고는 한번도 생각하지 못했어요." 부인이 슬픔이 섞인 표정으로 살짝 웃음을 지었다. "자신의 마지막 모습이 썩 나쁘지 않다고 생각할 거예요."

"보고 싶나요?"

"결혼할 때의 존 그리고 내가 사랑에 빠져 있었을 때의 존이 그리워요. 그런데 그는 사라졌죠. 존이 죽어 당연히 슬퍼요. 그런데 이미 우리는 오래 전에 서로를 잃었어요."

"앞으로는 어떻게 할 건가요, 리사? 영국에 돌아가면 말이에요."

엘리자베스 부인이 한숨을 내쉬었다.

"언제 편하게 말 놓을 셈이야?" 부인이 물었다. 사르꼬가 주춤거리더니 헛기침을 했다.

"좋아, 그래…… 워…… 원하는 대로 하지. 앞으로는 어떻게 할 거지, 리사?"

부인이 모르겠다는 듯 두 어깨를 들어 보였다.

"존의 문제를 해결해야겠지. 그다음에는…… 사실 모르겠어. 당신은? 뭐 할 거야?"

사르꼬가 자신의 목덜미를 문지르며 말했다.

"데달로를 잃었으니 베네수엘라 테푸이 탐사는 미뤄야지. 그런데 다른 여행을 계획하려고. 도냐 로사리오는 아마 우리가 가져가는 사진이나 이야기를 매우 좋아할 거야. 부탁하는 건 다 들어줄 테지. 내년 여름에는 크비토바로 돌아가 지하 도시를 더 연구해 봐야겠어……."

바로 그때 캐서린과 사무엘이 갑판으로 나와 선미 쪽으로 갔다. 엘리자베스 부인과 사르꼬가 있는 곳에서 약 20미터 떨어진 곳에서 사무엘은 캐서린의 사진을 찍기 시작했다.

"아주 잘 어울리는군." 사르꼬가 말했다.

"삼은 아주 훌륭한 청년이야." 엘리자베스 부인이 말했다.

"조금 우울한 면이 있지만 똑똑하고 용감해. 깡이 있어서 마음에 들어."

엘리자베스 부인이 깊이 숨을 들이키더니 다시 길게 내쉬었다.

"당신은 사람을 볼 때 그냥 힘이 세거나 지식이 있거나 그 두 가지로만 판단하는데, 사실 다른 장점도 있어. 내가 본 삼은 어떤지 알아? 용감하고 똑똑하지만, 또 아주 부드럽고 섬세해. 그런 건 안 중요해?"

사르꼬가 주먹을 쥐고 입을 가리더니 헛기침을 하며 말했다.

"뭐, 그래. 나는 그다지 부드럽거나 섬세하지 못하지……."

"당신도 부드럽고 섬세해. 그런데 그걸 숨기려고 지나치게 애를 써. 자동 기기들에 에워싸였을 때 일, 생각나?"

사르꼬가 안절부절 못하며 침을 삼켰다.

"어…… 많은 일들이 있었지……."

"당신과 나 사이의 일 말이야. 우리 키스했잖아. 그 이후로 그때 이야기 한번도 안 꺼냈어."

사르꼬는 점점 더 난처해 하며 시선을 회피하더니 이렇게 말했다.

"잘 들어, 리사. 내가 경험으로 아는 건데, 위험한 순간에 사람은 평소에 하지 않는 행동을 하기도 해. 나는 신사이기 때문에 그런 위험한 상황을 핑계로 이용……."

"잠시만." 엘리자베스 부인이 그의 말을 끊었다. "그 말은, 위험한 상황이 오면 내가 지나가는 사람 아무나 붙잡고 키스를 할 거라는 얘기야?"

"당연히 아니지. 그런데 위험에 놓이면, 이상한 행동을 하게 돼. 뭐,

예를 들자면 내가 한번은 사하라에서 엄청난 모래 폭풍을 만났다가 구사일생으로 살아나서 너무 기쁜 나머지 낙타한테 뽀뽀를 한 적도 있어……."

"지금 내가 낙타라는 거야?"

"아니, 아니, 당연히 아니지." 사르꼬는 도망갈 구석이라도 찾는 듯 불안하게 이쪽저쪽을 쳐다보았다. "그리고 굳이 정확하게 얘기를 하자면, 사실 내가 그 낙타의 상황이었다는 거지……."

엘리자베스 부인이 웃으며 고개를 젓더니 이렇게 말했다.

"아니야. 뭐, 곰이라면 몰라도 낙타는 아니야. 중요한 건, 그때 내가 키스했을 때 당신도 같이 키스를 했잖아. 왜 그랬어?"

사르꼬는 눈을 반쯤 감더니 한쪽 다리에 실었던 힘을 풀고 다른 쪽 다리로 기대섰다.

"리사." 그가 나지막하게 말했다. "내가 영국식으로 매너 있게 돌려서 얘기를 하자면, 이 대화가 나를 상당히 불편하게 만들고 있어."

"그럼 그냥 불편한 대로 참아. 나한테 왜 키스했냐고."

사르꼬는 난간에 손을 기대고 고개를 떨구었다. 그런 다음 갑자기 몸을 세우더니 마치 우리에 갇힌 짐승처럼 이쪽저쪽을 왔다 갔다 했다. 이윽고, 들리지 않는 소리로 뭔가를 으르렁대더니 부인을 똑바로 쳐다보며 말했다.

"좋아, 왜 키스를 했냐고? 젠장, 그래. 말하면 되잖아. 태어나서 내가 만난 여자 중에 가장 멋진 여자라 키스했어. 너무 예쁘고, 용감하고, 강하고, 똑똑하고, 유머 감각도 있고, 남자처럼 총도 잘 쏘고, 라틴어도 하고 게다가 다정하고 섬세해서 그랬어. 이런 젠장, 당신과 점점 더 사랑에 빠져서 키스를 했다고. 이 말이 듣고 싶었던 거야? 그런 거라면 말했으니 이제 됐지?"

엘리자베스 부인이 눈을 깜빡거렸다.

"살면서 들은 고백 중 가장 낭만적이지 못한 고백이군. 그런데 독창적인 것만은 분명하다고 할 수 있겠어."

사르꼬가 자신의 허리춤에 두 손을 올렸다.

"좋아, 그래서 뭐? 여기에 대해서 할 말 없어?"

엘리자베스 부인이 사르꼬의 눈을 쳐다보며 미소를 지었다.

"당연히 할 말 있지. 나 당신한테 관심이 많아. 더 알고 싶다고."

"그런데 곧 영국으로 돌아가잖아."

"아직 5일 남았어. 그런 다음에는…… 어떻게 될지 차차 두고 보면 되지."

사르꼬는 고개를 끄덕이더니 리사의 눈을 바라보며 말했다.

"있잖아, 리사. 당신한테 다시 키스하고 싶어."

"꿈도 꾸지 마."

"뭐?"

"내 딸이 저기 있다고. 지금까지 너무 많은 일을 겪었기 때문에 지금 그러는 걸 보면 충격 받을 거야."

둘은 난간에 기대 수평선을 바라보았다. 엘리자베스 부인은 슬쩍 그의 손을 잡았다.

"나한테 왜 키스했는지, 당신 얘기는 못 들었는데?" 사르꼬가 말했다.

엘리자베스 부인이 곁눈질로 그를 보며 어깨를 들어 보였다.

"뭐," 부인이 놀리듯 대답했다. "당신이 아까 얘기한 대로 위험한 상황에서 가끔 이상한 행동을 할 때가 있잖아."

바로 그때, 조종사 카스트로가 갑판대로 나와 그 둘을 지나 조종실로 가면서 모자를 살짝 들어 인사를 했다. 카스트로가 캐서린과 사무엘 옆으로 가서 사무엘에게 다가가더니 엘리자베스 부인과 사르꼬를 턱으로 가리키며 속삭였다.

"순진한 친구, 내가 말했지? 저 둘은 이미 서로에게 빠졌다고."

그런 다음, 고개를 숙여 캐서린에게 인사를 하고 갔다.

"뭐래?" 캐서린이 궁금해 물었다.

"별거 아니야." 사무엘이 대답했다. "결국 너희 어머니랑 교수님 사이가 좋아졌다고."

"내가 보기엔 너무 좋아진 것 같아." 캐서린이 한쪽 눈썹을 추켜세우며 말했다.

"아직도 교수님이 마음에 안 들어?"

"마음에 안 드는 건 아니야. 적어도 전보다는 나아. 교수님이 솔직하고, 똑똑하고 용감한 분이라는 건 알지만, 예의가 없는 무식한 사람이기도 하잖아. 사실 빨리 이 여행이 끝나 집에 가고 싶어. 그리고……." 캐서린은 사무엘의 얼굴에 그늘이 드리워지는 걸 보자 하던 말을 멈추고 물었다. "삼, 왜 그래?"

"아무것도 아니야……. 5일 뒤면 영국에 도착할 거고, 다시는 널 못 볼 걸 생각하니……."

캐서린이 심각한 표정으로 사무엘을 바라보더니 말했다.

"이리 와."

사무엘이 캐서린에게 다가갔다.

"우리가 다시 안 볼 거라고 누가 그래?" 캐서린이 말했다.

"그런데 너는 런던에 있을 거고, 나는 마드리드에……."

"그래서? 그게 그렇게 멀다고 생각해?"

"아니, 하지만……."

사무엘은 무슨 말을 더 해야 할지 몰라 침을 꿀꺽 삼켰다. 캐서린은 한숨을 쉬었다.

"삼, 잘 들어. 이 여행 내내 네가 나의 유일한 버팀목이었어. 자동 기기가 나를 납치했을 때 넌 네 생명을 내놓았어. 성채에 갇힌 동안에도 그 시간을 견딜 수 있게 해 줬고. 아마 네가 옆에 없었으면 미쳐 버렸을 거야. 그리고 너는 내 목숨도 살리고, 모두의 목숨을 다 구했잖아. 더군다나 넌 매력적인 데다 보고 있으면 기분이 좋아지고, 똑똑하고, 마음 씀씀이도 넓어. 그런 널 내가 어떻게 생각하고 있을 것 같아?"

"모…… 모르겠어……."

캐서린은 한숨을 크게 쉬더니 고개를 저었다.

"이렇게 바보 같을 수가……." 캐서린이 말했다. "널 좋아한다고, 바보야. 널 사랑한다고." 캐서린이 살짝 부끄러워하며 미소를 지었다. "너는?" 캐서린이 물었다. "날 조금이라도 좋아하는 거야?"

"엄청 좋아해. 내 영혼을 다 바쳐 널 사랑해. 그리고 평생을 너와 함께 지내고 싶어. 한데……."

"한데 뭐?"

사무엘은 숨을 멈추었다가 한 번에 내쉬며 말했다.

"나는 너한테 줄 수 있는 게 아무것도 없어."

캐서린이 생각에 잠긴 채 고개를 끄덕였다.

"그렇지, 내가 그 생각은 못 했네." 캐서린이 놀리듯 말했다. "이런, 그러면 문제가 좀 복잡해지는데……." 그러더니 갑자기 좋은 생각이 났다는 듯 손가락을 딱- 소리가 나게 튕기더니 말했다. "됐어. 그러면 평생 내 사진을 찍어 주면 되잖아. 뭐, 적어도 내가 너무 늙고 주름이 많아져 네가 더 이상 보기 싫어질 때까지 찍어 주면 되잖아. 그건 어때, 삼?"

"당연하지……."

"그걸로 충분하고도 남아." 캐서린이 사무엘의 눈을 바라보았다. "평생 나와 지내고 싶다고 했잖아……."

"응……."

"그러면 해 봐."

"뭘?"

"청혼, 해 봐."

사무엘이 눈을 빠르게 껌뻑거리다가 헛기침을 한 다음 말했다.

"캐시, 나와 결혼해 줄래?"

"아니."

사무엘은 눈을 크게 뜨며 입을 쩍 벌렸다.

"아니라고?" 당황한 사무엘이 중얼댔다.

캐서린이 웃음을 터뜨렸다.

"방금 지은 표정, 너도 봤어야 되는데." 캐서린이 말했다. "응, 지금은 대학에 가야 되기 때문에 결혼 못 해. 그런데 4년 뒤에, 공부가 끝나면 그 청혼 받아 줄게. 네가 기다리겠다고 한다면 말이야……."

"당연히 기다려야지."

"그러면 그때까지 매일 서로 편지도 쓰고, 여건이 될 때마다 나는 마드리드에, 너는 런던에 오는 걸로 하자. 나한테서 벗어나기 쉽지 않을 거야." 캐서린이 잠시 말을 멈추었다가 다시 말했다. "저기 어머니만 아니면 너한테 키스했을 텐데. 그런데 삼, 내 마음만큼은 알아줘."

사무엘이 씩 웃더니 난간에 기대 바다를 바라보았다.

"너는 항상 그렇게 네 멋대로야?" 사무엘이 물었다.

캐서린이 다시 웃었다.

"아직 어느 정도인지 넌 모를걸?" 캐서린이 대답했다. "나는 우리 엄마만큼이나 고집이 세. 더할지도 몰라."

시계가 보초 교대 시간을 알리며 여덟 번 울렸다. 조종실에서 카스트로는 신트라에게 키를 맡겼다.

"선장님, 방향은요?" 신트라가 물었다.

"남쪽, 남서쪽으로 45도, 엔진은 반으로." 베른 선장이 말했다.

"선장님, 이제 돌아가나요?"

베른 선장은 바다를 바라보며, 신트라의 어깨에 손을 올리며 말했다.

"그래, 카스트로. 이제 집에 돌아가자."

사무엘 두랑고의 일기(1923년 5월 18일 금요일)

오늘 아침에 예전 문서를 뒤지다 이 일기를 발견했다. 세상에나, 얼마나 많은 추억을 되새기게 됐는지……. 하지만 일기가 아직 미완성이다. 마지막으로 세인트미셸호에서 쓴 이후로 일기장의 존재를 잊고 있었다. 일기장을 마저 채울 필요도, 지난 3년 동안 있었던 일을 일일이 적을 필요도 굳이 없겠지만, 적어도 마지막 엔딩은 적는 게 좋을 것 같다.

엘리자베스 부인과 캐시는 템스 강어귀에 있는 사우스엔드온시 부두에서 내렸다. 그리고 하루하고도 반나절 뒤, 우리는 산탄데르에 내려 베른 선장과 세인트미셸호 사람들에게 작별 인사를 했다. 그날 오후에 사르꼬 교수님과 아드리안 카이로, 가르시아와 나는 마드리드로 가는 기차를 탔다.

보웬의 섬 이야기를 사람들에게 전하려고 했지만 사람들은 우리 말을 믿지 못했고 교수님은 곧 포기했다. 하지만 도냐 로사리오만큼은 일말의 의문도 제기하지 않고 있었던 이야기를 다 믿었다. 그 이야기와 사진들, 외계의 존재와 관련된 아틀란티스……. 이 모든 걸 얼마나 좋아했던지 이후로 교수님을 떠받들다시피 했다. 도냐 로사리오는 다시 지하 도시로 돌아가 더 자세히 연구해야 한다고 재촉했고, 마침 교수님도 원하던 바여서 그다음 해에 크비토바에 다시 갔다.

그러나 불행히도 보웬의 섬이 폭파됐을 때 프란츠요세프란트에도 지진이 일어나 동굴이 무너져 우리가 도착했을 때는 이미 그 신비의 도시는 수천 톤의 바위 아래에 묻혀 접근이 불가능했다. 아직도 교수님이 저주를 퍼부어 대는 소리가 귀에서 울리는 듯하다.

그 이후로 알렉산더 아르단과 카리브디스호 사람들의 소식은 듣지 못했다. 그들이 실종된 지 1년 후, 공식적으로 사망이 확정됐다. 신문에는 북극에서 광물 탐사 여행을 하다 조난당했다고 보도됐다.

나는 여전히 SIGMA에서 일하고 있다. 지금까지 남미, 아프리카 그리고 티베트 이 세 곳 탐사에 참여했다. 다행히 세 탐사 모두 무사히 마쳤고 하마를 만나는 불운도 겪지 않았다.

2년 전, 프랑스에 돌아가 샤르보노 선생님 무덤에 찾아가 선생님이 가장 좋아했던 국화 한 다발을 무덤 위에 올려 두었다. 그제야 선생님과 화해를 했던 것 같다. 한 번도 나에게 애정을 보여 주진 않았지만 나를 비참한 여건 속에서, 그리고 무지에서 건져 낸 분이었고 또 나에게 늘 좋은 분이었다. 내가 원하던 아버지는 아니었지만 감사드리고도 남을 만큼 나에게 잘해 준 분이었다. 편히 쉬시기를……

나머지에 대해서는, 캐시와 미리 이야기했듯이 지금까지 계속 서로 연락을 하고 지낸다. 매일 편지는 쓰지 못하지만 일주일에 한 통은 쓰고 여건이 될 때마다 만나고 있다. 내년에 캐시의 공부가 끝나면 결혼하기로 했다.

결혼 이야기가 나와서 말인데, 엘리자베스 부인과 사르꼬 교수님은 작년에 런던에서 식을 올렸다. 캐시의 반응은 그다지 좋지 않았다. 교수님 같은 새아버지가 생긴다는 건 마치 동굴 속에 사는 원시인을 가족으로 맞이하는 것과 다를 바 없다고 했다. 하지만 조금씩 교수님을 좋아하게 되고 있는 것 같다. 적어도 나는 그렇다. 캐시가 새아버지로도 힘든데 장인어른으로 모시려면 더 힘드니 미리 마음의 준비를 단단히 하는 게 좋을 거라고 했다. 어찌 됐건 간에, 교수님은 결혼을 하고 나서는 성격이 조금 온화해졌다……고 말할 수 있으면 좋겠지만 그렇게 되지는 않았다. 사르꼬 교수님은 언제나처럼 성격이 불같다.

　하지만 교수님 옆에서 많은 걸 배웠고, 또 배우고 있다. 동료 간의 관계, 의리, 지식에 대한 경의, 호기심, 여행과 모험에 대한 열정……. 또 가장 중요한 걸 하나 배웠다. 나는 평생을 소속될 어딘가를 찾으며 내 집이라고 말할 수 있는 곳을 찾고 있었다. 그런데 교수님은 이 세상이 다 내 집이 될 수 있다는 걸 보여 주셨다. 다섯 개의 대륙과 일곱 개의 해양 그리고 그 안에 있는 섬들, 이 모든 게 다 그 누구의 집보다 크고 아름다운 나의 집이다. 그렇다면 내 가족은? 바로 교수님, 카이로, 사라, 이 둘의 아기, 베른 선장님, 엘리자베스 부인, 세인트미셸호의 모든 사람들…… 그리고 캐시가 곧 내 가족이다.

　또 얘기할 만한 게 뭐가 있을까……? 지난 3년간 보웬의 섬에서 있었던 일에 대해 많은 생각을 했다. 모두들 그랬다. 사르꼬 교수님은 그 일에 대해 다른 상상도 해 본다. 최근에는 이런 생각을 하시는데 어쩌면 따로 외계의 존재는 없었으며 자동 기기들 자체가 만든 세계였을지도 모른다고 했다. 그 기기들이 외계인일 수도 있겠다고 하셨다. 그럴 가능성도 있겠지만 나는 그렇게 믿지 않는다. 만약 진짜 자동 기기들이 만든 세계였다면 이미 전 지구를 다 정복했겠지만 그저 북극에 있는 작은 섬에 조용히 있었기 때문이다. 따라서 그 성채와, 오딘의 왕좌와 그 이상한 기기들은 다 어떤 역할을 갖고 있었다고 생각한다. 그런 역할을 맡았다는 건 누군가가 그들을 지배하고 있다는 뜻이다. 수천 년 전에 구체와 성채와 기기를 그곳에 둔 존재가 있었다는 뜻이다.

　하지만 이건 평생 확인할 수 없는 추측과 이론일 뿐이다. 가장 궁금한 건 대체 왜 황금 기사가 섬에 일어날 일을 미리 알려 주고 빠져나가게 도와주었는가다.

교수님은 그들이 우리의 지능의 정도를 알게 돼 우리를 자신들과 동일한 존재로 인식하고 살려 주려고 했다고 하면서 아주 윤리적인 자들이라고 했다. 캐시는 약간 다른 생각을 갖고 있다. 내가 게임을 무승부로 이끌자, 황금 기사가 아마 '페어플레이'로 인식해서 '신사'답게 행동했을 거라고 했다. 캐시는 다른 영국인들처럼, 만약 우리보다 뛰어난 우주의 존재가 있다면 그들은 영국인들과 아주 유사할 거라고 생각하는 것 같다.

황금 기사이건, 성채를 지배하는 어떤 존재이건, 스포츠 정신을 발휘한 건 사실이다. 하지만 그렇다고 해서 마음이 편하지만은 않다. 결국, 사냥도 일종의 스포츠인데 실력이 좋은 사냥꾼은 도망갈 구멍이 없어 그냥 가만히 있는 목표물을 쏘지는 않는다. 만약 내 생각대로 성채가 전부 자동으로 돌아가고 있는 거였다면, 성채에서 우리, 즉 인간에 대한 어떤 결정을 내릴 수 없는 거였을지도 모른다. 그래서 즉시 뒤에 남은 모든 걸 파괴하고 떠난 걸지도 모른다.

아이토르 엘리사가라이는 어쩌면 우리가 무서웠을지도 모른다고 했는데 그의 말이 맞을 수도 있다. 물론 우리 자체를 두려워하는 것이 아니라, 우리가 앞으로 할 수 있는 일을 두려워하는 걸지도 모른다. 그리고 사실, 세계 대전을 목격한 나로서는 우리를 두려워하는 것도 이상할 게 없다고 생각한다.

교수님은 종종 사진작가로 일하는 대신 장례식장을 하나 차리면 어떻겠느냐고 놀리시는데 교수님 말에도 일리가 있기는 하다. 가끔 굉장히 말이 없어지는 때가 있는데 지금도 그런 때인 듯하다. 그 성채는 늘 나를 두려움에 떨게 한다. 동시에 궁금증도 계속 유발하기는 하지만 두려움이 더 크다. 솔직히 앞으로 다시는 그런 존재에 대해 알고 싶지 않다.

여기서 이제 마무리를 지어야겠다. 아직 할 이야기는 많지만 아무도, 심지어는 나조차도 읽지 않을 글을 쓰느라 시간을 허비하는 건 별로 의미가 없을 것 같다. 이제 여기에서 일기를 끝마쳐야겠다.

아, 잠깐, 한 가지 잊고 있었다. 교수님은 새로운 비행선이 필요하다고 도냐 로사리오를 설득해 SIGMA에서 데달로II의 제조에 대한 비용을 지원받아냈다. 그래서 작년 여름에 드디어 베네수엘라의 라그란사바나에 있는 테푸이 탐사를 갔다.

다행인지 불행인지 모르겠지만, 공룡은 찾지 못했다.

화성의 올림포 언덕 그리고 타르시스 산맥

이 거대한 산의 크기를 다 보려면 우주에서 봐야 한다. 얼마나 거대한지, 화성에 내려가서 보면 그 모습조차 구분할 수가 없이 그저 한쪽 수평선에서 다른 쪽 수평선까지 이어져 있는 굉장한 돌 벽만 보일 것이다.

올림포 언덕은 태양계에서 가장 높은 산 정상이다. 사실 이 언덕의 정체는 수백 년 전부터 휴화산이었다. 이 산은 타르시스 산맥의 광활한 평지에 있는데 높이가 에베레스트의 세 배인 23킬로미터에 달한다. 이 산은 6천 미터나 솟은 절벽으로 둘러싸여 있고 산 아래 지름은 600킬로미터로, 애리조나의 면적과 동일하다. 동남쪽을 보면 아르시아, 파보니스 그리고 아스크레우스 화산이 차례대로 보인다. 각각 16, 14 그리고 18킬로미터 높이를 자랑한다. 아주 높기는 하지만 올림포 언덕에 비해서는 그냥 완만한 언덕 같다.

이제 화성의 산 남쪽 땅으로 한번 내려가 보자. 우리는 지금 돌멩이가 널려 있는, 모래로 이루어진 광활한 평지에 있다. 산화된 이 행성에서는 모든 게 다 붉은색인데 심지어 하늘도 붉은 주황색을 띠고 있으며 얼음 결정으로 만들어진 하얀 구름이 드문드문 떠 있었다. 대기는 대부분 이산화탄소로 이루어져 있는데 지구보다 대기 밀도가 거의 백 배나 더 낮다. 대기 밀도는 낮지만 여전히 가벼운 바람이 평지를 훑고 지나간다.

북쪽을 보면 거대한 올림포 언덕이 수평선을 가득 채우고 있다. 북쪽을 제외한 곳은 모두 무한의 붉은 사막이 보인다. 아니, 잠깐…… 동쪽으로 멀리에 평지가 약간 올라가 있는 모습이 보이는데 검정색의 괴이한 언덕이다.

동쪽으로 가까이 갈수록, 이는 언덕이 아니라 밤처럼 어두운 시커먼 색의 둥근 원형 돔이 사막 위로 100미터 우뚝 서 있는 거라는 걸 알 수 있다. 사실 이 돔의 정체는 직경 200미터의 구체인데 아래쪽 절반이 땅에 가려져 있다. 그 앞에 유리 원형, 즉 오딘의 왕좌가 세워진 탑이 우뚝 서 있고 거대한 바늘과 아직 공사 중인 건물들이 있는데 그 건물들 사이로 공사 작업을 진행 중인 기기 떼가 우글거리고 있다.

두뇌는 화성에 성채를 다시 세우고 있다. 사실, 처음부터 화성에 세울 계획이었으나 화성보다 더 강한 지열 활동을 보이는 지구를 본 두뇌는, 우리 태양계에 도착하자 지구에 생명체가 있어 약간의 번거로움은 감수해야 함에도 불구하고 지구에 성채를 세우기로 했다.

화성은 어떤 생명체도 찾아볼 수 없는, 쥐죽은 듯 고요한 곳이었지만 지구가 그들에겐 더 적합했다. 두뇌는 지구 시간으로 1년 반이라는 시간이 걸려 용암이 있는 곳까지 화성의 지각을 뚫었다. 그렇게 어마어마한 노력을 들였음에도 불구하고 지구에서 얻던 에너지나 자원보다 월등히 적었다. 아니다, 화성은 최선의 선택이 아니다.

하지만 사실 두뇌의 입장에서는 이건 상관이 없다. 두뇌는 그저 임시로 화성에 머물 것이었다. 어차피 오래 머물 수 없을 터이다. 물론, 두발짐승이 그 원인이다. 두발짐승의 기술은 아직 원시적이지만 공중을 날아다니는 비행선을 개발해 화성에 오기까지 오래 걸리지 않을 것이다. 150년 이상은 걸리지 않을 것이라고 두뇌는 계산한다. 두뇌의 시간으로 봤을 때는 그저 잠깐 한숨을 돌릴 정도의 시간이다. 물론, 그토록 공격적인 존재들이 스스로를 파멸로 몰아가지 않는다면 말이다.

두발짐승들은 분명 문제가 되지만 두뇌는 그 문제를 해결할 수 있는 능력을 갖고 있지 않다. 그래서 지구를 떠나기 전에 우주에 신호를 보내 두었는데 목적지까지 도착하는 데는 46년 걸릴 예정이다. 하지만 두뇌가 서두를 이유는 없다, 그저 차분할 따름이다.

두뇌가 보낸 메시지에는 대부분 우리가 상상조차 할 수 없는 개념이 들어 있기 때문에 해석하기 어렵지만 이렇게 요약될 수 있다.

이 태양계의 세 번째 행성에는 호랑이가 있다.

이제, 화성의 불그스름한 하늘 아래에서 두뇌는 답을 기다린다.

이제 이 소설이 끝났으니 지금 당장 책을 닫아도 놓칠 이야기는 없을 겁니다. 그런데 왜 작가가(바로 나죠) 책을 썼는지(이 책, 《신들의 섬》) 궁금하다면 몇 분 더 할애해 이 글을 읽고 싶어질지도 모르겠습니다.

내가 11살, 12살 어린아이였을 때 가장 좋아하던 작가가 두 명 있었는데한 명은 《윌리엄 브라운 이야기》의 리츠말 크롬튼이었고, 다른 한 명은 SF와 모험의 아버지 쥘 베른이었습니다. 크롬튼에게서는 유머라는 큰 보물을얻었고 베른에게서는 이 세상이 얼마나 놀라운 곳인지를 배웠죠.

나는 놀라운 것을 늘 좋아했기 때문에 베른을 아주 많이 좋아했습니다. 물론 베른이 쓴 책을 다 좋아하지는 않았어요. 많은 책을 냈지만 다 훌륭한책은 아니었죠. 하지만 베른의 책 중에 제가 무척이나 좋아하던 책들이 있었습니다. 《해저 2만 리》, 《신비의 섬》, 《지구 속 여행》, 《그랜트 선장의 아이들》, 《80일간의 세계 일주》가 내가 가장 좋아하던 책이었죠. 책뿐만이 아니라 앞서 언급한 책을 포함해 쥘 베른의 다른 책이 영화화돼 그것 또한 아주 좋아했어요. 정말 멋진 영화가 나오기도 했죠.

베른은 어린 시절의 나에게 큰 영향을 주었기 때문에 지금까지도 먼 곳으로 여행을 떠나면 이 작가의 눈으로 세상을 보곤 하죠. 베른의 영향을 받은 건 저뿐만이 아닙니다. 얼마 전에 한 잡지사에서 모험 장르 관련 특집을부탁해 제가 여러 작가들과 수필가들에게 도움을 요청한 적이 있었어요.

각자 가장 좋아하는 모험 책 열 권 적어서 보내 달라고 부탁했는데 다른 책들과는 아주 큰 차이로 쥘 베른의 책이 가장 많이 언급 됐죠.

요즘 젊은 사람들도 베른의 책을 읽고 있는지는 모르겠네요. 아마 예전처럼 많이 읽지는 않겠죠. 하지만 그렇다고 해서 베른의 책의 영향을 받지 않는 것은 아닙니다. 다들 〈Lost〉라는 유명한 TV 드라마 시리즈 기억하시죠? 만약 베른의 《신비의 섬》이 아니었더라면 그 시리즈도 존재하지 못했을 거예요. 베른은 그 자체로 한 장르를 구성하고, 베른의 영혼은 셀 수 없이 많은 소설과 영화 그리고 만화에 영향을 미쳤어요. 베른은 이 경이로운 자연과 우주에 대한 순수한 마음을 절대 잃지 말라고 우리에게 가르쳐 주었고 우리의 호기심과 놀라움을 늘 일깨워 주었어요.

그래서 나는 어린 시절의 나에게 꿈과 환상을 심어 준 이 작가의 작품을 늘 커다란 애정을 갖고 마음속에 담아 두었습니다. 그래서 내가 처음 작가가 되었을 때부터 베른 스타일의 소설을 쓰면 어떨까 고민했죠. 적절한 때를 기다렸는데 어쩌면 이번이 그때인지도 모르겠다고 생각했습니다.

《신들의 섬》스토리를 구상하기 시작하는 단계에서 베른의 책을 다시 읽을 계획이었습니다. 중간에 잃어버렸던 책은 다시 사기도 했죠. 그런데 그때 나는 그게 실수라는 걸 깨달았습니다. 내가 원하는 건 베른을 모사하는 게 아니라, 베른의 작품들이 내 속에 남겨 둔 추억들과 감정들을 재생하는 거였던 겁니다. 그래서 베른 작가가 주로 배경으로 하는 시대보다 50년 후의 시대를 이 책의 배경으로 삼았습니다. 그냥 스팀펑크기술이 크게 발달한 가상의 과거 등을 배경으로 하는 SF 작품-역주 작품을 만드는 게 아니라, 작가로 활동하는 친구가 말한 것처럼, 스팀펑크가 아닌 '디젤펑크'를 만들고 싶었어요.

그렇게 이 고전적 모험 이야기와 쥘 베른에 대한 애정만으로 길을 열어 가며 이 책을 쓰기 시작했습니다. 그때 아주 흥미로운 일이 벌어졌어요. 내 속에 있던 것을 바탕으로 책을 쓰기 시작했더니 다른 데에서 받은 영향이 약간씩 스며들기 시작했습니다. 사실 내가 좋아하는 작가가 베른만 있었던 건 아니에요. 그래서 《신들의 섬》에는 다른 여러 작가들의 영향도 들어가 있습니다.

가령, 에데르코페 굿은 H. G. 웰스 작가의 《우주 전쟁》에 나오는 세발 다리 외계인을 떠올리게 만들죠. 사르꼬 교수는 아서 코난 도일의 《잃어버린 세계》의 주인공, 챌린저 교수와 비슷합니다. 참고로, 사르꼬라는 이름은 만화 《제국의 종말》의 잘코브 박사에서 따와 비슷한 발음으로 만든 거예요. 이 외에도 다른 요소들이 들어가 있죠. 보웬의 섬에서 담이 섬을 두 개로 구분하고 있었는데 이 장면에서 킹콩이 생각나지 않았나요? 또한 이 소설에는 《틴틴의 모험》도 약간 가미돼 있어서 하독 선장과 벨기에 기자의 모습을 사르꼬 교수와 사무엘 두라스노, 아니 두랑고에게서 찾아볼 수 있죠. 또 일부(의도한 바는 아니지만) 영국 작가 아서 C. 클라크의 면모도 볼 수 있습니다.

결국, 《신들의 섬》은 내가 살아오는 내내 접해 왔던 모든 이야기들이 하나로 혼합된 거라고 할 수 있어요. 독자 여러분, 한 가지 더 알려 드릴까요? 이 책은 여러분을 위해서가 아니라, 바로 나를 위해 쓴 책이에요. 어렸을 적 놀라워하고 감탄했던 당시의 감정으로 돌아가고 싶어서 이 책을 썼어요. 내가 재미있게 느꼈던 부분들을 여러분도 똑같이 재밌게 느끼셨으면 좋겠네요.

이제, 몇 가지 설명 드릴 게 있어요. 보웬(게일 말로 궁수라는 뜻의 성)은 사실 실존 인물이 아니에요. 성 보웬이라는 인물은 존재하지 않았죠. 스칸디 나비아의 성모 마리아 성당도, 《보웬의 고문서》도 존재하지 않았어요. 마찬 가지로, 크비토바 섬 지하 도시나 보웬의 섬도 존재하지 않았답니다. 책에 나온 나머지 요소들은 내가 찾을 수 있는 자료를 다 동원하고 또 일부는 내 경험을 기반으로 구성했습니다.

아내와 나는 팰머스에 가 자료로 쓸 사진도 많이 찍고 메모도 많이 해 두 었고 현존하는 산글루비아스와 무덤이 있는(물론 보웬의 무덤은 아닙니다.) 펜 린도 둘러보았습니다. 그런 다음 노르웨이에도 갔지만 소설의 등장인물들 처럼 멀리 북극까지는 가지 못했어요. 다른 요소들에는 최대한 현실을 반 영하도록 노력했습니다.

마지막으로 감사의 인사를 전하고 싶은 분들이 있습니다. 먼저 어려운 덴마크 어 부분을 도와준 내 친구 크레스텐 크리스텐센에게 고맙다는 말을 전하고 싶습니다. 또 제일 먼저 이 소설을 읽고 오류가 있는 부분을 지적해 준 호세 카를로스 마요르끼와 마리아 호세 알바레스에게도 빚을 졌네요. 마지막으로 많은 호기심과 훌륭한 전문성을 가진 레이나 두아르테에게 큰 감사를 표하고 싶습니다.

그리고 이 모험에 함께해 준 독자 여러분에게 감사를 전하고 싶습니다. 내가 《신들의 섬》을 집필할 때 즐거웠던 만큼 여러분도 읽으면서 즐거웠기 를 바랍니다.

2012년 겨울, 쎄사르 마요르끼

풀빛 청소년 문학 11

신들의 섬 2

초판 1쇄 인쇄 2013년 8월 30일 | 초판 1쇄 발행 2013년 9월 5일

글쓴이 쩨사르 마요르끼 | 옮긴이 김미경 | 펴낸이 홍 석 | 기획위원 채희석
편집부장 이정은 | 편집 김나영 | 디자인 신영미 · 서은경 | 마케팅 홍성우 · 김정혜 · 김화영
펴낸곳 도서출판 풀빛 | 등록 1979년 3월 6일 제 8-24호
주소 120-818 서울특별시 서대문구 북아현동 177-5 한일빌딩 3층
전화 02-363-5995(영업), 02-362-8900(편집) | 팩스 02-393-3858
홈페이지 www.pulbit.co.kr | 전자우편 kids@pulbit.co.kr

ISBN 978-89-7474-191-4 44870
ISBN 978-89-7474-189-1 (세트)

이 도서의 국립중앙도서관 출판시도서목록(CIP)은 서지정보유통지원시스템 홈페이지(http://seoji.nl.go.kr)와
국가자료공동목록시스템(http://www.nl.go.kr/kolisnet)에서 이용하실 수 있습니다.(CIP2013015113)